"나는 여자다"

―방법으로서의 젠더―

최정희론

지은이 김복순(金福順, Kim Bok-soon)은 경기여고를 거쳐 연세대 국문학과에서 학사, 석사, 박사를 마쳤다. 현재 명지대학교 방목기초교육대학 교수이며, 한국여성문학학회 회장을 역임 하였다. 저서로『1910년대 한국문학과 근대성』,『페미니즘 미학과 보편성의 문제』가 있으며, 공저로『한국여성문학연구의 현황과 전망』,『『여원』연구』,『나혜석, 한국 근대사를 거닐다』, 『혼불, 그 천의 얼굴』,『1960년대 문학연구』,『1970년대 문학연구』,『한국현대문학사』,『한 국현대예술사대계 4』,『1970년대 장편소설의 현장』,『역사소설이란 무엇인가』 등이 있다. 『슬픈 모순(외)』은 편저이다. 논문으로는「1950년대 소설에 나타난 반미의 양상과 젠더」,「낭 만적 사랑의 계보와 서사원리로서의 젠더-1950년대『사상계』와『여원』을 중심으로」,「해방 후 대중성의 재편과 젠더 연관-『1945년 8·15』『효풍』『해방』을 중심으로」,「1950년대 박 화성 소설에서의 대중성의 재편과 젠더」,「전후 여성교양의 재배치와 젠더정치」,「1960년대 소설의 연애전유 양상과 젠더」,「강경애의 '프로-여성적 플롯'의 특징」,『『무정』과 소설 형식 의 젠더화」 등 다수가 있다.

"나는 여자다"—방법으로서의 젠더

초판 인쇄 2012년 4월 10일 **초판 발행** 2012년 4월 15일
지은이 김복순 **기획** 여성문학학회 **펴낸이** 박성모 **펴낸곳** 소명출판 **출판등록** 제13-522호
주소 서울시 서초구 서초동 1621-18 란빌딩 1층
전화 02-585-7840 **팩스** 02-585-7848 **전자우편** somyong@korea.com **홈페이지** www.somyong.co.kr

값 16,000원
ISBN 978-89-5626-692-3 94810
ISBN 978-89-5626-691-6 (세트)

ⓒ 2012, 김복순

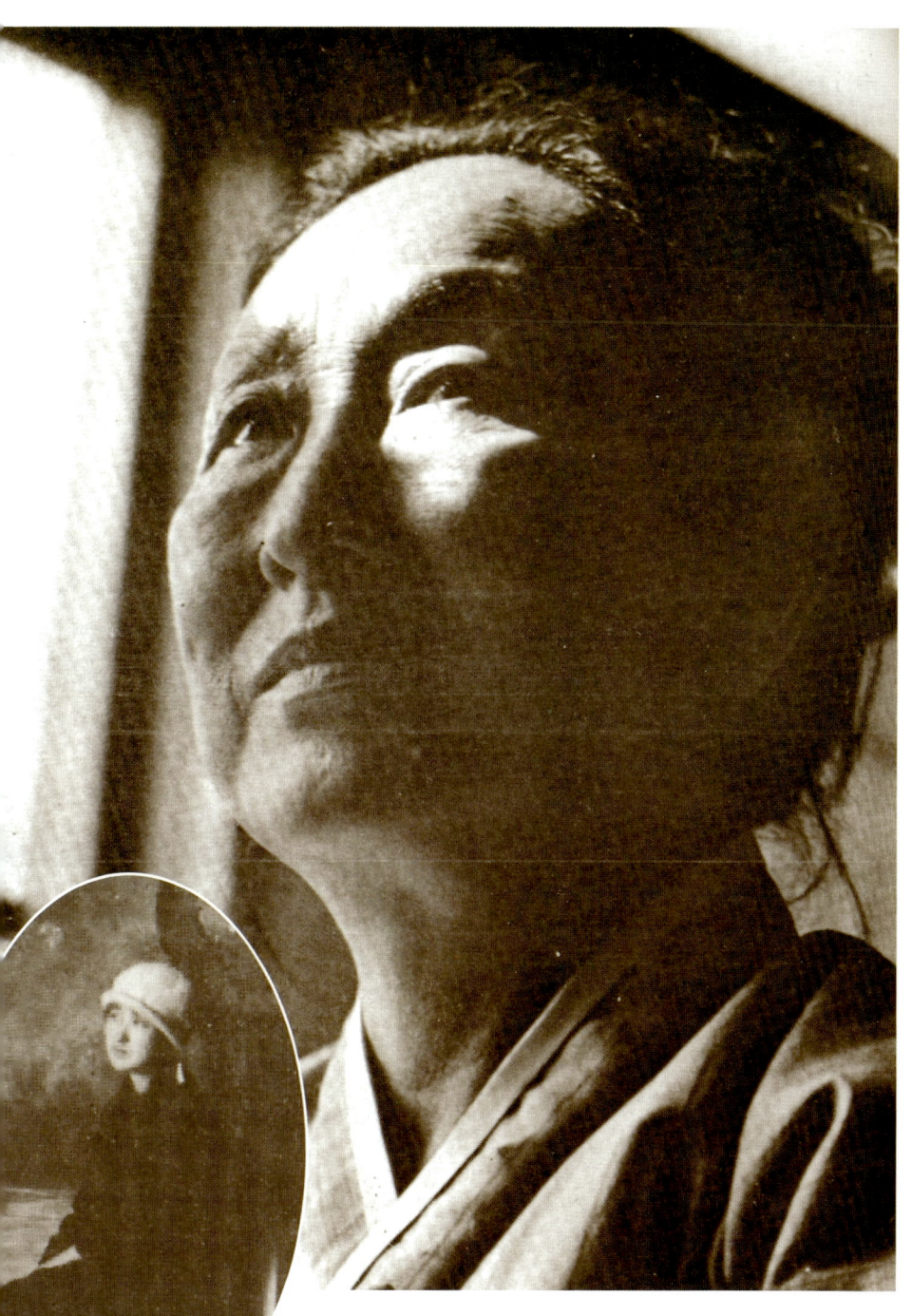

어느 날 자택에서,
(원내는 숙명 여학교 시절의 모습)

한국여류문학상 수상 후
모윤숙, 전숙희 등에게
축하를 받는 모습

삼천리사 근무 시절 김동환에게 보낸 편지.
강원도 석왕사 부근에 피서 와서, 김동환이 빗쟁이에게 쪼들릴 것 등을
염려하고 있다.

김환기가 그린 수필집『사랑의 이력』의 표지.
최정희는 김환기 부부와 미국에서 절친하게 지낸 바 있고,
이러한 내용은 소설「산」(1975)에도 잘 드러나 있다. 아기를
업고 있지만 꽃을 가득 담은 바구니를 이고 있어, 여성성을
포기하지 않는 최정희의 독특한 '모성' 개념을 잘 설명해 주
는 듯하다.

1955년에 출판된 창작집『바람속에서』.
1940년대에 나온 [풍류잡히는 마을]과 달리 1950
년대 일상과 관련된 소설적 변화가 눈에 띤다.

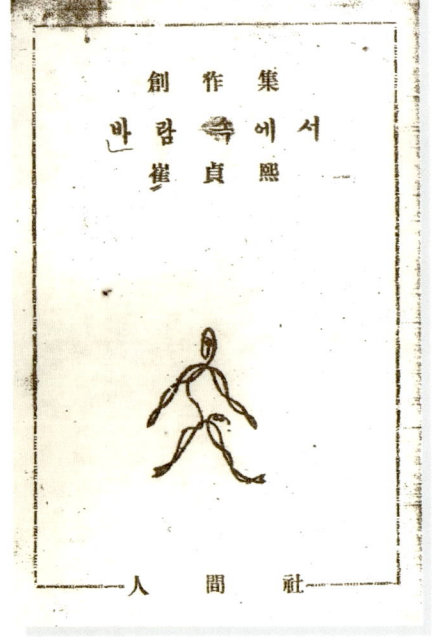

崔貞熙隨筆集
젊은날의 證言

수필집『젊은날의 증언』.
이 수필집은 최정희 삶의 중요한 부분들이 기록되어
있어 아주 중요한 자료 역할을 한다.

『삼천리』사 문인들과 함께.
앞줄 왼쪽부터 노천명, 최정희,
장덕조, 뒷줄 오른쪽부터 김동환,
이선희, 모윤숙

김남천이 최정희에게 보낸 편지.
「흉가」「지맥」에 대한 평이 들어 있다.
이후 이 내용은『문장』1939년 10월호
에 발표된다.

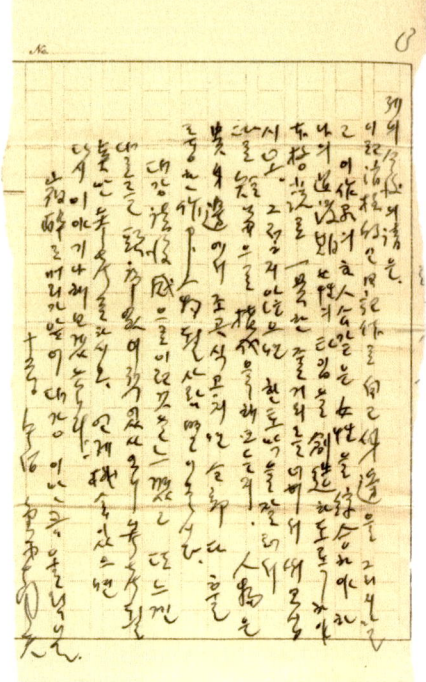

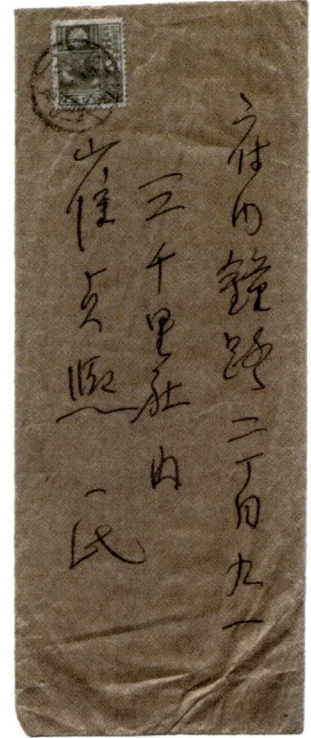

崔象熙氏.

김동리가 보낸 편지.
국민방위군 사건 사형집행을 보고 질려서 돌아왔다는 소식을
듣고 최정희를 위로하는 한편, 영문학자 이인수의 처형 소식을
전하고 있다.

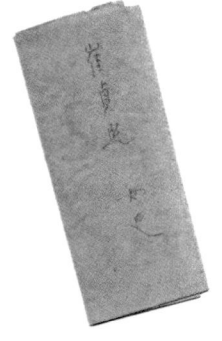

| 여성작가연구총서_01_최정희론 |

"나는 여자다"

-방법으로서의 젠더-

Gender as a Method

김복순

소명출판

봉인된 편지

여성작가 연구의 문턱에서 그간 많은 연구자들은 꽤 오랫동안 망설여 왔다. 그 이유를 연구자 개인의 겸손이나 수줍음으로 돌릴 수만은 없을 듯 보인다. 왜냐하면 우리는 이미 서술할 만한 가치가 있음직한 '유일한 역사'로 국가, 민족, 계급, 이념 등과 관련한 가치의 체계를 존중하는 데 익숙해 있으며, 이때 여성 혹은 여성성은 역사의 대표적인 표상이 되지 못하는 주변인에 불과하기 때문이다. 이는 사적인 삶을 통해 세계의 변화를 포착하는 문학의 경우에도 예외는 아니다. 여성은 역사의 주역 혹은 공적인 인물이 되지 못하기 때문에 연구자들에게 여성작가나 여성문학은 미지 혹은 기억조차 의심스러울 만큼 흐릿한 존재로 남아 있다. 공교롭게도 대부분의 선집이 대체로 학계의 권위 있는 학자들, 대부분 남성 교수들에 의해 편찬되고 있다는 점은 '정전(canon)'을 만드는 과정에서 젠더의 권력관계가 개입해 있는 것은 아닌지 의혹을 품게 한다. 왜냐하면 여성작가들의 작품은 냉엄하고 재능

있는 문학사가의 검시대에서 날렵한 해부의 대상이 된 적조차 없이 '기타 등등'으로 등록되어 버렸기 때문이다.

그러므로 야심 있는 연구자들에게 여성작가는 기피의 대상이 될 수밖에 없었다. 남성은 물론이고 여성연구자들 역시 자신을 학자로 정체화하는 학위논문 작성 과정에서부터 여성작가를 부재처리 하는(혹은 '왕따'시키는) 가부장적 학계의 풍토와 불가피하게 '공모'해 왔을 가능성이 높다. 여성작가를 연구한다는 것은 학계에서의 자신의 위치뿐 아니라 취업 등 여러 측면에서 지속적으로 불이익을 안겨줄 것이기 때문이다. 이렇듯 여러 가지 이유들로 여성작가는 연구 대상에서 가장 먼저 배제되는 불명예의 목록에 포함되고 만다. 이 모든 일이 특별히 예민하고 과도하게 까탈스러운 이의 피해의식이 아님은 박사학위논문의 목록만 살펴보아도 알 수 있다. 페미니즘의 시대라 불린 1990년대 이후에도 여성작가 혹은 여성문학은 주요한 의제가 되지 못했다.

그런데 기실 여성작가 혹은 여성문학은 저주받고 금지된 어두운 장소가 아니라 근대성, 부르주아 사회, 개인의 발견, 사생활의 탄생, 시민사회, 친밀한 감정의 세계, 육체와 욕망, 일상성 등 근대의 멘탈리티를 깊이 있게 규명하기 위해 환한 빛 속에 개방되지 않으면 안 되는 이름이다. 여성작가들은 해방 이후 근대 국가 재건의 열망이 본격화되면서 마치 오래도록 갈증에 허덕인 사람들인 양 무수히 많은 기록들을 남겼다. 이는 해방과 한국전쟁을 거치면서 문단의 재건 과정에서 다양한 공모제도가 등장하고 이에 따라 여성작가들이 등단 기회를 얻었다는 사실과 관련된 현상으로만 단순 처리될 수 없다. 모더니티를 젠더와 관련해 읽는 일은 우리에게 그다지 익숙하기 않지만, 공사 영역이 분리되고 여성이 사생활 혁명을 주도할 전담자가 되면서 근대가 시작된다는 점을 떠올려 본다면 여성들은 모더니티의 진정한 주인공이라 할 만하다. 이러한 판단을 증명하듯 여성작가들은 새로운 혁명의 파도를 맞아 때로 그것에 적극 환호하면서 혹은 회의를 표명하면서 근대성의 새로운 역사를 쓰는 데 주도적인 역할을 해 왔다. 그녀들은 비록 주류 문단에서는 그다지 환영받지 못했지만 신문과 잡지 등 근대적 공론장에서 활발한 창작활동으로 대중들과 소통하며 근대성을 협상해 왔다. 그러므로 해방 이후부터 현재에 이르는 여성작가들이 남긴 글들은 우리 역사의 의미심장한 경험에 대한 유의미한 증언 혹은 기록이라 할 수 있다.

본 총서는 오래 전부터 기획되었지만 진행은 다소 더디게 이루어져 왔다. 무엇보다 여성작가와 관련된 기록을 찾는 일은 쉽지 않았다. 그녀들은 놀라우리만치 많은 글들을 썼지만 온전히 기록이 남아 있는 경우는 드물었다. 심지어 작가 연보마저 불확실한 경우도 많았다. 우리가 확인해 본 결과 작가 연보에는 귀중한 작품들이 빠져 있었고, 연보에는 있지만 실제로 작품이 남아 있지 않은 경우도 많았다. 여성작가의 글쓰기를 어떻게 보아야 하는가라는 관점을 결정하는 문제도 우리의 작업을 더디게 만들었다. 성별 권위주의 풍토 하에서 오래도록 공부하고 학위를 받아

온 우리 자신에게조차 여성작가들의 글은 도전이었다. 우리들 역시 그녀들의 글쓰기를 '여류' 혹은 '규수'라는 성차별적 지칭으로 묶어 독창성이나 진정성이 부족한 것으로 치부해온 관행에 익숙해있기 때문이다. 우리는 때로 너무 일찍 도착한 고독한 선각자 같고, 때로는 살아남기 위해 자신의 여성성을 적극적으로 연기하는 듯한 여성작가들의 진실이 무엇인지 알아차리기 쉽지 않았다. 아마도 우리의 연구서는 이 혼란을 완전하게 극복한 결과가 아니라 혼돈과 분열이 만들어 낸 수많은 물음들에 대한 최소한의 답변이라 할 수 있을 것이다.

'여성작가연구총서'의 첫 권이 세상에 나오기까지 무려 오 년의 시간이 걸렸다. 첫 번째로 우리는 여성작가연구총서의 기획 목적에 걸맞은 작가를 선정하는 일부터 시작해야 했다. 먼저 해방 전에 활동한 1세대 여성작가에 대한 연구는 양적으로 어느 정도 축적되어 있는 데 비해 해방 이후부터 특히 5~60년대는 여성문학 연구의 불모지라는 점, 더 중요하게는 여성문학 연구에 방법론적 기원을 제공한다는 점에 주목해 해방 이후부터 1990년대에 이르기까지 한국 여성문학사의 계보를 보여줄 수 있는 30인을 선발했다. 누가 페미니스트 작가인가보다 동시대 여성들의 근대 체험을 문제적으로 다루었다고 판단되는 작가들을 중심으로 선정했다. 그런 후 여성작가들이 남긴 작품들을 길고 지루한 잠에서 깨워 줄 연구자들을 찾기 시작했다. 앞서도 말했듯이 해방 이후부터 1960년대까지의 여성작가의 작품들은 거의 연구된 바 없어, 우여곡절 끝에 어렵사리 연구자를 섭외했다. 같이 공부하면서 연구해 가자는 취지로 매달 한 번씩 연구발표회를 가져 연구의 완성도도 높이고자 했다. 첫 책이 나오기까지 편집위원들은 많은 수고를 아끼지 않았다. 이들은 서로의 원고를 읽고 논평해 주는 것으로 같은 길을 걸어가는 사람으로서의 소임을 다했다. '여성작가연구총서'에는 여러 사람들의 정성과 열정이 듬뿍 배어 있다.

때로는 외부의 장벽과 고투하면서 또 다른 한편으로는 소위 여성연구자라는 우리 자신의 정체성에 대해 성찰하면서 매달려온 '여성작가연구총서'를 이제야 세상에 내보낸다. 우리의 연구서와 함께 오래도록 갇혀 있었던 말들이 튀어나와 싱싱한 언어의 잔치가 벌어지기 바란다. 독자 여러분께서 여성작가들의 존재를 세상에 드러내려는 우리들의 시도에 동참해 주기 바란다.

한국여성문학학회 여성작가연구총서 편집위원회

최정희의 복권이 의미하는 것

남이 알아주지 않아도 스스로 낙락할 수 있으면 그 또한 좋지 아니한가라고 읊조린 사람도 있지만, 사실 그럴 수 있는 사람이 어디 그리 많을까 싶다. 최정희야말로 한 평생 이런 저런 오해를 받으며 산 작가 중 하나이다. 대인관계가 상당히 좋아 항상 훈훈했던 사람으로 알려져 있는데도 오해와 구설수는 피해 가지 못한 것 같다. 심지어 사후 연구자들에게까지도 여러 가지 오해를 받고 있다. 사이비 사회주의자(작가)로부터 시작하여, 기자 나부랭이, 첩, 친일분자, 북으로부터는 '인민의 피를 빨아 먹는' 작가, 남으로부터는 빨갱이, 정권의 부침에 따라 흘러 다녔던 작가, 시종일관 기회주의자 등등 최정희를 둘러싼 오해의 조각들은 여간 적지 않다.

노래, 연극, 춤, 문학 등 남부러울 것 없는 예술적 재능을 지녔지만, 여고보 이후에는 이렇다 할 교육을 받은 적이 없던 최정희. 이러한 사정 때문에 작가는 우리 사회에 뿌리 깊은 학연-지연-

혈연의 '3연 자본'을 갖지 못했다. 빈농 출신이기에 계급적 인식에 곁대인 비판성을 자연 지니게 되었고, 사랑이 아닌 방식으로 첫 남자를 만난 이후에는 남자를 보는 안목도 누구보다 현실적이 되었다. 게다가 카프 해체와 관련하여 '억울하게' 자신만 걸려 들어가 (여성작가 중에서) 고초를 겪은 이후로는 더욱 민감해졌다. 그녀가 가진 것은 예술적 재능들과 '인물 자본'일 뿐 사회적 배경은 하나도 없었다. 해방 이후에는 더욱 더 그러해서, 이북에 잔류한 형제와 월북한 가족이 있는 북한 출신 여성이, 극심한 이데올로기 전쟁을 겪은 나라에서 택할 수 있는 생존전략이란 거의 없는 것이나 마찬가지였다. 아니, 없는 게 아니라 모든 것이 언제 '올가미'가 될지 모르는 상황이었다.

'3연 자본'은 없었지만 다양한 예술적 재능과 인물 자본은 최정희로 하여금 '여성'을 강조하게 하였다. '여성 예술인', 이것이 최정희가 가장 수월하게 살아남을 수 있는 방법이었다. 사회적 잉여가 있을 때, 또는 무언가 궁지로부터 벗어나고자 할 때 여성에게도 기회가 부여된다. 이러한 기회에서 '여성' 자본을 마음껏 활용하여 굳건한 지반을 만든 사람이 바로 최정희이다.

더욱 눈여겨 볼 것은 '여성' 자본을 문학적으로 원용할 줄 알았다는 점이다. 최정희의 문학은 이렇게 탄생하여 주조되어 갔다. 1930년대 전반 경향적 소설을 쓰던 습작기부터 최정희는 '젠더'적 요소를 가미하기 시작하였다. 그 후 1930년대 소설에서도 '제2부인' 문제, '사생아' 문제 등 '젠더'적으로 당대의 상황을 직시한 소설들을 창출하였고, 소위 친일소설에서도 남성작가와는 다른 소설을 보여 주었다. '친일'이란 개념은 민족 범주가 기준이 된 분류 개념이다. 하지만 최정희는 민족 범주보다 젠더 범주를 더 우선시 하여 보았기 때문에 당대의 어떤 작가들과도 다른 작품을 내놓을 수 있었다. 6·25와 관련하여서도 '여성'이 보는 새로운 시선을 작동시켜 주었으며, 아프레 걸, 양공주 등과 관련하여서도 남다른 시선으로 조망하여 주었다. 1960년대 중반까지는 이렇게 젠더가 지닌 비판적 힘에 기대어 남다른 문학을 산출해 낼 수 있었다. 하지만 그 이후에는 젠더가 지닌 비판성을 감당하지 못한 채 스스로 허물어져 갔다. 여성 문언권력으로서 이미 기득권자가 되어, 더 이상 비판성을 감당하지 못하였다.

하지만 1960년대까지는 사회의 여러 가지 불평등, 특히 여성과 관련한 제 모순을 지적해 주고 있으며, '방법으로서의 젠더'라는 측면에서 볼 때 우리 여성문학사에서 특히 식민지 시기와 해방 및 전후를 잇는 연결고리로서 중요한 역할을 하고 있다는 점에서 선정되었다.

우리 연구자들에게도 이상한 '유행'이라는 것이 있다. 민족담론이 우세할 때는 오직 '민족' 범주에만 몰두한다. 민족 범주에 해당되지 않으면 전부 부정적으로 평가한다. 국가 담론 하에서도 젠더 범주는 그다지 중심 범주가 아니다. 그러니 '젠더 범주 우선성'을 유지하려 한 최정희 또는 그녀의 서사는 늘 긍정적으로 읽히기 어려웠다. 여성을 다룬 것은 '사적인 범주에 머물러 있다'고 평가되었고, 민족, 사회와 관련되면 친일분자라서 안 되었다. 한 두 연구자가 부정적 평가를 내놓으면, 그것을 뒤집기란 생각보다 쉽지 않다. '친일'과 관련되면 더더욱 모험이 수반된다. 게다가 '친박정희' 등의 낙인까지 있다면, 어떤 연구자도 그 낙인효과를 무시하기 어렵다.

나는 최정희를 복권시키고 싶다. 친일을 두둔하자는 게 아니다. 친일은 어떤 경우에도 용서될 수 없다. 하지만 '연구'는 '정치'가 아니다. 어느 하나에만 고착되면 중층성을 놓쳐, 대상의 진면목을 파악하기 어렵게 된다. 민족, 국가, 계급, 인종 등의 범주들이 서로 얽혀 이런 저런 의미와 잉여를 만들어내는데, 각각의 새로움을 제대로 읽어내려면 우선 다층적 시선을 가져야 한다. 지금도 젠더 범주는 '인간해방'의 기본 범주 중 하나로 둘 수밖에 없는 현실이 굳건히 존재한다. 즉 젠더 범주가 유효성을 갖는 근대의 일정 단계까지 '젠더 범주 우선성'의 작업은 일정한 의미를 분명 갖는다. 또 21세기는 명실상부한 다원적 민주주의 사회가 되어야 한다. 다원화 사회에서는 어떤 '중심'적 범주만이 아니라 여러 범주가 다 가치를 갖기 때문에, 다양성을 기준 삼아 사고해야 한다. 또 연구자들도 그러한 바탕에서 사회를 분석해야 한다. 머리로는 다원주의를 외치면서도 현실적으로는 여전히 한 범주에 고착되어 '중심' 논리를 재생산하고 스스로 문화권력이 되어서는 곤란하다. '권력' 환상에 침윤되어 적을 만들고 약자를 음해하기를 서슴지 않는 경우도 있다. 이러한 '공공의 적' 만들기 과정에서 최정희가 살아남을 방법은 거의 없다. 이럴 때 우리 사회의 '희망'은 사라져 버린다.

　최정희와 씨름한 지도 벌써 5년 가까이 된다. 이 책을 쓰기 위해 논문도 5편이나 발표했다(연구목록 참조). 처음에는 다른 연구자들의 논문에 기대어 바라보다가, 실제 작품을 대하고는 퍼뜩 놀라워했던 때가 벌써 엊그제 같다. 때로는 진한 연민에 휩싸여, 또 때로는 연구대상이 지닌 재능에 대한 질투심으로, 또 어떤 때는 무언가를 바로잡아야 한다는 모종의 소명의식 같은 것에 에둘린 채 시간은 한숨처럼 흘러갔다. 그 사이 중병으로 앓아눕기도 했고, 먼 이국 땅 아일랜드에서 연구년을 보내며 끝없는 황량미에 모든 것이 끝나도 좋다고, 펑펑 울부짖기도 했다.

　모든 불평등이 사라지기를 바라면서 이제 최정희를 내려 놓는다. 아직 더 갈 길이 남았지만, 중간 단계라고 위로하며 그만 내어 놓는다. '젠더' 연구는 대체로 메아리가 없는 편이다. 여성 연구자들끼리 자기복제만 할 뿐, 학계 전반의 의미 있는 메아리는 만나기 쉽지 않다. 이번의 여성작가연구총서, 특히 최정희를 계기로 '그녀들만의 리그'는 이제 그만이었으면 싶다.

2012년 2월
함박산 연구실에서

차례

제1장

감정과 욕망의 아카이브

나혜석이 "여자도 사람이다"를 주창했다면 최정희는 "나는 여자다"를 외치며 활기차게 등장한 신여성이다. 제1기 신여성인 김명순, 나혜석, 김원주의 뒤를 이어 제2기 신여성이라 일컬어지는 박화성, 강경애와 함께 1930년대 여성문학의 포문을 연 작가이다. 하지만 최정희는 박화성, 강경애와 달리 1930년대부터 한국 문단에 '최정희적 경향'이라 지칭할 만한 개성적인 문학을 창출해 보여주며, 1950년대에 이르러 그 꽃은 만개한다. 최정희적 경향이란 '젠더 우선성'의 여성주의 서사를 말한다. 박화성과 강경애가 '계급 우선성'의 여성소설을 선보였다면, 최정희는 계급, 국가, 민족 등의 범주에서 무엇보다도 '젠더 우선성'에 입각한 작품을 생산했던 작가이다. 최정희적 경향은 어떻게 해서 창출되고 전개되는지 우선 작가의 성장과정을 통해 살펴보기로 한다.

고향 단천은 계급층에서 탈출한 지역

1906년 함경북도 성진군 예동(禮洞)에서 한의사인 아버지 최재연(崔在淵)과 조덕선(趙德善)의 장녀로 출생하여 1990년 85세를 일기로 작고한다. 호는 담인(淡人). 1931년에 처녀작 「정당한 스파이」를 발표한 이래 마지막 작품 「화투기」(1980)까지 50년간 문학 창작에 임했으며 80여 편의 장·단편소설과 200여 편의 평론 및 수필을 발표하였다. 식민지 시대-해방 직후-남한정부 수립-이승만 정권-4·19-5·16-박정희 정권-유신-전두환 정권-민주화 과정을 모두 겪은 파란만장한 삶의 소유자였으며, 현대사의 산 증인이라 할 수 있다.

최정희는 성진 예동에서 10살까지 살다가 함경남도 단천(端川)으로 이사한다. 최정희가 맏딸이었고, 여동생 둘에 남동생 하나를 합해 4남매였다. 예동은 「봉황녀」 등의 소설에 나오는 아랫마을과 윗마을로 나누어진 곳이다. 비록 가난하였지만 최정희네

집은 부자들이 사는 윗마을에 있었다. 하지만 최정희는 건강성 넘치는 아랫마을 사람들을 좋아하였고, 그들과 함께 '해당화 피는 언덕' 너머를 동경하며 지낸다. 자신의 소설 속에 부자가 등장하지 않는 것은 '부잣집 대문 앞까지는 가보았지만 대문 안의 정경은 그저 캄캄하기 때문이고, 자신이 모르는 세계는 붓 끝에 올리고 싶지 않은 때문'이라고 술회한 바 있다.

예동이 계급적 분리를 드러내는 곳이었다면 제2의 고향이라 일컬어지는 단천은 '계급층에서 탈출한' 지역이었다. 최정희는 「폭풍에 쏠니는 나의 고향」(『삼천리』, 1931.12)이란 글에서 자신이 살던 고향은 "남선지방에서 보는 고린 냄새 나는 양반 쌍놈이라는 것을 가지고 차별대우를 하지 않는다. 녜날엔 상전이 잇고 종이 잇섯다고 하나 총명한 자연 속에서 자라는 고향 사람들은 인간은 마찬가지라는 것을 일즉이 깨달엇든 까닭인지 종이라는 명목을 다 업새버려 주엇다고 한다. 이리해서 내 고향사람들은 행복스러웟다. 누굴 물론하고 힘써 일하면 먹고 살 수 있는 계급층에서 탈출한 단천이엇섯다"라고 말한 바 있다. 이처럼 예동과 단천은 최정희에게 사회의식이 성장할 수 있는 지역적 여건을 가지고 있었다.

아버지는 병을 잘 고친다고 소문이 자자한 한의사였는데 재물에는 통 관심이 없고, 다분히 풍류적이었다. 의원으로서는 용의주도하기 이를 데 없었으나 대인관계는 모나고 괴팍한 편이었으며, 술과 여자를 좋아하고 합리적이거나 논리적인 점은 없는 편이었다. 밤늦게까지 글을 읽고 시를 짓는 등 시선의 경지를 오락

가락하였다 한다. 최정희의 문학적 소양은 아버지로부터 물려받은 구석이 역력하다. 아버지는 다섯 살 때부터 최정희를 서당에 넣어 공부시켰고, 농번기가 되어 서당 문이 닫히면 스스로도 글을 가르쳤다. 붙잡혀 공부를 해야 할 때면 놀러만 다니는 동네 여자아이들이 마냥 부러웠다. 하지만 타관에 작은 어머니가 생기면서 아버지는 이쪽 집을 전혀 돌보지 않게 되었고 최정희는 어머니와 함께 엿장사, 떡장사, 마늘장사 등 별의별 장사를 다하며 빈한한 농민층으로 어렵게 자라게 된다. 특히 맏딸이어서 어머니를 도와 장사도 하고 집안일도 거들어야 했으며 또 엄마처럼 동생들도 보살펴야 했다. 가난 때문에 생기는 고통과 상처가 최정희로 하여금 다양한 감정과 욕망에 휩싸이게 했으며, 이때의 맏딸의 역할은 보모로의 길로 자연스럽게 이끌었던 것 같다. 매년 제야 때가 되면 새해에는 아버지와 함께 살게 해달라고 빌었지만 소망이 이루어지지는 않았다. 때로는 아버지의 집에 돈을 얻으러 가기도 했고, 아버지의 낡은 옷을 빨아서 수선해 가기도 하였다. 그런데 그곳에 가면 늘 싸움이 벌어졌다. 작은 어머니와 아버지는 조강지처의 소생으로 인해 말다툼을 하였고, 화풀이로 아버지는 최정희를 두들겨 팰 때도 여러 번 있었다.

어릴 때부터 복잡한 가정환경 속에서 움튼 현실감각이 최정희로 하여금 다양한 감정과 거센 욕망을 꿈꾸게 하였던 것 같다. 공부가 하고 싶은 최정희는 야학을 다녔는데, 야학선생님들은 대개 함흥 등지에서 공부한 신여성들이었다. 욕망 가득한 최정희의 가슴 속에 신여성에 대한 감정과 욕망들이 움트지 않을 리 없었다. 공부를 향한 열망은 어머니가 책을 태워 버림으로써 꺾이게 된다. 물독이 비어 있는 것을 보고 어머니는 공부가 다 뭐냐고 야단치며 공부를 하지 못하게 하였다. 하고 싶은 공부도 못하고 엿이나 고는 처지의 최정희를 달래준 것은 신파 연극패들이었다. 참외장사를 한다는 핑계로 극단을 기웃거리면서 참외도 팔고 극단 사람들과도 어울려 이야기를 나누기도 하였다. 즐거움을 찾아 나설 줄 알았던, 어리지만 당찬 여자애였다. 극단 사람들을 보면서 '푸른 망토를 입은 남자'를 선망하게 되었고 이러한 남성상은 후에 『녹색의 문』 등을 비롯한 소녀 주인공의 소설과 수필 곳곳에서 다양한 변주를 보이며 등장한다.

기독교 사회주의의 영향

극단패와 어울리는 것을 보다 못한 어머니는 최정희를 아버지에게 보내 공부시키고자 하였다. 자신을 버린 아버지에게 가는 것이 죽기보다 싫었으나 '공부가 너무 하고 싶어서' 가기로 한다. 하지만 아버지 집에 머물지는 못하였고 근처 친척집 골방에서 지내며 보통학교에 다닌다. 이때 다니게 된 학교가 성진보신학교였고,

담임은 김준성 선생님이었다. 김준성 선생님은 막연한 감정에 머물던 최정희에게 역사의식을 심어 준 인물이다. 김준성 선생님은 일경 몰래 우리 역사를 가르쳐 주었는데, 최정희는 이때 일제−식민지−조선의 관계에 대해 나름대로 이해하게 되었다고 술회한 바 있다. 김준성 선생님은 함경도 출신의 사회주의 민족운동가인 이동휘에 대한 이야기를 듣고 자라 학생들에게 여러 차례 들려주었다. 이동휘(1873~1935)는 한말 애국계몽운동에 적극 참여한 바 있으며, 1906년 신채호(申采浩)가 주재한 『가정잡지(家庭雜誌)』 발행에 참여하였고 이후 한북흥학회(漢北興學會)·서북학회(西北學會) 등에서 활동하였다. 1907년에는 비밀결사 신민회(新民會) 결성에 창건위원으로 참가하여 함경도방면 책임자가 되었고 1911년에는 보안법 위반으로 구검되었다. 강화도 진위대 시절에 사귄 외국인 선교사를 통해 그리스도교에 입교하여 한때 원산·성진 등지에서 선교활동에 종사했다고 한다. 이 시기의 일부 지식인들이 그러했던 것과 같이 그리스도교를 통해 사회를 개화시키고 나아가 국가의 멸망을 구할 수 있다고 생각했다. 하지만 그리스도교인으로 생활하지 못했고 사회주의자가 되어 갔다. 이동휘의 계보를 살펴보자면 기독교 사회주의로서, 기독교−한인사회당−상해파 고려 공산당−상해 임시 정부 국무총리로 연결된다.[1] 이때 기독교 사회주의는 민족운동의 성격을 띤다고 할 수 있다. 김준성 선생님은 타관으로 떠나면서 최정희에게 자신이 손수 새긴 도장 하나와 봉함엽서 20장을 주었다. 최정희는 이를 아끼면서 소중히 선생님을 간직한다. 김준성 선생님은 줄곧 일경에 붙들려 다니다가 끝내 미국으로 추방당하여 그곳에서 세상을 마쳤다.

아버지의 첩살림과 그로 인한 어머니의 여자로서의 고통과 경제적 어려움, 궁핍한 가운데서도 남달랐던 향학열, 맏딸로서 동생들을 보살펴야 했음은 물론 어머니까지 위로해야 했던 환경은 최정희로 하여금 어려서부터 나름대로 여성의식, 사회의식을 갖게 하였다. 고향 단천과 집안 풍경들은 최정희로 하여금 자연스럽게 나름대로의 빈부의식, 여성의식, 사회의식, 국가의식, 민족의식 등을 깨우치도록 만든 환경이었다. 이는 1930년대의 지주출신, 양반출신의 작가들이 주로 유학, 독서체험 등으로부터 사상을 형성하고 문학수업을 했던 것과 아주 다른 길이었다.

주체할 수 없는 끼 속에서
'레이조카이(令女界)의 사랑'을 꿈꾸며

보통학교 5학년 1학기를 마치고 방학이 되어 집에 와 있던 최정희는 이웃에 사는 부자집 딸 천금이가 돈을 꾸어 줄 테니 같이 서울 가자는 말에 선뜻 따라 나서게 된다. 마침 고향에 내려 왔다가 경성으로 돌아가는 의대생들을 따라 기차를 탔다. 가진 것이라고는 옷가지 몇 벌과 김준성 선생님이 준 도장이 전부였다. 어린 나이에 이러한 용기를 내게 된 것은 그녀의 내면에 꿈틀대는 다양한 욕망 때문이었으리라. 경성역에 내리면서 최정희는 새로운 문물에 신기해 할 정도로 황홀감을 느끼게 된다. 전차는 마치 보이지 않는 물 위로 둥둥 떠다니는 것 같은 신기루를 던져 주었다. 어물어물 하다가는 일행을 잃어 버릴까봐 콧잔등에 땀이 촉촉하게 밸 정도로 황홀한 도시 풍경에 넋을 잃고 있었다.

자취방에서 천금이에게 밥을 지어 주는 등 식모 노릇도 자청하면서 공부에 재미를 들인다. 계동에서 자취를 하면서(1923) 2학기에 동덕에 보결로 들어갔다가 1924년(18세) 숙명 2학년에 보결로 입학하게 된다. 작가는 숙명이 자신의 모교라 강변한다. 여기서 농구선수로 경성 그라운드에 출전하여 신문에까지 이름이 오르내렸으며, 남학생들로부터 많은 연애편지를 받는다. 졸업반이 되었을 때 동경에 유학 갈 형편이 되지 않자 '노래와 춤을 한꺼번에 배울 수 있겠다'는 생각에서 중앙보육학교를 선택한다(1928).[2] 당시의 중앙보육학교는 불량처녀 또는 과부들의 소굴인 것처럼 인식되어 모두들 반대하였고, 숙명에서는 학교망신이라며 증명서를 떼어 주지 않았다. 하지만 2년 연수기간에 입학생 전원에게 장학특전이 주어지고 졸업 후 유치원 보모 자격증이 주어지는 조건은 최정희에게 여러 모로 안성맞춤이었다. 중앙보육학교에서 최정희는 일생 비빌 언덕이 되어 준 교장 박희도 선생님을 만나게 된다. 3·1 운동 발기인 33인 가운데 하나인 박희도 선생님은 민족,

국가, 여권, 남녀평등과 같은 개념을 의미심장한 뜻으로 전달하였다. 최정희의 성장환경이 준 막연한 사회의식, 여성의식, 역사의식은 박희도 선생님에 의해 점점 구체적으로 틀 지워지게 된다.

검정고시에 합격함으로써 1년 만에 조기 졸업한 후(1929) 바이올린 소리에 끌려 노래를 해보기로 한다. 돈을 벌어 보겠다는 꿈을 안고 작곡가 전수린의 집 대문을 두드리고, 그에게 노래를 사사 받기도 하였다. 박팔양 씨의 도움으로 〈뻐국뻐꾹〉이라는 노래로 생전 처음 전국 라디오 전파를 타게 되는데, 일종의 가수 데뷔였다. 하지만 그 노래에 대해 대중들은 별 반응을 보이지 않는다. 노래는 최정희에게 명예도 돈도 욕망도 쥐어 주지 못했다. 남은 것은 보모자격증 뿐이었다. 그래서 결심한 것이 보모직을 택한 함안행이었다. 얼핏 보아 어머니의 역할과 멀어 보이는 최정희의 첫 직장이 유치원 보모직이었다는 것은 참으로 아이러니컬하다고 할 수 있다.

섬세한 감정과 들끓는 욕망의 최정희에게 보모직은 따분하기 그지없는 일이었다. 똑같은 이야기를 반복하는 것이 싫어서, 가르칠 것이 바닥났다고 둘러대며 3개월 만에 사의를 표명한다. 최정희를 가장 우수한 제자라고 여기던 박희도 선생님은 그 이야기를 듣고 오히려 신선한 충격을 받는다. '얼마나 아낌없이 풀어냈으면 3개월 만에 바닥이 났겠느냐'는 것이었다. 신문사를 소개 받았지만 실력 있는 사람이나 할 수 있는 것 같아 거절하고, 대신 권유받은 곳이 동경의 도가와(土川)무용연구소였다. 거기 가서 유치원 유희를 더 배우라는 것이었다. 더구나 학비까지 지원받는 조건이어서 최정희는 이를 선뜻 승낙하지 않을 이유가 없었다.

이때가 25세 되던 1930년이었다. 일본으로 건너갔지만 당장 하숙비에 시달리자 미카와(三河)유치원 보모로 취직한다. 미카와 유치원은 사회주의 청년들이 무료로 운영하던 곳으로서, 교회에서 극빈자 자녀를 위해 마련한 곳이었다. 이때 극작가 김진수를 만나게 되고 유치진, 김동원 등이 멤버로 있었던 '조선학생극예술좌'에도 참여하게 된다. 그토록 하고 싶었던 연극에 참여하게 되었지만 언저리를 맴도는데 머물렀다. 당장 하루하루를 사는 일이 더 절실한 문제여서, 우연히 본 '누가 그 여자를 그렇게 만들었는가'라는 연극의 불행한 여주인공은 최정희를 위로하기도 하고 동병상련에 빠지게 하기도 하였다.

이렇듯 최정희는 어린 시절부터 음악, 무용, 운동 등을 더 즐겼으며, 문학 할 생각은 꿈도 꾸지 않았다. 최정희는 독서체험이 거의 없는 독특한 작가에 해당된다. 여학교 때는 소설책을 읽으면 연애쟁이로 몰아세우는 바람에 책을 읽지 못했다고 하나('나의 소녀시절」) 그보다는 문학적 자산이 없는 가정환경 때문이라고 보는 것이 더 정확할 듯하다. 아버지 덕에 서당은 일찍부터 다니기 시작했으나 아버지가 작은 어머니를 얻어 나간 이후에는 하층민으로 살아야 하는 경제적 어려움에 책을 읽을 틈이 거의 없었다. 스스로도 고백하듯 예닐곱살 무렵 동네 할머니들이 『춘향전』을 구성진 소리로 읽어 주던 기억이 독서체험과 관련한 유일한 기록이다.

동경으로 건너 간 이후 비로소 로자 룩셈부르크를 비롯하여 『令女界』『婦人公論』『苦葉』 등 부인관련 잡지를 읽게 된다. 이 중 『레이조카이(令女界)』는 최정희에게 '영녀계적 사랑'을 구체적으로 꿈꾸게 한 잡지였다. 이 잡지는 일본 호우분칸(宝文館)에서 발행한 것으로서, 여학교 고학년부터 20살 전후의 미혼여성독자를 대상으로 신상 상담이나 미용 상담 등도 빈번히 소개하였으며, 특히 남녀 간의 연애를 그린 소설을 많이 게재하였다. 이러한 특징으로 '난바(軟派)' 소녀들이 주로 읽는 잡지라고 해석되어, 이 잡지를 금지하는 학교가 많았다고 한다. 최정희는 이 잡지에 실린 연파(軟派)적 사랑이야기에 매료되어 '밥을 못 먹고 잠을 못 자는 영녀계적 사랑이 즐거울 뿐'(『백민』)이라 언급한 바 있다. 여기서 말하는 영녀계적 사랑이란 소녀적 사랑의 한 유형으로서 열병적 사랑, 황홀경적 사랑, 운명적이고 환상적인 사랑, 열정적 사랑 등의 내포를 가진 것으로 이해된다.

일본에서의 독서 체험은 초기소설 가운데 하나인 「니나의 세토막 기록」에서도 확인된다. 이 소설에는 『사적 유물론』『경제학』『부인문제』『여공애사』『로자 약전』과 같은 책들이 언급되어 있다. 최정희의 독서 체험은 크게 사회주의 사상과 여성문제와 관련된 것으로 대분되는데, 사회주의 서적들에 대해서는 독서의 재미를 붙이지 못하였던 듯하고, 여성문제는 늘 자신의 삶을 비춰주는 거울로서의 역할을 했던 듯하다. 우리말로 된 책은 동경에서 돌아온 1931년 이후에 읽게 된다.

최정희를 사로잡았던 분야는 원래 노래, 무용, 연극 등이었고 문학과 관련하여서는 위에서 언급한 것 외에 별로 확인되는 내용이 없다. 연극, 영화와 관련하여서는, 여배우 흉내를 내고, 영화 구경을 다니다가 근신 처분을 받은 적도 있었다. 동경시절은 어릴 때부터 꿈꾸던 여배우를 직접 실천해 보는 일종의 꿈의 장, 실천의 장이었지만 여건이 별로 따라주질 않았다.

사회주의 연극운동가 김유영과의 슬픈 만남

실망한 최정희는 일 년 반 만에 고국으로 돌아온다(1931). 거리를 방황하다가 종각 부근에서 동경 시절 알고 지냈던 사람을 만나 그가 일한다는 소형극장 사무실에 들르게 된다. 그 남자는 김유영이었고, 소형극장은 그가 이끄는 극단이었다. 이 방문은 최정희의 일생을 규정짓는 하나의 '사건'이 된다. 김유영은 사회주의 연극운동을 주도하던 인물로서, 당시 『쌍곡선』이란 『동아일보』당선 시나리오를 영화화하기 위해 감독으로 내정되어 있을 때였다.

영화를 하고 싶은 최정희는 망설임 없이 김유영에게 소개되었고(김옥엽, 「최정희와 김유영」, 『연애결혼 비화 특집』, 『신여성』, 1933.1, 100~102쪽) 그 자리에서 오디션을 보게 된다. 최정희는 이처럼 욕망을 스스럼없이 드러내고 원하는 것을 직접 찾아 나서는 당찬 여자였다. 오디션을 보고 나서 떨어졌다고 생각하고 있던 최정희에게 김유영은 집까지 찾아와 '주역을 맡아 달라'고 부탁한다. 하지만 그의 내방은 그녀의 운명을 결정짓는 '이상한 환(環)'이 되었다. 전혀 뜻하지 않게, 성스런 의식도, 화촉의 불도, 가족의 축복도 없는 동거생활이 시작되었고, 아들 익조를 임신하게 된다. 김유영과의 만남으로 인해 여자로서, 연극인으로서, 문학인으로서의 삶을 시작하게 되지만, 즉 최정희가 공적 개인이면서 동시에 사적 개인으로 위치 지어지는 사건이 김유영과의 만남에서 비롯되었지만, 그 만남은 '수식도 체도 없는 명랑한 여인'(모윤숙, 197)인 최정희에게 행, 불행 모두를 안겨 주는 것이었다.

　김유영과 동거하면서 소형극장 운동에도 참여하고, 연극배우로서 여주인공을 맡기도 한다. 최정희의 소형극장 운동에 관해서는 김재철의 『조선연극사』에서도 확인된다. 김재철은 '각지에서 일어나는 프로극'이란 장에서 1931년 가을에 조직된 이동식 소형극장을 소개하면서 연출부에 김유영, 출판부에 최정희 등이 관여하였다[3]고 기술하였다. 연극으로서는, 김유영의 희곡 『배신자』의 여주인공 임정옥 역을 맡는다. 하지만 이 연극은 일제의 검열에 걸려 도중하차 하고 만다. 돈만 아는 손광모를 사랑했으나 사회주의자인 배혁을 알게 되자 차츰 사상에 눈 뜨고 배혁을 도우며 사랑하게 된다는 것이 줄거리로서, 일과 사랑 어느 것 하나 포기하지 않고 사회주의 여성으로 태어난다는 내용이다. 바로 이것이 최정희 소설의 특징 중 하나인 '즐거운 당위'로 연결된다. 후에 상세히 설명하겠지만 '즐거운 당위'란 사상과 사랑을 분리하지 않고 즐겁게 사랑하면서 사상을 더욱 굳건히 실천하는 것이다. 당시의 사회주의 소설들은 여주인공들이 한결같이 사상 때문에 사랑을 포기하는 것으로 귀결되었는데, '레이조카이의 사랑'을 동시에 꿈꾸는 최정희의 소설들은 이러한 공식을 그대로 차용하지 않았다. 즉 당시의 사회주의 소설의 공식에서 벗어나 있었다. 즐거운 당위의 강점은 여주인공이 즐겁게 연애하며 실천에 나서서 사상의 주체임을 포기하지 않는 것이다.

여기서 보듯 최정희의 예술적 시작은 문학이 아니라 연극이었다. 자전적 소설로 알려진 『강물은 또 몇 천리』에서도 여주인공 강주의 꿈은 "무대에 서거나" "스크린에 서"는 것이었다. 이 소설에서 최정희로 인지되는 여주인공 강주는 자신의 사회적 욕망을 문화공론사 기자로 시작하지만 곧 『현대극단』 등을 통해 소극장 운동에 참여하며, 『배신자』 『사상의 적』 『싫컷 울던가 웃어라』 『동경서 온 두 사나이』 등과 번역극 『검찰관』을 통해 여배우로 활약한다.

최정희에게 연극은 '자기 운명과 대결'하고 '개혁'하는 것으로서 '사회적 욕망'의 장이었다. 뿐만 아니라 자신의 사상을 실천하는 장이기도 하였다. 다른 한편으로 연극은 최정희 삶을 송두리째 바꾸어 놓은 '개인적 감정과 욕망의 장이기도 하였다. 최정희의 남자관계는 모두 연극으로부터 비롯되었으며, 연극으로 인하여 여인, 아내, 어머니의 삶이 조건 지어졌다. "어린 아이들까지도 남자

아이가 좋"은 최정희(「남자친구들」, 『젊은 날의 증언』, 91쪽)는 "문학을 일찍부터 안 했더면 쏘오냐도 되고, 나타아샤도 됐을 여인인데"(「연애생활회고」, 『젊은 날의 증언』, 86쪽)라는 말을 줄곧 듣는다. 시인 김광섭도 『인간 최정희』에서 '불행한 사랑을 애호하는 취미에 자신이 늙어가는 꿈을 들여다보는 여인'이라 평한 바 있다. 한국전쟁기에도 최정희는 연극을 세 번 공연한다. 대구 피난 시절에 김영수 작 『고향사람들』을 소설가 박영준과 함께 출연하여 주인공 정옥 역을 맡은 바 있으며, 두 번은 피난 간 문인들이 돌아오기 전 서울에서 막을 올렸다. 만화가 코주부, 장덕조, 전숙희, 김팔봉, 이봉구 등과 함께였다(「연극하던 이야기」, 『젊은 날의 증언』, 83~84쪽).

김유영이 잡지 『문화공론』 발간을 준비하면서 최정희는 잡지사의 사무실 한편에 포장을 치고 살림집 삼아 기거하게 된다. 포장 안에서는 부부였지만, 포장 밖으로 나오는 순간 두 사람은 잡지사 주간과 여기자 사이로 남남처럼 행세해야 했다. 이때의 신산스런 일상은 장편소설 『강물은 또 몇 천리』 등에 여러 차례 상세히 묘사된 바 있다.

문화공론사 사장이 사업에 실패하면서 잡지 발간이 불가능해지자 두 사람은 거리로 나앉아야 할 신세가 된다. 삶의 무게에 견디지 못한 김유영은 두 차례나 낙태약을 보약이라고 속이면서 낙태를 강요하였다. 약을 마시고 사흘 동안이나 가사상태에 빠져 있을 정도였다. 여성으로서, 임산부로서 느낀 슬픔들이 『강물은 또 몇 천리』, 『정적기』 등에 고스란히 전달되어 있다.

'게니아식 연애'의 거부 ─ 여성성에 대한 새로운 해석 1

생활에 더욱 쪼들리게 된 최정희는 다시 박희도 선생님을 찾아갔고, 그의 추천으로 제2의 운명이 기다리는 삼천리사에 입사한다. 당시 『삼천리』 잡지사 주간은 김동환이었다. 『삼천리』 기자 시절은 최정희에게 글 쓰는 직업을 주었으며, 이광수를 비롯한 여러 문인들을 만나게 되는 기회를 제공하였다. 삼천리사 입사를 계기로 최정희의 운명은 제2기에 들어서게 된다. 개인적으로나 사회적으로, 여성으로서나 작가로서도 그러하다. 최정희가 처음 글을 쓴 주제는 「산아제한」에 관한 것이었다. 그 시절엔 원고를 받지 않고 이야기를 듣고 온 후 대필하는 경우도 많았는데, 춘원선생의 「15년 투병기」를 대필한 후 춘원으로부터 '내가 직접 쓴 것보다 훨씬 절실하다'는 칭찬을 듣기도 하였다. 그러다가 『조선일보』 문화부 기자였던 안석주의 소개로 수필을 쓰게 되는데 이런 것들이 작가로서의 길로 들어서는 계기가 되었다.

초기소설인 「정당한 스파이」, 「푸른 지평의 쌍곡」, 「비정도시」, 「룸펜의 신경선」, 「명일의 식대」 등은 사회주의 내용의 소설로 최정희의 가정환경에서 비롯된 여성의식과 사회의식을 보여주는 작품들이다. 이 소설들은 여성성에 대한 새로운 해석을 보여준다. 당대에는 '게니아식 연애'라는 말이 유행하였는데, 이는 '사랑'보다 '일'의 우월성을 강조하고 이성적이고 냉정한 남녀관계를 추구하며, 남녀관계 이전에 연애와 결혼에서 완전히 자유로운 동지적 결합을 중요시하는 형태의 연애를 말한다. 게니아는 콜론타이의 소설 『삼대의 사랑』에 나오는 여주인공으로서, 게니아식 연애란 좀 더 자율적인 삶을 살고자 했던 콜론타이스트들의 욕망이 반영되어 있지만 여성성이 확보된 것은 아니었다. 연애의 자유는 어느 정도 부여되어 있었지만, 사상의 자유는 확보되어 있지 못하였다.

하지만 최정희는 유행처럼 번지던 게니아식 연애를 추종하지 않았다. 초기 소설에는 오히려 이를 거부하는 형태의 연애들이 그려져 있다. 초기 소설에서는 여성의 성적 욕망을 배제하지 않으면서 애정 욕망을 '계급성의 부재'로 간주하지 않았다. 계급투쟁이라는 대의에 개인의 연애를 종속시키거나 말살시키는 관점에서 벗어나, 계급운동과 남녀의 애정 문제, 특히 여성의 욕망을 연결시켜 '해방'의 문제를 천착하려 하였다. 즉 계급해방과 여성해방을 분리시키지 않고 동시적으로 모색하고자 하였으며, 여성성이 계급성에 전유되지 않는 방식을 보여 주었다. 최정희의 초기 소설에 의해, 애정에 있어서의 계급성 및 프로소설의 이분법적 도식성이 극복되었다. 이것이 최정희의 소설에서 계급성과 여성성이 결합하는 방식이었다. '푸른 지평의 쌍곡'이란 제목도 계급성과 여성성이 두 개의 곡선임을 강조하는 것이다.

이들 소설에서 여성의 연애 욕망은 계급운동 및 조직운동의 매개로 작용하였다. 더 중요한 것은 계급운동이 '당위'로서만이 아니라 '즐거움'을 주는 대상으로 그려져 있다는 점이다. 계급운동은 역사적 필연성 속에서 '고통' 가운데 '의무적'으로 해야 하는 것이 아니라 '연애와 더불어 즐겁게 성취하는 것'이다. 이 '즐거운 당위' 개념은 최정희 소설의 최대의 인식적 발견이자, 최정희 소설의 최대의 강점이라 할 수 있다. 이 개념 속에는 자발성과 주체성이 역사적 필연성과 함께 녹아 있기 때문이다. 이성적으로 이념성에 제약되지 않고 감성까지 포섭하여 '운동'에 대한 인식적 질곡을 해체한다. 이러한 점에서 최정희의 초기 소설은 새롭게 평가될 필요가 있다.

프로소설이 대개 두 주체의 동지적 결합을 강조하면서 사랑보다 일에 주요임무를 두고 계급투쟁에 헌신하는 게니아식 연애관을 보여주었다면(이기영의 『고향』에서 갑숙과 희준), 최정희는 이와 다른 서사를 보여 주었다. 『고향』에서 갑숙과 희준의 동지적 관계는 성애의 관계를 배제한다는 점에서 계급성이 여성성을 전유하고 있다면, 최정희의 소설은 이 둘을 배제하지 않는 가운데 애정 욕망과 계급운동이 양립되는 남녀관계를 제공하였다. 해방이냐 애욕이냐를 이분법적, 대립적으로 보면서 남녀관계를 무조건 부정하는 프로소설의 방법을 지양하려는 발전된 인식이 드러났다고 할 수 있다.

신간회 해소파로서 '여인문예가클럽' 주창

1931년 들어 최정희는 근우회 해소를 주장하게 된다. 요지는 여성운동이 나름대로의 독자적 존재의의를 가질 수 있어야 한다는 것이다. 근우회는 여성운동 자체의 실질적 요구에 의해, 한국 여성운동의 과제였던 당시의 조선적 특수성에 입각한 여성운동론을 정립하여 조직된 좌우합작의 여성단체이다. 반제 반봉건의 과제를 여성운동의 과제로 삼아 성별 조직의 긍정의 논리를 만들어 내고 여성계몽운동론을 운동의 방법론으로 정립하였다. 신간회 해소가 언급되던 1930년 이후 근우회 역시 해소론에 휩싸이게 되는데 해소파, 시기상조파, 비해소파가 있었다. 해소파의 대표로는 정종명이, 비해소파로는 김활란 황신덕 등이, 시기상조파로는 정칠성이 있었으며, 시기상조파는 차후 해소파를 지원하게 된다. 해소파는 당시 사회주의운동이 성적 모순을 계급모순으로 환원시키고 여성해방을 계급해방에 종속시킨다고 이의를 제기하면서 일종의 노선투쟁을 벌이게 된다.

최정희는 여성운동이 계급운동의 한 부분이긴 하지만 여성운동이 곧 계급운동으로 등치되는 것은 아니라고 보았다. 여성운동의 궁극적인 목표는 계급문제의 해결이라기보다 여성문제의 해결이라고 보았다. 당시의 '선명하지 못한' 투쟁성 부족을 비판하며, 소부르조아적인 근우회를 해소하여 여성대중을 계급적으로 재편성함으로써 여성운동을 한 단계 진전시켜야 한다고 주장하였다. 즉 계급성보다 여성성을 우선성으로 하여 계급운동을 진척시켜야 한다고 주장하였으며, 이러한 방법론을 실천할 '여인문예가클럽'을 주창하였다. '여인문예가클럽'이란 운동조직으로 제시한 사회주의 여성운동 문인조직체를 의미한다. 초기소설인 「정당한 스파이」, 「나나의 세 토막 기록」, 「명일의 식대」, 「푸른 지평의 쌍곡」, 「비정도시」 등은 '해소파 이론의 소설화'라 할 수 있다.

이와 관련하여 최정희는 송계월과 한 차례 논쟁하게 된다. 『동광』 1932년 1월 '신여성 신년 신 신호'란 특집에서 최정희는 '남성 본위의 사회에서 자유평등을 맘으로만 웨치는 우리 여성들을 위하야 싸워보겠다는 것이 주요임무'라고 하면서, 그 방법으로 목적의식을 가진 단 몇 사람이라도 '여인문예가크럽'을 결성하자고 제안하였다. 덧붙여 '여류문인이 점차적으로 진출하야 한 조직체 밑에서 진정한 여성을 위한 기관지라도 발행했으면 한다'고 강조하였다.[4] 이에 대해 송계월은 '최정희의 '선언'이 있은 이후 '요즘 2·3인의 동무들 사이에도 농후한 열정을 갖고 전파되어 가고 있다'면서 우려를 나타낸 후, '금일의 역사적 현실성과 관련하여 진보적 의의를 가지는 것은 남성 대 여성의 성적 관계에 있는 것이 아니고 부르조아 계급 대 프로레타리아 계급이라는 계급적 관계에 있다'고 반박하였다. 송계월은 더 나아가 최정희의 그와 같은 견해는 '반동적 행동의 한 형태'라고 일축하면서 여성의 특수성을 충분히 시인해야 하지만 그것은 정당한 대중운동과 밀접한 조직적 관련 하에서만 시인될 수 있는 것이라 반론하였다.

당시 최정희의 이론은 계급운동 진영에 큰 파장을 불러 일으켰다. 송계월 외에 한 차례 더 반박이 있었는데, 잡지 『비판』(1권 8호, 1931.12)의 일 기자는 「비판의 비판 – '조선여성운동의 발전과정'을 읽고 : 최정희의 蒙을 啓함」이라는 글에서 다음과 같이 비판하였다. 최정희가 '제3기의 종막을 울니는 자본주의 사회'라는 표현을 썼는데, '제3기'라는 말은 코민테른의 제6차대회에서 체결한 신조어로서 전후 자본주의의 특질의 제 계단을 시기적으로 지적할 때 쓰이는 말인데, 최정희는 '제3기의 종막이 운다'고 하였으니 이는 곧 제3기적 특질의 소멸을 의미하는 것이 된다면서 그 이론의 과학적 근거를 알고 싶다고 하였다. 둘째 '여성운동의 침체'라는 표현에서 근우회의 운동이 침체하니 여성운동이 침체한다는 말인지, 근우회만 침체한다는 말인지 분명치 않다고 하면서, '전자라면 해소과정의 조선운동에 대한 인식부족이고 후자라면 근우회에 대하여 아직도 투쟁적 기대를 가지는 잠꼬대'라 하였다. 송계월과 동일한 입장에서, 전체적으로 최정희의 이론적 빈약함에 대해 조롱하는 어조로 답변을 촉구하고 있다. 이에 대한 최정희의 답변은 발견된 바 없어 논쟁이 더 이상 진행되지 않은 것으로 보이지만, 여성성을 계급성에 우선시키는 최정희의 이론이 당대 계급운동 진영에 가했던 이론적 공격은 가히 짐작되고도 남는다.

국가 폭력에 희생되다—신건설사 사건

1931년부터 3년간의 기자 시절은 최정희가 소설가 및 평론가로 탄생하는 비약의 시기였다. 장·단편을 합쳐 13~4편이 창작되며, 20여 편의 평론과 수필이 쓰여진다. 일제의 사상통제가 가속화되면서 제1차 검거사건이 일어난 후인 1934년 최정희는 프롤레타리아 예술동맹의 회원도 아니면서, 신건설사 사건에 연루되어 여류로서는 유일하게 전주형무소에 체포·투옥된다. '콘크리트 감옥 마당에서 게다 끄을 던 소리'는 그 후 최정희를 괴롭히는 소리 중 하나가 된다. 이때는 이미 김유영과 헤어진 뒤이며, 아들 익조도 김유영의 본가에서 데려간 후였다. 김유영이 먼저 검거되고, 그의 입에서 최정희라는 이름이 흘러나온 것이 체포된 배경이었는데, 심문과정에서 최정희는 당시 신건설이 무엇인지 몰랐다고 주장하였다. 형사들도 굳이 따라오지 않아도 되는데 따라와서 체포되었다고 말했다고 한다. 최정희는 신건설사 사건과 자신은 무관하며, 구속된 것은 오히려 검사 앞에서 사회주의 사상가인 아리시마 다케로(有島武郎)의 소설을 읽었다고 한 것이 이유였다고 말한다(서영은, 『강물의 끝』, 문학사상사, 55~56쪽). 투옥된 최정희에게 노천명은 '이 시대의 사명을 몸으로 실천한다'는 내용과 함께 자작시 한편을 보내왔으나, '시대의 사명 운운' 하는 소리가 별로 가슴에 와 닿지 않았다고 하였다.

9개월 만에 출옥한 후(1935, 29세) 이은상의 배려로『조선일보』출판부에 입사한다. 이때를 회고하면서 최정희는 '싸움의 기록을 남겼을 뿐'이라 말한다. 기사를 잘라버린 부장(안석주와 함대훈)에 대한 싸움 등 생각과 맞지 않는 일엔 항상 참지 않고 싸우는 통에 직장도 자주 옮겨야 했다. 직장을 옮길라 치면 박계주는 '며칠 안 돼 쫓겨날 텐데 뭘 또 가느냐'고 빈정거렸다. 「흉가」가 발표된 것, 김유영이 어느 초등학교 교사와 산다는 소문이 실려 온 것이 이 무렵이다. 「인맥」을 발표한 직후 김유영이 죽음을 맞고, 한 동안 그의 새 아내와 함께 신당동 집에서 기거하게 된다.

1차 전향 : 삼맥 시대 — 여성성에 대한 새로운 해석 2

최정희는 자신의 문학의 출발이 전주 감옥에서부터라고 강조한 바 있다. 감옥에 있을 때 '너를 구원할 길은 문학밖에 없다'는 '해열제와 같은' 소리를 들었다고 거듭 술회한 바 있다. 가난과 정치적 시련을 겪으면서 구원의 길은 '하나님도, 부처님도, 마리아도 아닌, 오직 자기 자신'이며(이러한 생각은 1960년대 중반까지도 지속된다), 동시에 '문학'임을 외치게 된다. 이는 초기의 신경향적 소설을 부정하는 것이다. 신건설사 사건 전에는 등단작을 「정당한 스파이」라고 언급하였으나 출옥 후에는 이를 부정한다. 현실의 고단함을 피하여 자신을 부정하는 이러한 태도는 그 후에도 지속된다. 이를 '제1차 전향'이라 볼 수 있으며, 1930년대 후반의 삼맥 시리즈는 전향의 결과물이라 할 수 있다. 초기 소설에 대한 부정은 현실과의 대결에서 최정희가 패배했음을, 도피하고 있음을 의미한다. 국가—민족—사회와의 관계에서 올바른 방향성의 제시 및 비판정신을 게을리 하지 않으려는 자세는 굴곡되어 이후의 삶뿐만 아니라 소설 창작에도 줄곧 반영된다.

제2의 등단작인 「흉가」는 자하문 집에 살 때 발표된다. 이 소설이 『조광』에 발표되자 주인집으로부터 왜 남의 집을 흉가로 만드냐고 비난 세례를 당하고 결국 그 집에서 쫓겨나게 된다. 그 후 내수동으로 옮겨 「길」 등의 콩트를 썼으며, 신당동으로 옮기면서 「인맥」을 『문장』지에 발표한다. 김유영과의 사이에서 얻은 아들 익조를 시댁에 빼앗길까봐 전전긍긍 하는 모성이 「인맥」 등에 처절하게 그려져 있으며, 때로는 아이를 보내고 잊지 못해 슬퍼하는 모성으로도 형상화되어 있다.

「흉가」와 삼맥 시리즈의 사이에 놓인 「산제」, 「곡상」, 「밤차」에서는 하층민—여성의 삶이 풍부하게 그려진다. 「산제」는 조혼의 폐해를 하층민—여성의 비극으로 처리하고 있으며, 「곡상」은 조혼의 폐해와 더불어 제 나라에서 살지 못하고 북만주로 이주하지만 결국 아편중독자가 되어 돌아온 '인표'의 삶을, 기혼여성의 곤궁한 삶의 비극으로 형상화하고 있다. 「산제」와 「곡상」은 「흉가」의 자전성을 뛰어넘어 하층민—여성의 궁핍의 원인을 개인보다 사회적 구조에 있다고 봄으로써 「흥가」보다 진전된 세계를 보여준다.

이어 발표된 「인맥」은 「지맥」과 「천맥」과 더불어 '삼맥'이라 언급된다. 삼맥 시리즈를 통해 최정희는 여성성에 대한 새로운 해석을 재차 시도한다. 이 소설들은 식민지 조선의 여러 가부장적 모순에 시달리는 여성의 고통을 심리적 묘사와 함께 리얼하게 형상화하면서도, 여성의 욕망을 부정하지 않는다. 삼맥 시리즈를 통해 제2부인 문제, 사생아 문제, 기생 및 첩에 관한 문제 등 당대 여성을 둘러싼 제 모순관계를 구체적으로 형상화하고 있을 뿐 아니라, 여성성 및 모성성에 대한 재해석을 시도한다. 여기서 드러나는 여성성에 대한 재해석은 여성성과 모성성을 이분법적 대립관계로 보지 않으면서 모성 신화 방향으로 귀착하지 않는다는 점, 여성에게 구원은 신이 아니라 남성과의 사랑이라는 점, 일부일처제를 인정하는 가운데 정숙한 여성, 완전한 여성 개념을 새롭게 도출하고 있다는 점, 제2부인이 되어 고통 받는 신여성을 형상화함으로써 신여성을 이상화하지 않는다는 점 등이다. 삼맥 시리즈도, 비록 다른 방향에서이지만, 최정희가 지닌 '젠더의 힘'을 확연히 각인시킨 작품들이었다.

파인 김동환의 '등록 없는 아내'가 되다

다시 삼천리사로 직장을 옮기면서 최정희는 박계주, 모윤숙, 홍영의, 김기림, 박상엽 등과 교유하게 된다. 박계주는 최정희를 일러 '자신의 살아있는 연보'라고 칭했으며, 모윤숙은 그 의식 자체가 한국여류문학의 선구다웠다고 술회한다. 최정희는 모윤숙이 이광수에게 보내는 연서를 가지고 이광수를 찾아 가는 매파 노릇도 한 바 있으며, 파인에게 향하는 마음을 들켜 놀림을 받기도 하였다. 최정희는 스스로 비정상적(삼천리사는 돈이 없어 인쇄비도 못 주는데, 문인들에게 후한 식사대접을 한다)이라 비난하던 파인과 '엉뚱한 이단의 정열을 불태우고'(모윤숙, 『회상의 창가에서』, 198~199쪽) 있었다.

파인 역시 최정희에게 마음을 보내고 있었으며, 최정희가 출퇴근 하는 '수구문'(최정희가 사는 신당동엘 가려면 그 곳을 통과해야 함)이 서울의 서대문 속에서 가장 자신의 마음을 끈다며, 시 「해당화 피는 언덕」에서 노래한 바 있다. 조혼한 파인은 이미 아내와 자식이 있는 처지였고, 따라서 최정희는 '등록 없는 아내'로 머무를 수밖에 없었다. 사랑이라는 '자연의 윤리'로서는 부끄러움이 없었으나 '세상의 윤리'로서는 떳떳하지 못한 삶이 그녀 앞에 놓여 있었다.

파인은 돈암정에 집을 마련하여 새살림을 시작하였다가 덕소로 소개하게 된다. 덕소 시절의 삶은 해방 직후의 여러 소설을 낳는 직접적인 계기가 된다. 일제 말기에 작가들이 일본에 부역하지 않기 위해 시골로 거처를 옮겨 보신하던 행위를 '소개(疏開)'라 하는데, 최정희의 경우는 오히려 덕소 시대 때 친일행위를 한다는 점에서 일반적인 소개와는 성격이 다르다. 1941년 예동의 삶을 배경으로 한 「봉황녀」를 발표하고, 1942년에는 장녀 지원을 출산한다.

조선임전보국단의 간사로, 글과 강연으로 친일협력

친일문제에서 결코 자유로울 수 없는 사람이 또한 최정희이다. 임종국의 『친일문학론』에서도 대표적인 친일문학자로 거론되어 있는 최정희는 6편의 친일소설과 「군국의 어머니」 등의 강연을 수 차례 하게 된다. 최정희는 조선문인협회(1939.10)와, 두 번째 남편 김동환이 주도한 조선임전보국단(흥아보국단준비위원회와 삼천리사가 발의한 임전대책협의회가 합쳐진 것)의 간사로 참여하면서 여러차례 강연을 한 바 있으며, 이광수가 부장으로 있는 전시생활부 부원으로도 참여한 바 있다. 1941년 12월 부민관에서 열린 조선임전보국단결전부인대회에도 참여하여 「군국의 어머니」라는 제목으로 연설한 바 있다. 글로는 조선문인협회 주관으로 문사부대 39명이 양주지원병훈련소에 일일입소한 후의 소감을 적은 「진실로 이기라」를 비롯하여 「문사부대와 지원병」, 「지원병 훈련소의 일일」, 「시국과 소하법」 등을 통해 지원병이 될 것을 설득하기도 하였으며, 전시체제에 맞는 생활을 하도록 권고하기도 하였다.

이와 같은 친일협력에 대해 최정희는 『강물의 끝』에서 파인의 시국관도 춘원과 같이 '일본이 믿도록 생활태도를 갖고서 속으로 실력을 갖추자'는 입장이었고, '남편의 일에 협조하는 의미 이외에 다른 뜻은 없었다'고 변명한 바 있으나, 최정희의 친일협력이 자발적인 내적 논리로 이루어진 것이 아니라고 말할 수는 없어 보인다.

하지만 최정희의 친일협력은 좀 더 면밀히 살펴보아야 할 지점이 있다. 남성젠더들의 친일협력과 달리 '민족' 범주 외에 '젠더' 범주를 갖고 있기 때문이다. 즉 '젠더' 범주가 지닌 비판성을 확보하는 지점이 있다는 점이다. 「전쟁 장기화 가정생활 주부 좌담회」(삼천리 1940.3)에서 당시 민사령의 개정으로 남편의 성을 따르게 된 점에 대해 다른 참여자인 황신덕·정의순 등은 대체로 찬성하였으나 최정희는 반대의사를 표명한다. 그동안 자신의 성을 사용했던 환경을 버리기 어렵다는 것이다. 단지 결혼이란 요인만으로 여성의 성을 남편의 것으로 간단히 바꿀 수 없다는 것으로서, 성과 연관되어 있는 가부장적 요인을 거부하고 있음을 보여 준다. 또 청춘이 가기 전에 하고 싶은 일이 무엇이냐는 기자의 질문에 최정희는 중국 여인의 생활과 아해들을 소설화하고 싶다고 말한 바 있다. 이는 같은 피식민 상태의 중국—여성들의 피폐한 삶에 대해 강한 관심을 피력한 것으로 이해할 수 있다.

최정희는 당시 여성작가들과 다른 지점을 확보하고 있었는데, 그것이 바로 '젠더'라는 범주이다. 강연만 하더라도 부민관에서 강연한 「군국의 어머니」는 모윤숙의 「여성도 전사다」와 다른 맥락을 갖는다. 두 글 모두 총력전 체제에서 여성이 국가에 어떻게 동원되는지를 보여 주는 좋은 사례인데, 모윤숙의 경우 남성과 동일한 전사로서의 여성을 말하고 있다면, 최정희는 젠더 구분을 갖고 '남성과 다른', '남성이 아닌' 여성이란 의미를 갖는다. 즉 성별 구분을 지우지 않고, '여성-국민되기'를 말하고 있다는 점이 다르다.

이와 같은 양상은 소설에 더욱 적극적으로 드러나 있다. 최정희의 친일소설은 「환의 병사」(『국민총력』, 1941.2), 「2월 15일 밤」(『신세대』, 1942.4), 「여명」(『야담』, 1942.5), 「장미의 집」(『대동아』, 1942.7), 「야국-초」(『국민문학』, 1942.11), 「징용열차」(『半島の光』, 1945.2)의 6편이다. 이들 친일소설에서 민족, 국가, 일본 등은 남성성의 상징으로 재현되며, 식민지 또한 남성성으로 규정된다. '민족 범주 우선성'으로 분석하면 이들 소설은 반민족적 친일소설에 불과하다. 하지만 '젠더 범주 우선성'으로 분석하면 이들은 식민지 조선(남성)의 가부장성과 허약성, 위선을 지적하며 식민주의와 제국주의에 대한 저항을 드러내는 역설적 부분도 확보한다. 즉 친일과 젠더와의 결합에서 단순히 민족/반민족의 대립으로 설명되지 않는 잉여를 도출해 준다.

최정희의 친일소설은 일본의 국책을 선전하는 도구로 쓰였지

만 친일논리를 내면화하는 자기화의 방식이 있었다. 여기서는
식민지(남성)성의 비도덕성에 대한 비판과 계몽 주체로 부상하는
여성 정체성이 드러난다. 가부장적 현실, 남성중심적 현실에 대
한 거부, 비판, 복수의 의미를 강하게 노출하여 오히려 식민주의
또는 가부장제에 대한 저항적 의미까지 산출하였다. 여성이 계
몽 주체로 부상하면서 식민지 조선 남성의 가부장성은 뒤집혀졌
으며, 식민지 남성의 비도덕성과 무책임성을 거부하고 그에 복수
함으로써 식민지 조선(민족·국가)의 정당성 및 민족에 대한 환상
을 해체하는데 기여하였다. 하지만 한편으로 여성이라는 계몽주
체의 욕망이 근대주의, 제국주의를 향하고 있다는 점에서 긍정성
만 지닌 것은 아니었다.

이 친일소설들은 제2 이등국민인 '식민지 조선 여성'이 주변부
성을 탈출하고 극복하기 위한 하나의 방법이었다. 이러한 해석
역시 민족·국가주의에 일방적으로 환원되지 않는 지점을 확인
시킨다. 친일소설은 제2 이등국민인 여성이 국민으로 호명되고
사회의 주체로 부상하는, 일종의 정체성 획득 과정이라는 여성의
황민 되기 방식(차이)을 보여 준다.

해방이 될 때까지 7년간 이 곳에 머물면서 '독특한 농사꾼 노
릇'을 하게 되는데, 감자, 오이, 소채 등을 비롯한 작물 외에 양계
일을 하게 된다. 농사짓는 것을 보고 '연구'하면서, 거름동이를 이
고 다니기를 마다하지 않았다. 이때의 경험이 해방 직후의 소설
「풍류 잡히는 마을」, 「우물 치는 풍경」, 「점례」, 「고추」, 「베갯모」

등의 소재가 된다.

덕소 시절은 두 번째 남편인 파인 김동환과의 오붓하고도 행복했던 나날로 기록되어 있다. 하지만 파인에게 조혼한 부인이 있어 첩의 신세 같다는 것이 불행이라면 불행이었다. 시가로부터 남편이 "방탕한 축첩생활을 청산하고 집으로 돌아오라는 편지"를 받게 되면 최정희는 여성으로서의 자신의 삶과 조혼제도, 사랑에 대해 생각하며, 슬픔으로 가득 차게 된다. 김동환의 '등록 없는 아내'라는 현실에서 겪을 수밖에 없는 마음의 고통들이 「지맥」 등 삼맥 시리즈 소설을 비롯한 「탄금의 서」 등에 상세하게 묘사되어 있다. 가부장제에 대한 저항성이 스며들어 있는 것도 최정희의 삶에서 나온 자연스런 결과라 할 수 있다.

덕소 시절에도 김동환은 「백인결사대」(일제가 패망할 것이니 신사참배, 미소기[5]도 하지 말고 연합군이 승리할 때까지 숨어 살자는 내용) 등으로 형사들에게 시달림을 받았다. 『삼천리』에 지원병을 권유하는 시들을 싣고 임전대책협의회를 발기하여 강연회를 열기도 하였으나 형사들은 김동환에 대한 감시를 게을리 하지 않았다.

다시 경향적 소설을 발표하며
─ 여성 지식인이 보는 농촌문제, 미국 문제

해방의 소식이 전해지자 파인은 서울로 가자고 독촉하였다. '아무 간섭 없이 잡지를 해보고 싶은 것'이 소원이라며 서울로 올라가 『삼천리』 잡지의 속간을 서둘렀다. 최정희는 「조선문학가동맹」에 어떤 형태로든 관여하였던 것으로 보인다. 손소희에 의하면 1946년경 박영준의 추천으로 문학가동맹에 가입하였으며 최정희 등과 만났다고 술회되어 있고(손소희, 「때를 기다리며」, 전집 12권, 407쪽), 1946년 2월 8~9일 조선문학가동맹이 개최한 조선문학자대회의 초청자 명단에 지하련 노천명과 함께 들어 있는 것으로 보아(『건설기의 조선문학』) 문학가동맹에 관여하였다고 볼 수 있다.

이 무렵 첫 창작집 『천맥』을 상재한다. 그 외에 반미소설인 「풍류 잡히는 마을」과 「우물치는 풍경」을 비롯, 「점례」 등 1930년대 초반의 이데올로기의 연장선으로 보이는 소설을 발표하고, 이들 작품을 묶어 두 번째 창작집 『풍류 잡히는 마을』을 상재한다. 이 작품들에서는 여성지식인 보는 농촌문제, 식민지 문제, 반미 문제 등이 언급되어 있다. 하지만 해방 직후의 최정희는 친일 이력에다 '등록없는 아내'라는 제도 밖의 인물로서 문단에서 거의 비주류였다. 빈농층, 여성, 비문학적 출발, 친일, 제 2부인 등의 요소는 최정희로 하여금 '비판성'을 유지하게 하는 요인이었고 해방 직후의 위와 같은 소설들 역시 위의 '비판성' 위에서 창작되었다고 할 수 있다.

파인은 반민특위에 걸려 또다시 이데올로기 갈등에 휩싸이게 된다(1948). 파인은 반민법으로 기소된 6명의 문인 중 중 유일하게 마포형무소에서 7년 동안의 '공민권 정지'형을 받고 3개월 동안 수감생활을 한다. '화려한 것 호화로운 것을 즐기는 파인이 교도소 안에서 초라해 있을 것을 염려하여 자신의 유-똥 치마를 뜯어 새 이불을 만들어 넣어 주었더니, 파인이 형무소 안에서도 자기 집 안방처럼 편하게 지낸다는 소문, 이부자리며 의복 음식의 화사로움이 말할 수 없다는 소문까지 돌게 된다.

1946년 태어난 차녀 채원과 지원의 재롱은 출옥 후 파인의 우울을 걷게 해 준 원천이었다. 이때의 경험으로 최정희는 아이들 및 소녀를 새롭게 발견하게 되고, 그를 소재로 하여 『녹색의 문』 등의 소설을 상재하게 된다.

최정희는 반민 특위 등 파인에 대한 여러 공세가 『삼천리』 때문이라며 하지 말라고 했지만, 『삼천리』는 파인의 이상이자 일감이어서, '우리의 문화를 끌어 올리고 작가들에게는 인세를 주어 생활을 보장'해 주고자 하였다. 문학잡지를 더 이상 할 수 없는 상황에서 다른 대안이 없었던 것이다. 『삼천리』로 인한 파인과 최정희 간에 옥신각신했던 내용은 『그와 나와의 대화』에 상세히 기록되어 있다.

대한민국 정부가 서기 직전 『삼천리』는 최정희 · 손소희 · 모윤숙 세 여성문인을 초청해 좌담회를 개최한다. 「조선문단의 삼

혜성이 말하는 신문학건설과 여성해방」이란 제목 하에 조연현의 사회로 진행되었다. 최정희가 당대 문단에서 세 명의 혜성으로 언급되고 있음을 알 수 있다. 이때는 아직 세 작가의 교유관계가 원만하던 때였지만, 좌담회의 내용 속에는 이후 전쟁기간에 서로 잔류파와 지하파로 나눠지고, 심판자와 피심판자로 나눠지는 모종의 암시가 엿보인다. 최정희와 손소희는 잔류파였고, 모윤숙은 지하파였다. 모윤숙은 수복 뒤에 두 잔류파를 심판하는 심판자로, 두 사람은 피심판자로 인생이 갈리게 된다. 최정희가 모윤숙과의 우정이 갈라졌다는 사건은 바로 이를 가리키는 것이다. 좌담회 내용을 보면 특히 모윤숙의 정치적 언사가 두드러지게 나타난다. 조연현이 정부수립 후의 건의책이 있으면 말해 달라고 하자 손소희는 작가의 생활 보장을 이야기하는 선에서 그쳤지만, 이미 이승만과의 관계를 지속시켜 왔던 모윤숙은 '예술원 창설'을 제의하였다. 이에 최정희는 제도를 아무리 잘 만들어도 운영을 잘 못하면 그만이라면서 우수한 문학인을 정부조직에 배치하여 문화정책을 양심적으로 하게 해야 한다는 현실적 방안을 제시하였다. 예술원 창설은 우익문단 조직정비의 일환으로 계획되고 있던 의제로서, 모윤숙은 남한정부 수립을 기정사실화 하는 내용을 주도적으로 발언하고 있었으며, 최정희는 관리자의 교양문제에 의해 결국 좌우될 것이라는 의견을 제시하였다.

또 다시 국가폭력에 희생되다
─B급 잔류파로서 남·북 양쪽으로부터 시달려

서울운동장에서 열리는 고등학교 학생 축구시합을 구경하던 날 전쟁이 일어난다. 원고료라도 받으려고 문예사 등을 들렀다가 작가들이 이미 '비상국민선전대'를 조직하여 가두방송을 하고 있음을 듣게 된다. 도강해야 한다는 동료 시인의 말을 듣고 그때까지만 해도 '공산주의가 어떠며 공산주의자들의 세상이 어떤 것인지 몰랐'던 탓에, 또 큰 딸 지원이가 병에 걸려 있어 도강 시기를 놓쳤다고 한다. 이후 적 치하에서의 이런 저런 수난은 『수난의 장』『속 수난의 장』에 구체적으로 소개되어 있으며, 『정적 일순』 등의 소재가 된다.

6월 30일 파인과 함께 '인민의 피를 빨아 먹는 문학'을 한 죄로 (「난중 일기에서」) 동인민위원회 사무실로 끌려간다. 다음날 다시 나오라는 명령에 파인 혼자 피하기로 하고, 최정희는 병든 아이 때문에 집에 있기로 한다. 그날 문리과 대학 뒷마당에서 인민재판 총살형이 치러진다. '자신이 시달리지 않고 또 파인을 무사히 숨길 수 있는 방법 중 하나'가 문학가동맹에 가입하는 것이라 판단한 후 7월 3일 스스로 문학가동맹 사무실로 찾아가 가입했다고 한다. 동맹회관에서 만난 노천명이 냉랭하게 대하는 것을 보고 소원해지게 되며, 또 임화를 만나서는 지하련의 소식을 묻는다.

지하련과의 오랜 우정은 수필 「옛 벗 지하련 보오」에 구체적으로
나와 있다. 대화를 주고받으며, 옛날의 동지였던 서로가 이제 남
북으로 나뉘어 총질할 수밖에 없는 현실에 비탄해 한다. 이때의
'비탄'이 동기가 되어 만들어진 소설이 『인간사』이다. 북한 정권
은 최정희에게 '괴뢰정권(이승만 정부를 말함—필자 주) 하에서 되지
도 못한 글을 써 갈겼다'는 비난을 퍼부으며 적대시 하였다. '총탄
보다 더 무서운 외로움'이 어떠한 것인지 실감하게 된다.

국군수복 후에도 이데올로기 공세로부터 자유롭지 못했다. 국
군은 '문학가동맹에 다니던 년'을 찾아 '당장 쏴 죽인다'며 외쳤다
(『속 수난의 장』). 문총에서는 도강파와 지하파(지하에 숨었던 사람)가
잔류파를 부역문인이라고 규정하며 처단을 결의한다. 개인적 안
위를 먼저 챙긴 도강파는 사실 모종의 도덕적 부채감을 느꼈을
법도 하나 도강파는 오히려 이념적 순결성을 내세워 잔류파의 사
상적 불결함을 심판하고 매도하였다. 반면 정부의 말을 믿고 잔
류하였던 잔류파는 오히려 '사상'을 의심받는 상황에 이르러 자
신의 결백을 드러내고 확인시켜야 했다. 잔류파는 은신자와 부
역자로 나뉘고 A, B, C의 3등급으로 분류되었다. 적극적으로 몸
을 피한 모윤숙은 은신자로, 최정희는 부역자로 B등급이었다. A
급은 적극적 부역, B급은 자진부역, C급은 소극적 부역의 경우였
다. 김동환을 살리려고 문학가동맹 사무실에 스스로 찾아 간 최
정희는 B급으로 분류되었다. 합동수사본부는 최정희를 취조하
면서 문학가동맹에서의 직책 등을 캐어물었다. 조사 결과 최정

희가 문학가동맹에서 아무런 직책도 맡지 않았다는 것을 알고 풀어 준다. 최정희는 문학가동맹 시절 아무도 자신과는 눈도 마주치려 하지 않던 석 달 동안의 상황을 떠올리며 '남의 재단보다 자기 자신의 재단이 더 무서운 것이 아니냐'고 반문하며 스스로를 위로한다.

즉 최정희는 남과 북 양쪽으로부터 반동이라고 심문받는 위치에 서게 된다. "당신들은 무기를 가지고도 우리를 적 치하에 남겨두고 멀리까지 도망갔다 오지 않았느냐, 빈손으로 남은 우리가 부역하는 체 하지 않고 다들 죽었더라면 좋았겠느냐'고 항변하면서 심문하는 그도, 자신도 '가엾은 백성'이라는 생각에 목이 메었다고 한다(「속 수난의 장」 등에서). 양쪽으로부터 시달려야 했던 이때의 경험은 최정희로 하여금 남 / 북 모두 옳지는 않다는 양비론적 시각을 가지게 하였다. 부역행위를 상쇄하기 위해 잔류파들은 속죄와 변명, 사상 검열을 통과하기 위한 적극인인 강연 및 집필, 절대복종 등을 맹세하고 또 표현해야 했다. 부역자들은 모두 보도연맹에 가입되었는데 최정희 역시 보도연맹 일원으로서 절대복종을 위해 『고난의 90일』, 『적화 삼삭 9인집』 등에 반공주의를 찬양하고 국가에 충성할 것을 맹세하는 주제의 글을 발표하였다. 이를 단지 생존을 위해서라고 보아야 할지는 의문이다. 보도연맹에 가입했다 하더라도 모두 공산주의를 일색으로 찬양한 것은 아니며, 위 작품집의 소설 내용도 상당히 다른 부분이 목도될 정도로 차이가 발견되기 때문이다. 여하튼 이러한 표현, 재현

행위를 통해 잔류파 문인들은 남한 사회의 '국민'으로 정식으로 인정된다. 식민지 시기 '제2 이등국민' 부류였던 최정희는 사상검증을 마친 후 반공주의로 무장하고 국가주의에 침윤되고 나서야 다시 이등 국민으로 편입될 수 있었다. 즉 반공주의와 국가주의는 최정희가 국민으로 편입될 수 있는 유일한 조건이었다. 최정희는 이 때를 회상하면서 당시는 '모두 보호색을 입고 살아남아야 했다'고 하였지만 이후의 최정희의 행적은 단순히 '보호색'이라 말하기 어렵다. 정권의 부침에 따라 카멜레온처럼 옷을 갈아입었기 때문이다. 그 옷에는 항상 합리화의 논리가 노골적으로 드러나 있었으며, 옷을 갈아입은 후 최정희는 항상 후한 대접을 받았다. 이러한 그녀의 방식은 이후 생애 끝까지 지속된다.

1·4후퇴 때는 어디로 끌려갔는지 모르는 파인과 부지불식간에 빚쟁이로 몰린 상황 때문에 쉽사리 피난을 하지 못하고 늦게 떠난다. 당시 최정희가 살았던 낙산 동네는 다른 동네보다 더 텅 비어 있었는데, 그 이유는 9·28 이전에 집을 버리고 월북한 사람들의 집을 국군 가족들이 들어와 살고 있었던 때문으로, 후퇴시 제일 먼저 피신할 수밖에 없었다. 대구까지 힘들게 가긴 했으나 앞차에 태운 지원이가 영동 근처에서 실종된다. 아이를 잃은 모정은 곧 찾게 됨으로써 진정되지만, 서울에 남은 어머니 걱정으로 일찍 서울행을 결심한다. 도강증이 없는 사람은 모두 탈락되지만 '종군작가증'으로 무사히 집으로 돌아온다(『다시 서울에』).

2차 전향—보도연맹과 공군작가단 사이

종군작가증은 공군작가단체인 창공구락부 종군기자가 되어 근무했기 때문에 발급된 것이다. 1·4후퇴 때 피난지 대구에서 1951년 3월 창단한 공군종군작가단 '창공구락부'에서 최정희는 유일한 여성문인이었다. 종군작가로서 공군지인『코메트』등에 「유가족」, 「임하사와 어머니」등 소설을 발표했을 뿐 아니라,『고향사람들』을 비롯하여 연극도 3차례나 무대에 올리는 등 적극적으로 종군활동에 임한다. 대구 피난시절 박영준, 장덕조, 최인욱 등과 함께 김영수 작 문인극『고향 사람들』에서 여주인공 정옥 역을 맡아 출연하였다(남주인공 역은 박영준). 이 연극은 인기가 있어 부산에서도 공연한 바 있으며, 이후 서울에서 두 차례 더 공연을 하게 된다. 육군종군작가단과도 함께 종군을 했는데, 육군종군작가단의 한 사람이었던 박영준에 의하면 최정희는 일선 장병들이 반가워하는 사람 중 하나였다고 한다. 이론적으로 정연한 말을 잘 못하는 최정희는 늘 대화식으로 이야기하였는데 이러한 화법이 장병들의 마음을 울리곤 했다는 것이다(박영준, 「종군작가 시절」, 451쪽). 한편 이 당시 최정희와 장덕조는 육군종군작가단의『돌아온 사람』에 출연하기도 하였는데, 이들의 짙은 화장은 아이들로부터 '양갈보'라는 놀림을 받게 된다. 최정희는 이후로도 짙은 화장과 화려한 옷차림 때문에 '양갈보 같다'는 소리를 몇 번 더 듣게 된다. 종군작가단 경력은 1960년대까지 이어져 1967년 베트남 종군작가단의 단장 자격으로 최정희는 베트남을 방문하여 사이공, 퀴논 등지의 장병을 위문하게 된다.

적 치하에서의 여러 경험은『적화삼삭구인집』『훈장』등과 공군 기관지『코메트』및『공군순보』소재 소설들에 소개되어 있다. 종군 작가의 경험은 최정희가 적극적으로 드러내고 싶지 않은 경험에 속한다. 전쟁을 소재로 한 소설 중에서도, 수필 등의 증언에서도 이 당시의 작품 활동은 거의 언급하지 않고 있으며, 연극 활동도『연극하던 이야기』에 단 한 차례 소개했을 뿐이다. 최정희에게 종군작가단 경험은 초기의 경향적 소설, 친일협력 활동과 함께 감추고 싶은 이야기 중의 하나였다. 하지만 한국전쟁 후에도 최정희는 군과의 관계를 계속 유지한다.『수복지구의 풍경』(『조선일보』, 1954. 9. 23~25, 3회 연재)은 삼팔선 이북이면서 이제는 대한민국의 땅이 된, 휴전선 이남의 속초, 양양 등을 둘러보는 일종의 시찰이었다. 이 글에서 최정희는 대한민국 국민으로서 이들이 지닌 패기와 결심들, 군정의 군대에 보내는 '존경과 애정이 가득한 얼굴'(1954. 9. 24)을 언급함으로써 반공주의 대한민국에서 살아남으려는 결의를 확실히 보여 준다. 종군작가단 경험과 이후의 군 시찰 관련 글들은 최정희가 감추고 싶지만 드러내야 했던 모습이었다.

신건설사 사건, 친일 활동 외에 최정희에게 감추고 싶은 이야기들은 또 있었다. 월북한 제부와 뒤따라 떠난 여동생, 북한에 잔류한 남동생이 그것이다. 북한 출신, 사회주의자로서 투옥 경험,

친일 활동, 월북 및 납북 가족, 북한 잔류 가족이 있는 사람이 이데올로기 공세가 극심한 남한 반공주의 사회에서 살아 갈 수 있는 방법은 무엇이었을까. 새삼 되묻게 되는 부분이다. 전쟁이 끝난 후에도 최정희는 '모든 것은 인간이 저지르는 것'이라는 소신을 굽히지 않는다. 이러한 그의 생각은 그녀로 하여금 늘 권력의 주변에서 맴돌게 하였다.

서울 동숭동(5-1번지)에서 "자녀와 함께 추억에 살면서 창작에 정진"한다. 1956년에는 『주부생활』 주간으로, 1958년에는 장편 『인생찬가』로 서울시문화상 본상을 수상하고, 1960년에는 『현대문학』 추천심사위원으로 피촉되는 등 이승만 정부 하에서 문단권력으로 군림한다. 1958년 전후 사회의 분위기가 이승만 정권 비판으로 돌아서자 임화를 만났을 때 느낀 감회를 소설로 기획하게 된다. 『사상계』에 『인간사』를 연재하면서 민주주의 혁명의 열매를 활용하고자 하였으나 『사상계』가 일방적으로 연재 중단 조치를 취하면서 작가로서의 자존심에 큰 상처를 입게 된다.

원고가 자꾸 늘어지자 『사상계』는 완(完) 자를 써서 보내달라는 청탁서를 보내왔고, 최정희는 이에 "쓰는 사람을 버러지만도 못 여기느냐" "소설의 완(完)은 내가 알 일이지 잡지사측에서 알 일이냐"고 항의하면서, "이 오만 횡포 앞에 대가리를 빳빳이 들어 보이겠다는 생각밖에 없다"고 흥분하였다.

당시 최정희는 『사상계』의 심사위원으로 활동하고 있었는데 잡지사가 이렇게 강경하게 나오게 된 것은 이 연재물의 내용과 깊은 관련이 있다. 『인간사』의 전반부(1~3부)는 학생운동 주동자였던 주인공 강문오의 사랑놀음이 주 내용이다. 이러한 내용이 자유·민주를 부르짖으며 사회비판에 앞서던 『사상계』의 성격(이념)과 맞을 리 없고, 더군다나 4·19 후의 시대정신과 부합한다고는 더더욱 생각하기 어렵다. 따라서 후반부의 정치서사는 잡지사의 "오만 횡포 앞에 대가리를 빳빳이 들어 보이겠다"는 각오 아래 추후 덧붙여진 것으로 보인다.

1950년대 중반에는 신문사측에서 연재소설을 일방적으로 중단하는 조치가 여러 번 있었다. 소설이 재미없을 경우 작가와 상의하지 않고 일방적으로 연재를 중단시켜도 무방할 만큼 문학에 대한 인식 및 문학의 기능이 오락적 기능을 중시하는 방향으로 전개되고 있었다. 김말봉의 『태양의 권속』이 139회만에 게재중지 되는 사건이 1952년에 이미 있었으며, 김팔봉의 「군웅」이 서울신문사 측에 의해 중지당한 것은 1955년이다. 연재중단 사유는 두 경우 모두 흥미가 떨어지고 독자들의 호응이 격감되었다는 것이다. 이 사건들은 소설의 흥미 내지 재미가 얼마나 중요한 요소로 부각되어 있는지를 알려준다. 김팔봉은 한 해 전인 1954년에 『통일천하』를 『동아일보』에 게재해 이미 대중작가로서의 입지를 굳힌 뒤였으나, 이러한 사실은 별로 통하지 않았다. 즉 개인의 문제를 초월한 문학사적 의미가 포함되어 있는 것이다. 일방적인 연재 중단 조치에 대해 김말봉은 손해배상 청구소송을 낸 바 있고, 다른 작가들도 분개하여 '한국작가권익옹호위원회'를 결성,『서울신문』에 집필 거부를 선언하는 '61인 성명서'로 강력 대응한 바 있으나, 이미 '재미'의 문제는 문학사적으로 확산되어 막을 수 없는 의미가 되어 있었다. 연재소설에서는 이제 재미가 없고는 작가의 의도대로 작품을 종결시키기도 어려운 상태가 될 정도로 문학의 기능이 '재미'로 집중되고 있었다.

『인간사』의 전반부는 재미가 없지는 않았다. 강문오의 사랑놀음은 어느 정도의 재미를 보장해 준다. 즉『인간사』는 '재미'보다 사상계사의 사시(社是)와 연관되는 듯하다. 하지만 이미 작가들에 대해 칼을 휘둘렀던 전례가 최정희에게도 적용되었던 것이다.

뒤에서 자세히 분석하겠지만,『인간사』는 오히려 젠더가 지닌 비판성을 제거하고 모성성으로의 환원을 획책하는 소설로서, 이전의 '최정희적 경향'을 부정, 수정하는 것이었다.『인간사』이후. 즉 1960년대 중반 이후에 쓰여진 소설들은 거의 '최정희적 경향'과는 거리가 먼 것들이라 할 수 있다. 이 작품이 여원사에서 만든 제1회 여류문학상을 수상작이었다는 점에서 여원사의 사시가 여성주의와 밀접한 연관이 있는지 새삼 반문케 한다.

1950년대 후반에서 1960년대는 최정희에게 각 잡지의 편집위원, 심사위원 시대였다.『사상계』에선 창간호 때부터 편집위원을 역임하였으며, 1961년에는 동인문학상 심사위원으로도 활약한다. 친정이나 다름없는『조선일보』에도 매년 신춘문예 심사 등 비평문을 실었으며,『여원』『학생계』『문학예술』『여상』『문학춘추』『현대문학』『주부생활』등의 잡지에서 소설가뿐 아니라 편집위원, 선자, 추천자, 심사위원 등으로 활약하였다. 1969년에는 한국여류문학인회 제2대 회장으로 피촉되기도 한다. 가히 문단권력의 한 봉우리로서 한 축을 굳건히 형성하고 있었다.

명동의 돌체와 명천옥에서

1950년대에 발간된 창작집으로는 『서울신문』에 연재한 『녹색의 문』(1952)과 동화집 『장다리 꽃 필 때』(1954), 두 번째 창작집인 『바람속에서』(1955)가 있으며, 1962년에는 『별을 헤는 소녀들』, 1964년에는 『인간사』 및 『여류한국』을 상재하였다. 수필집으로는 1951년 『사랑의 이력』과 1962년 『젊은 날의 증언』이 대표적이다. 또 이 해에 『강물은 또 몇 천리』를 『현대문학』에 2년간 연재하게 된다.

전후 작가들은 명동의 찻집 '돌체'와 술집 '명천옥'에 모여 문학을 이야기 하며 문단을 형성하였다. 김동리, 황순원, 허윤석, 정학수, 전광용, 손소희, 김말봉, 곽종원, 조연현 등이 드나들었다. 돌체와 명천옥은 작가들이 원고를 쓰는 집필실의 역할도 하였고, 원고청탁이 이루어지는 나눔의 장소이기도 하였으며, 문학비평이 행해지는 공간이기도 하였다. 작가들은 그곳에 모여 이야기를 나누다가 창작의 소재를 얻고, 노래방 삼아 예술시간을 갖기도 하였다. 회비를 내기로 하면서 누군가의 제의로 그 모임은 '명천주식회사'가 되었고, 회장에는 김동리가 추대되었다. 최정희는 술도 잘 마셨을 뿐 아니라 노래도 잘 불렀다. 18번은 '가레스스끼'란 일본 노래였다. 황순원의 18번은 '콩당 콩당 지나간다 피양 덩거당'이었고, 김말봉의 18번은 '갈잎피리'였다.

『조선일보』 1일 기자로 박정희와 면담

5 · 16이 일어난 그 다음해 1월 1일 『조선일보』의 권유로 1일 기자가 되어 박정희 의장과 면담을 하게 된다(『조선일보』, 1962.1.1). 최정희는 그간 『조선일보』 기자로서 혜택을 꾸준히 누려 왔지만, 『조선일보』 역시 최정희가 필요하였다. 1965년 3월 5일에는 『본사 출신 여기자 정담』에 최은희 · 최정희 · 조경희 3인을 초청해 지면을 크게 할애하기도 하였으며, 1961년 신춘문예 및 1963년 「본사모집 50만원 현상작」의 심사위원으로 활동한 바도 있다. 박정희와의 면담도 이와 동일선상에서 이루어진 것으로 신문사측의 질문지를 미리 외워 면담에 준비하였다. 문단권력과 언론권력의 협력관계를 여실히 보여 주는 장면이다.

박정희와의 면담에서 최정희는 지식인들이 5 · 16을 환영했다는 것, 그것도 "도로 뒤집히면 어쩌나 하구 애를 빠득빠득" 썼으며, "신문이 4 · 19 때처럼 적극적으로 나와 주기를 바"랐다고 언급한다. 문화단체를 통합하려 한다는 박정희의 말에 최정희는 문화계 인사로서, '문화단체는 통합하지 않아도 된다, 자유롭게 글을 쓸 수 있으면 된다, 책이 잘 팔리도록 도서관법을 만들어 달라, 민간 외교 사절을 자주 해외에 파견케 해 달라, 외국의 문인들과의 교류하게 해 달라'는 등의 요구 외에, 혁명과업이 제 3단계에 접어드니 "군정이라는 인상을 씻기 위해 민정에로의 점진적인 터전을 닦도록 하는 것이 좋지 않겠느냐"는 제의도 한다. 이러한 최정희의 정치적 발언은 '이승만 박사 귀국 반대'(『조선일보』, 1962.3.18), 혁명정부의 뜻을 이은 「신생활운동」(『조선일보』, 1962.7.5) '공화당 선거유세 참관기 보고'(『조선일보』, 1967.4.25), '5.25 총선에 대한 기대'(『조선일보』, 1971.5.5) 등으로 이어진다. 박정희와의 면담은 육영수 여사를 비롯한 대통령 일가와의 친분으로 이어졌고, 육영수는 시시때때로 최정희(가족)를 불러 사회에 대한 소견을 들었다. 1960년 이후의 이러한 정치적 행보는 식민지 후기의 친일적 활동에 이어 해방공간에서의 사회주의적 발언, 전쟁기의 종군작가단 활동과 더불어 최정희를 정권의 부침에 따라 향배를 달리했던 인물로 거론케 하였다.

1965년에는 국세청 자문위원으로 피촉된 바 있으며, 1967년에는 파월장병 위문차 종군작가단장으로 베트남을 방문하였다.

1969년에는 학원사 학원장학회 이사로 피임되며, 한국여류문학인협회장에 피선된다. 1970년 예술원 회원이 되며, 1972년 한국예술원 본상을 수상하고, 1982년에는 3·1문화상을 수상한다.

'여자된 자랑'을 말하며 화투에 몰두하기까지

위에서 보듯 1950년대 이후의 최정희는 최고의 '여성' '문단 권력'이었다. 『여원』을 비롯한 여성지 및 문학지 심사 및 주간을 맡았으며, 당대 최고의 학술교양지인 『사상계』에 연재도 하고 심사까지 맡았다. 하지만 가정사는 김동환이 납북된 후 그리 밝지 못했다. 남편 없는 빈자리가 너무 크게 느껴져 칼로 동맥을 끊는 등 자살소동도 여러 차례 일으켰으며, 이러한 엄마의 모습은 아이들로 하여금 '얼음집'으로, '절대로 엄마처럼 살지 않겠다'고 울부짖게 하였다. 최정희가 '화투'에 빠져들게 된 것도 이 무렵이었다. 화투에 대한 열병은 죽음에의 고비를 저절로 넘겨주었다. 박영준, 김세종, 유주현, 정태용 등이 고정 출석 학생이었고, 백철, 곽종원, 황순원, 오상원, 조경희도 가끔 청강생으로 '섯다 학교'에 끼었다 한다. 이러한 내용은 마지막 소설 「화투기」에 적나라하게 그려져 있다.

최정희의 삶과 문학(예술)은 한마디로 '감정과 욕망의 아카이브'의 소산이라 할 수 있다. 최정희는 여성으로 태어난 것을 '무한히 다행하게 재미나게 여기노라' 말한다. '남자는 싱겁디 싱거울뿐 아니라 변변치 못한 존재가 아닌가'고 반문하면서, 여자는 남자에게 산다는 보람을 느끼게 하는 존재이며, '녹음과 같은' 충만한 존재라고 하였다. 60의 남자 톨스토이, 80의 남자 괴테에게 삶의 의의를 간직하게 한 것도 여자이기 때문이라는 것이다.

여자된 자랑 속에서, 여자임을 만끽하며, 여성성을 한껏 고양시키며 문단으로부터도 인정받으며 한 평생을 살아온 사람이 작가 최정희이다. 여자라는 이름이 주는 온갖 '감정의 아카이브'로서, 그 감정을 개성미로 삼아 긍정적으로 표현하고 긍정적으로 인정받는 가운데, 비판적 예술인으로서의 욕망을 얹어 작품세계를 형성하고자 했던 작가였다. 등단했던 1930년대 박화성 등의 작가들이 여성성을 은폐하고 남성성을 작가정신으로 삼아 모방하고자 했을 때 최정희는 오히려 여성임을 강조하며, 그 여성성으로 삶의 승부처를 삼고, 문학의 독창성을 만들고자 했다.

여성주의 서사에도 각 범주 별로 다양한 우선성이 존재할 수 있다. 계급 우선성, 젠더 우선성, 민족 우선성 등등. 최정희의 소설은 이 중 젠더 우선성에 입각한 소설 경향을 보여 주었다. 즉 최정희의 삶과 문학은 모두 '여성'이라는 '젠더의 힘'을 유감없이 보여 주었으며, 이로 인해 기존의 '남성'중심적 보편성과 다른 '새로운 보편성'을 추구할 수 있었다. 이에는 그 특징 및 비판성, 장점 및 한계점이 모두 포함되어 있다.

최정희 서사의 또 한 특징은 '욕망의 아카이브'라는 점이다. 감정의 아카이브라는 특징이 '여성의 감정', '여성적 감정'이라는 '여성'으로부터 창출된다면, 욕망의 아카이브라는 특징은 여성이면서도 '계급적' '사회적' '조선민족적' '피식민지' '인간'인 최정희로부터 창출되었다고 할 수 있다. 이 욕망은 한편으로는 개인적 결핍에, 다른 한편으로는 사회적 결핍에 기인한다고 할 수 있다. 어린 시절부터 아버지를 그리워하며, 내년엔 이렇게 살지 않으리라는 다짐과 여러 가지 사회적 제약으로 인한 신산하기 그지없는 여성의 삶이 최정희로 하여금 '욕망의 아카이브'를 형성케 하였다고 할 수 있다.

엄마에 대해서는 늘 '불쌍하다' '어머니는 적막한 것'이란 생각을 갖고 있었다. 아버지와 함께 살지 못했으며 가난을 이기고자 엿장사, 떡장사 등 안 해본 것이 없었다. 오지도 않는 아버지를 기다리며 매년 말이면 어머니는 떡국 끓일 준비를 하곤 했다. 전쟁 때는 대구로 피난 간 자식들을 기다리며 옥수수 튀기는 장사도 하고, 미군 빨래도 하였다. 어머니의 미군 빨래 경험은 『끝없는 낭만』에 등장한다. 끝내 수고롭게 살다가 중풍으로 지내다가 임종을 앞두고 북쪽에 끌려간 아들의 이름을 불렀고 또 거기에 살고 있는 딸이 보고 싶다고 울부짖곤 하였다. 자식 넷을 두었으나 둘은 북에, 둘은 남에 헤어져 있었다. 남편과만 헤어져 있었던 것이 아니라 자식들까지도 남북으로 흩어져, 심신이 망가져 가는 어머니를 보고 최정희는 '세월을 쏘아 붙일 원자탄은 없단 말인가'고 외치곤 하였다.

패배와 구원, 숨김과 드러냄 사이에서

한편 최정희의 삶은 그가 이북 출신이라는 점, 사회주의자 남편을 두었던 점, 그리고 남동생 하나와 여동생 가족이 북한에 남게 된 사연과 분리하여 생각할 수 없다. 즉 이데올로기와 무관하지 않다. 아니 무관하지 않은 것이 아니라 일변 패배이며, 도피라고 할 수 있다.

최정희의 삶이 일변 '패배'이며 '도피'인 것은 4·19와 관련한 「통곡 속에서」에서 적나라하게 확인된다. 신문기사에 난 4·19의 희생자 최기영의 모친의 곡성을 추측으로 그리면서, 4월 18일의 부끄러움을 떠올린다. 마산에서도 대구에서도 터졌는데 왜 서울 사람들은 창경원 꽃구경만 하는 것이냐고 항변한다. 스스로도 '나 자신은 어쩌지 못하면서 사람들이 죄다 얼간이 같아 보여서 견딜 수 없어' 한다. 썩어가는 나라를 바로 잡자고 고려대학교 학생들이 일어났다는 소식을 접하고는 '사람들이 왜 저렇게 앉아만 있느냐고, '힘을 내서 어떻게 해 줬으면 시원할 것 같다'

고 하였다. 하지만 골목길 목판 장수가 데모하는 학생들에게 떡과 과자를 나누어 주는 것을 보고도 부끄러워만 할 뿐 결코 동참하지 않았다. 특수계급의 사람들은 얼굴만 번들번들 살쪄 가고 있다고 항변하는 최정희에게서 자신과 사회의 분리 현장이 목격된다. 기미년 만세나 4·19는 모두 '자기를 넘어서는 힘'이라 판단하면서도 정작 자신이 대사회적으로 '자기를 넘어서는 힘'을 직접 발휘하지는 않았다. 자기를 넘어 서는 힘은 대사회적으로가 아니라 언제나 자신에게만 해당하였다. 최정희의 패배와 도피는 반공 정권 하에서, 어머니의 형제들의 북한 잔류, 첫 번째 및 두 번째 남편 때문에 이데올로기의 갈등 속에서 살아야 하는 이북 출신들의 지난한 삶과 연결되어 있었다. 이러한 사정은 최정희의 내면과 작품들, 삶의 굴곡 속에 깊이 새겨져 고스란히 반영되어 있다. 이런 점에서 보면 최정희의 구원자가 '민족'이 될 수 없음은 당연해진다. 뿐만 아니라 그 중심에는 민족적 이데올로기의 갈등을 불러 오는 '계급'이 존재한다. 따라서 최정희의 구원자는 계급도 될 수 없다. 최정희의 구원자가 될 가능성이 '젠더' 쪽으로 기울어질 수밖에 없음은 '감정의 아카이브'로서만이 아니라 '욕망의 아카이브'에서도 그 원인이 제공되고 있는 것이다.

최정희의 특징 중 또 하나는 투옥, 사상 갈등, 전쟁에서의 이데올로기적 피해 등을 겪었음에도 절대자에게 의지하지 않고 오직 '자기 자신'을 구원자로 생각했다는 점이다. 전주감옥에 있을 때 '나를 구원해 줄 자는 오직 내 자신'이라고 했던 생각은 1960년대 중반까지도 지속된다. 이는 무엇을 의미하는가. 민족도, 계급도 구원자로 실격인 현실에서 최정희는 오직 '여성-자신'을 구원자로 상정했던 것이다. 민족과 계급은 '우선성'이 아닌 '부차성'을 가질 뿐이었다. 끝까지 민족과 계급을 버리지 않으면서, 젠더-민족, 젠더-계급 등의 조합을 연출해 내었다. '감정과 욕망의 아카이브'로서의 최정희의 서사는 이러한 최정희 개인적 이력과 사회적 상황에서 창출되었다고 할 수 있다. 이는 대부분의 이북 출신 작가들이 반공주의 우선성의 서사를 생산한 것과 다른, 최정희의 특징이다.

최정희의 이력을 보면 한편으로는 굳이 감추고자 하고, 또 다른 한편으로는 굳이 드러내고자 하는 부분이 분명히 드러난다. 초기의 경향적 소설은 굳이 감추고자 했으며, 「흉가」 이후의 소설은 필요 이상으로 강조하며 드러내려고 했다. 또 연극 활동은 소설가로서의 삶에 비해 필요 이상으로 부각되어 있다. 가족사의 측면에서도 감추고자 한 것과 드러내고자 한 것이 있다. 작은 아들과 딸(사위)은 감추고자 했으며, 해방-전쟁 시기를 통해 자신이 겪은 고초는 여러 차례 반복적으로 강조되어 있다. 감춤/드러냄은 식민지 시기-이데올로기 갈등을 겪은 작가들이 공통적으로 드러내는 보편성의 측면과 한국적 특수성의 측면을 보여 준다.

제2장

젠더 우선성[6]의 여성주의 서사,
그 창출과 변형

1. 식민지 시기

1) '일과 사랑'에 대한 새로운 사회주의적 해석 - '즐거운 당위'

여기서는 감정과 욕망의 아카이브로서의 최정희가 감춤 / 드러냄의 미학을 통해 보편성 / 특수성을 어떻게 서사화하는지 구체적으로 검토할 것이다. 본 총서의 최정희 편은 1950~60년대를 중심으로 분석하기로 기획되었으나 최정희 소설의 전반적인 이해를 돕기 위해 식민기 시기의 소설들을 일괄해 보는 것이 순서일 듯싶다. 이 장에서는 식민지 시기 소설에 대해 간략하게 검토하기로 한다. 최정희에 대한 오해 중 최대는 초기에는 계급성을 드러내다가, 1930년대 중반의 「흉가」 이후 국내정세가 바뀌자 '여류' 작가로 변모(전향)하며, 일제 말기에는 친일을 하는 등 주견 없이 대세에 따라 이리저리 변신하기에 급급하였다는 것이다.

최정희(1906~1990)에 대한 연구는 세 가지로 크게 나누어진다. 첫 번째는 경향적 작가, 동반자 작가로 분류하면서 초기작 및 해방 직후의 작품을 들어 '남성적인 작가'로 분류하는 시각이며, 두 번째는 "여류다운 체취에 감싸인 신비로운 여성성의 산물" "여성의식의 순수결정체"로 평가하면서 여류다움의 대명사로 규정하는 시각이다. 세 번째는 매우 부정적인 시각으로, 특히 1940년 전후 군국의 어머니를 다룬 친일작품을 중심으로 언급하면서 "기존의 권위있는 진술에 기대어 쉽게 해결해 버리는 안이한 결말 맺기의 결과"로 보는 관점이다.[7]

최정희의 소설은 식민지 시기로 한정할 때 3기로 나누어, 초기 경향작 / 「흉가」 이후의 여성성을 드러낸 작품들 / 친일소설로 분류되었으나 어느 연구자도 최정희 소설의 내적 연속성은 분석해내지 못하였다. 그 결과 '아마추어리즘의 승리' 또는 '기존의 권위에 안이하게 추종하는' 비주체적, 반민족적인 것으로 치부되었으며, 친일소설의 경우도 군국주의 모성으로 단순화되어 반민족적,

반여성적이라 비판되었다.

자신의 잣대에 맞는 작품들만 연구의 대상으로 취급하고, 그렇지 않은 작품들은 제외시켰기 때문에 발생한 결과였다. 계급 문제를 중시하는 연구자는 「홍가」 이후의 여성적 소설들 또는 일제 말기의 친일소설은 다루지 않았으며, 친일소설 연구자는 그전 단계의 작품은 부정적 인용사례로만 언급하였다. 하지만 최정희 소설은 식민지 시기 뿐 아니라 해방 이후까지도 내적 연속성을 유지하고 있으며, 여성젠더[8]의 근대성 및 근대화 방식을 제시하고 있어 흥미롭다.

다양한 욕망이 복합적으로 작용하는 '구체적 여성'이란 측면에서 보면 초기 소설부터 1960년대 중반까지의 소설은 분명한 내적 연속성이 있다. 여기에서는 최정희 소설의 내적 연속성을 '젠더 범주 우선성'으로 파악한다. 최정희 소설은 계급, 가족, 민족·국가 범주와 조우하면서 식민주의적 주체 구성과 젠더, 여성의 인식방법 및 여성 경험이 지적 범주로 편입되는 과정, 여성의 계몽적 주체로의 부상 및 황민화 방식─젠더와의 연관성을 깊이 있게 제시한다. 다시 말하자면 '여성'이라는 차이 및 '여성 내 차이'가 식민주의에 대응하는 방식으로서, 여성성의 규정에 대한 새로운 해석이 도출될 수 있다.

최정희의 소설은 초기의 경향적 소설에서부터 여성의 성적 욕망을 배제하지 않는다. 여기서 '초기'라 함은 신건설사 사건(전주사건)으로 투옥되기 이전을 의미하며, 경향적 소설로 분류되는 초기

작으로는 「정당한 스파이」(『삼천리』, 1931.10), 「니나의 세 토막 이야기」(『신여성』, 1931.12), 「명일의 식대」(『시대공론』, 1932.1), 「룸펜의 신경선」(『영화시대』, 1932.3), 「푸른 지평의 쌍곡」(『삼천리』, 1932.5), 「비정도시」(『만국부인』, 1932.10), 「남포ㅅ등」(『문학타임즈』, 1933.2), 「젊은 어머니」(『신가정』, 1933.3), 「토마토철학」(『동아일보』, 1933.7.23), 「다난보」(『매일신보』, 1933.10.10~11.23), 「가버린 미례」(『중앙』, 1934.2), 「성좌」(『형상』, 1934.2)의 12편이 있으며, 수필·소설로 장르 처리되어 있는 「아름다운 비극」(『신여성』, 1932.8)도 콩트로 넣을 수 있다.

최정희는 동반자 작가 또는 경향작가로 불렸던 박화성, 임순득[9] 등의 여성작가 및 다른 남성작가와 차별화되는 지점을 보인다. 여성의 개인적, 계급적, 사회적 욕망이 경향적 소설에서부터 군국의 어머니로 넘어가는 1940년 전후의 「밤차」(『가정지우』, 1940.4~6)에까지 지속적으로 전경화되어 있다는 점에서 최정희 소설을 1934년(또는 1937) 이전과 이후로 단순하게 분리하여 이해하는 태도는 수정되어야 한다.

최정희의 초기 경향적 소설은 비록 작가에 의해 버림받고 폐기 처분되었지만(처음에는 등단작을 「정당한 스파이」라 하였지만 출옥 후에는 「흉가」라고 적극 수정한다), 계급투쟁 운동이라는 대의에 개인의 연애를 종속시키거나 말살시키지 않고, 계급운동과 남녀의 애정 문제(여성의 욕망)를 연관시키고 있어 이채롭다. 1930년대의 프로소설은 대부분 애정 욕망을 계급 범주와 충돌하는 것으로 인식하였지 긍정적 발현의 대상으로 언급하지 못하였다. 충돌 결과 애정문제는 배제되거나 단순한 남녀관계로 환원되었고 '연애 욕망' 자체로 제시되지 못하였다. 즉 애정 문제는 계급문제에 전유되었다. 계급성과 여성성을 대립적으로 보면서, 지나치게 계급성을 강조함으로써 여성성을 무시하거나 계급투쟁을 도식적으로 그린 당대의 프로소설과 달리, 최정희의 소설에서는 계급성이 남녀의 연애 문제와 얽혀 있을 뿐 아니라, 여성의 욕망이 계급성과 결합되는 독특한 방식을 제시한다.

「정당한 스파이」와 「푸른 지평의 쌍곡」, 「룸펜의 신경선」 등 초기작에서부터 남성들은 투쟁의식만 있는 인물로 등장하는 반면 여성들은 계급의식과 아울러 감정이 풍부히 살아있는 인물로, 계급운동 속에서도 남성과 사랑하고 싶어 하는 인물로 등장한다.

여기서 여성의 연애 욕망은 계급운동 및 조직운동의 매개로 작용한다. 더 중요한 것은 계급운동이 '당위'로서만이 아니라 '즐거움'을 주는 대상으로 그려져 있다는 점이다. 계급운동은 역사적 필연성 속에서 '고통' 가운데 '의무적'으로 해야 하는 것이 아니라 '연애와 더불어 즐겁게 성취하는 것'이다. 이 '즐거운 당위' 개념은 최정희 소설의 최대의 인식적 발견이자, 최정희 소설의 최대의 강점이라 할 수 있다. 이 개념 속에는 자발성과 주체성이 역사적 필연성과 함께 녹아 있기 때문이다. 이성적으로 이념성에 제약되지 않고 감성까지 포섭하여 '운동'에 대한 인식적 질곡을 해체한다는 점에서도 새롭게 평가할 필요가 있다. 기실 프로소설의 도식성은 바로 이 '이성' '이념성'이라는 질곡의 직접성과 관련되기 때문이다.

「정당한 스파이」와 「푸른 지평의 쌍곡」이 성적 욕망이 비교적 덜 드러났다면, 「비정도시」, 「젊은 어머니」 연작, 「성좌」에서는 성적 욕망이 강하게 표출되면서 계급운동을 매개하는 장치로 활용된다. 「정당한 스파이」는 최정희의 등단작이다. 여주인공 '나'는 맑시스트 FE의 여자이지만 조직 내에서 스파이로 의심받는다. 그 이유는 구체적으로 언급되어 있지 않지만, 'FE 등이 계획하는 일에 권태라고 할까 하여튼 시원치 못한 늦김이 잇'기 때문이다. 이러한 느낌은 계급투쟁에 대한 이견이 있음을 확인시켜주는 바, 송계월과의 논쟁을 연상시키는데, 스파이로 오인 받는 요인이기도 하다.

주지하다시피 스파이란 조직의 불안정성 및 조직 내부의 문란 또는 조직의 경계가 문란해지는 공포 및 위기감과 관련되며, 그 조직 내부의 강제적 강화와 재정립의 필연성을 정당화하는 기제로 활용된다. 그런데 남성이 아닌 '여성'을 스파이로 지목함으로써 조직 내에서 여성의 정체성을 배제하려는 시선과 관련된다. 즉 여성을 정치적 주체로 인정하기보다 사회혼란 또는 조직혼란의 주체로 인식하는 것으로서, 이때 여성의 정치적 주체성은 부정된다. 「정당한 스파이」는 스파이로 오인 받는 '내'가 일종의 이중 스파이가 되어 자신의 정체성을 회복하고 정치적 주체인 '강한 여성'으로 거듭나면서 맑시스트 애인 FE로부터도 사랑받게 된다는 내용이다. 즉 '나'는 조직 내에서의 정치적 약자로서, 권력

박탈·애인 박탈이라는 공포의 위기에서 벗어나 정치적 주체로 부상하면서 계급성을 인정받고 동시에 애인으로서도 그 위치를 확고히 굳힌다는 줄거리이다. 이 모든 위기는 역설적이게도 '나'가 여성성을 발휘함으로써 해소된다. 이 소설은 정치적 약자인 여성의 새로운 주체구성 방식은 바로 여성성, 즉 젠더 범주라고 말한다. 박화성 소설에서처럼 남성적 여성이 되거나, 여성성을 포기하는 것이 아니라 여성성을 확보함으로써라고 강조한다.

「비정도시」는 노동운동에 투신한 박훈과 그의 동지 주리애의 관계를 제시한다. 주리애는 박훈과의 사랑을 확인하고 싶어한다. 박훈은 주리애를 애인이라기보다 동지로 생각하는 반면 주리애는 애인으로, 사랑하는 마음을 정신적 육체적으로 나누고 싶어한다. "동지간에는 애정문제를 전혀 쎄나야 한단 말씀입니까?"(63쪽)라고 항변해보기도 하지만, "사랑에 대한 문데는 몃해 후에 숙데로 줍시다"라는 박훈의 말에 주리애는 그때까지 참기로 한다. 경리직을 맡고 있는 주리애는 그 몇 해를 앞당기기 위해 회사가 적자라는 사장의 부도덕한 변명에 반년 총결산 총계표를 증거로 내놓으며 사장을 물리치고 계급투쟁에서 승리하며 애정 욕망을 성취한다.

「푸른 지평의 쌍곡」에서는 철공장에 다니는 '나'(옥희)가 부르주아 계급인 정수를 만나 사랑을 느끼면서 가슴 설레는 풍경, 그가 선물로 준 옷과 핸드백을 들고 흡족해 하는 모습이 그려져 있다. 계급성의 미약함으로 제시하기보다 여성의 욕망을 섬세하게 보여 주는 동시에 자기반성을 위한 각성의 장치로 그리고 있다.

위 소설들에서 젠더 범주 우선성은 애정 욕망을 '계급성의 부재'로 간주하지 않는 방법임이 드러난다. 또 여성성과 계급성이 이분법적으로 처리되지 않으며, 성적 욕망(여성성)이 계급성에 전유되지도 않는다. 여성의 연애 욕망을 긍정적으로 발현해 보여 줌으로써 등장인물들은 이념적 도식성으로부터 벗어나 구체성과 현실성을 부여 받는다. '푸른 지평의 쌍곡'이란 제목도 계급성과 여성성이 두 개의 곡선이 대등하게 조망될 때 미래가 열린다는 뜻으로 읽을 수 있다.

「젊은 어머니」 연작도 이와 유사하다. 「젊은 어머니」는 박화성, 송계월, 최정희, 강경애, 김자혜의 다섯 명의 작가가 릴레이 형식으로 쓴 연작소설이다. 1933년 잡지 『신가정』이 창간되면서 여류 작가 기획을 시도한 것인데, 이는 당시 여류작가군이 '집단성'을 확보하였음을 확인시키는 동시에, 조선사회의 새로운 건설을 미혼 여성(딸)이 아닌 '어머니'라는 대상으로 새롭게 확대 설정하고자 하는 의도를 드러낸다. 1920년대와 프로소설 초기에는 신여성 또는 미혼여성인 딸들을 대상으로 하여 '딸의 서사'를 제시했다면, 이 특집은 어머니를 건설의 주체로 재편하면서 '어머니의 서사'를 제시한다. 즉 사회의 기초로서 '가정'(가족관계)에 주목하면서 남편 부재 상황의 어머니를 제시하여 사상적 투쟁에 동참하도록 기획하여 '강한 여성' '강한 어머니'로 거듭나게 한다는 내용이다. 나혜석의 「경희」처럼 어머니가 딸의 신여성 기획에 참여하는, 즉 세대간을 대상으로 한 기획이 아니라 어머니 자체를 대상으로 하고 있다는 점에서 획기적인 전환을 보여 준다.

아들 둘을 둔 현우희는 계급운동을 하는 남편이 죽었다는 소식을 듣는다. 소설 내용은 그 후 요리집을 경영하며 생계를 담당하던 현우희가 겪는 세 남자와의 갈등을 중심으로 전개된다. 결국 현우희가 지배인인 민상(남편과 계급운동 동지)을 사랑하게 되고, 민상이 체포된 후 사랑과 일상 사이에서 고민하다가 사랑으로 인해 계급적 각성에 이르게 된다는 줄거리이다. 현우희의 계급적 각성 과정은 다소 거칠기는 하지만, 어머니인 여성이 사적 영역에서 사회적·역사적인 국면과 연관되는 방식을 보여 준다는 점에서 주목된다.

그런데 다섯 명의 여성 작가들이 각각 맡은 부분은 각 소설가의 특징과 연관된다는 점에서 흥미롭다. 특히 최정희가 쓴 3부는 다른 네 작가와 비교해 볼 때 사랑 이야기, 즉 여성의 성적 욕망이 가장 강하게 노출되어 있다. 우희가 민상의 사랑고백을 듣게 되는 것도 3부에서이며, 이 사랑은 다소 충동적이고 열정적으로 묘사된다. 사랑 감정과 열정이 가장 큰 폭으로 제시된 부분이 바로 이 3부이다. 전체적으로 볼 때 굳이 민상의 고백과 우희의 갈등을 이렇게까지 제시할 이유가 있나 하는 의문이 들 정도이다. 이무영도 "벌서 박화성씨가 건실한 일꾼으로 만들어 놓은 '민상'을 그는 자기 작품 속에 소화시키지 못하고 따로이 최씨가 만든 '민상'을 하나 만들어 놓았다"(이무영, 66쪽)고 비판한 바 있다. 최정희가 따로 만들었다는 민상은 프로소설의 공식을 따르지 않은, 즉 계급의식과 애정 욕망을 공유하는 '개성적인' 인물이란 뜻으로 해석된다. 여기서도 애정 욕망은 계급의식의 매개로서, 계급투쟁을 일상과 연결시키는 문학적 장치이다.

여성의 연애 욕망을 가장 확실하게 제시해 주는 소설은 「성좌」이다. 이 소설은 앞 부분에 '장편『貧群』의 한 토막을 外輪的으로 축소'한 것이라는 주석이 제시되어 있으며, 여성이 조직 또는 계급사상과 연관되는 방식을 적나라하게 보여 준다. '나'(은하)가 조직에 가담하게 된 것은 운동을 하는 허훈을 좋아해서이다. 계급성 때문이 아니라 애정 때문에 자신에게 접근했다는 사실을 알게 된 허훈은 은하와 교제를 끊는다. 허훈은 달동네 같은 빈촌에 들어가 그 마을을 마치 '태양이 없는 거리'와 같다고 안타까워 하지만, 은하는 그들의 구체적 빈곤을 목도하고는 그 동네를 빠져 나오면서 '하늘에 전좌한 별들을 소란케 하는 혜성이 성좌를 빠져서 달아나는 것 같다'고 느낀다. 일종의 전향의 변 같기도 하지만, 자신을 '궤도의 별들을 소란케 하는 혜성'으로 비유하고 있다는 점에서 프로소설 내에 젠더 범주 우선성을 기획하는 최정희의 '이단자성'을 확인시켜 주는 듯하다. 허훈의 애정 없는 거리는 '태양이 없는 거리'로 묘사되고 있다는 점에서 허훈 역시 성적 욕망을 아주 부정한 것은 아님을 일러 준다. 다른 소설보다 젠더 우선성이 강하게 반영된 작품이다.[10]

위에서 살펴본 바, 계급 층위에서의 젠더 범주 우선성은 여성의 성적(연애) 욕망의 긍정적 발현으로 형상화되었고 계급 운동의 매개로 작용하였다. 이는 도식성에서 벗어나게 하는 바, 다른 프로소설 작가의 작품과 아주 다른 지점이다. 즉 박화성의 도식성을 탈피하며 임순득의 판타지성을 극복한다. 최정희는 계급 층위에서도 젠더 범주 우선성을 작동시켜 계급해방과 여성해방을 분리시키지 않고 동시적인 것으로 보았다. 또 계급성과 여성성이 서로 전유하지 않는 관계를 제시하였다. 이것이 최정희의 소설에서 계급성과 여성성이 결합하는 방식이다.

따라서 여성의 성적 욕망의 발현은 임순득이 평론에서 지적한 바, 감상적이며 소부르근성이라기보다 관념성 및 도식성을 제거하고 구체성을 확보케 하는 요인으로 보는 것이 타당하다. 오히려 임순득은 오히려 민족중심주의적, 계급중심적이다.

프로소설이 대개 두 주체의 동지적 결합을 강조하면서 사랑보다 일에 주요임무를 두고 계급투쟁에 헌신하는 게니아식 연애관[11]을 보여주었다면(이기영의 『고향』에서 갑숙과 희준), 최정희는 이와 다른 서사를 보여 준다. 게니아식 연애란 앞서도 언급한 바와 같이 사랑보다 일의 우월성을 강조하고 연애와 결혼에서 완전히 자유로운 동지적 결합을 중요시 하는 방식을 말한다. 『고향』에서도 하층민 농민인 인동과 방개는 건강한 성애의 관계로 그려지지만, 갑숙과 희준의 동지적 관계는 성애의 관계를 배제한다. 즉 이기영은 계급에 따라 성애관계를 다르게 배치함으로써 지식인 인텔리들의 계급운동에 대한 이념적 당위를 강조하고 있다. 『고향』에서는 계급성이 여성성을 전유하고 있다면, 최정희의 소설은 이 둘을 배제하지 않는 가운데 애정 욕망과 계급운동이 양립되는 남녀관계를 제공하였다. 해방이냐 애욕이냐를 이분법적, 대립적으로 보고, 가정관 남녀관계를 무조건 부정하는 프로소설의 '방법'을 지양하려는 발전된 인식이 엿보인다. 인간의 다양한 욕망 중 특정 부분을 거세하는 그 어떤 '방법'도 사이비이며, 거짓 문제제기이기 때문이다.

계급운동에서의 남녀의 '차이'에 대한 이러한 새로운 발견은 '젠더 범주 우선성' 속에서 해석했기 때문에 가능한 것이었다. 젠더 범주 우선성은 애정 욕망을 '계급성의 부재'로 간주하지 않는 방법이다.

2) '완전한 여성' 개념의 설정과 확대―모성과 여성성의 대립 극복

가족 층위에서는 모성과 여성성의 대립이 극복되면서 애욕의 긍정적 발현으로서의 '완전한 여성'이 창출되었다. 완전한 여성에서는 모성도 여성성도 포기되지 않으며, 여성성이 더 우선적인 가치로 강조되었다. 이 층위에서는 여성들이 식민지 조선 사회에서 겪는 제2부인 문제, 사생아 문제, 기생 및 첩의 문제 등 여성 억압적 모순 관계의 다양한 고통이 섬세한 심리묘사와 더불어 구체성을 확보하였다.

최정희 소설이 여성소설사에서 눈여겨보아야 할 또 다른 이유는 '모성을 넘어서는 여성'을 제시하여 '완전한 여성'으로 기획하고 있다는 점이다. 최정희 소설에서 여성은 대부분 아이를 가진 여성이거나 아이가 없더라도 식민지 조선의 가부장적 억압과 모순에 시달리는 '기혼'여성이다. 1기의 주인공들이 「젊은 어머니」를 제외하고 모두 미혼여성이라면, 2기 가족 층위의 여성들은 거의 기혼여성이다. 이 역시 제1기 신여성들의 소설이 주로 미혼여성을 주인공으로 내세웠던 것과 다른 점이며, 박화성, 강경애 또는 당대 남성작가들과도 다른 점이다. 또 가부장적 모순에 시달리는 여성이 통상적으로 구여성에 국한되어 형상화된데 비해 구여성과 신여성을 모두 제시하면서 신여성을 더욱 전경화하고 있다는 점도 특이하다.

「흉가」 이후 쓰여진 맥시리즈와 「정적기」, 「가버린 미례」, 「여인」, 「산제」, 「곡상」 등은 식민지 조선의 가부장적 모순에 시달리는 여성의 고통을 심리적 묘사와 함께 리얼하게 형상화해 보여준다. 제2부인과 사생아 문제, 가난 때문에 팔려 가는 소녀, 가난 때문에 첩이 될 수밖에 없었던 여자, 조혼으로 인해 고통받아 자살하는 여자 등 식민지 사회의 모순 때문에 억압받고 신음하는 '여성'의 고통이 적나라하게 그려지고 있다.

최정희는 전주사건 이후 계급해방이 여성해방을 담보하지 않는다는 사실을 직시한 것으로 파악된다. 사회주의가 여성성을 거세하는 것이라면 오히려 식민지 조선의 '여성'문제에 천착하는 것이 여성 소설가의 의무라고 판단한 것으로 인식된다. 신간회 해소파로서 송계월을 비롯하여 잡지 「비판」의 기자와도 논쟁을 벌이는 점에서도 이를 잘 알 수 있다.

가족 층위의 소설에서 '여성'들은 욕망의 주체이지만, 가족 범주는 이들에게 고통을 주는, 즉 가부장적 모순과 계급적 모순이 중층적으로 얽혀 있는 현실이다. 애욕, 자립, 온전한 처, 어머니라는 코드와 연관되어 제시되며, 이 코드에서도 성적 욕망을 가진 살아 있는 여성으로 그려진다.

21세기인 지금도 기혼여성의 사랑은 불륜으로 징치되고, 여성성의 가장 중심적 범주는 모성으로 간주된다. 또 모성이 '권리'의 차원이 아니라 '관리·통제'의 차원으로 자리매김 되어 온 지난한 역사의 현실에 비추어 볼 때, 기혼여성의 욕망을 간단하게 불륜으로 단정해서는 안 된다고 항변하며, 모성이 여성성의 가장 위대한 국면은 아니라고 강조하는 최정희 소설은 좀 더 적극적으로 평가될 필요가 있다. 여기서는 여성성이 모성과 함께 반드시 고려되어야 하는 가치임을 설파하고, 여성성을 우선적 가치로 제시하며, 여성성과 모성의 양립가능성을 넘어서기도 한다.

이러한 양상을 가장 절실하게 드러내는 작품은 이른바 삼맥으로 일컬어지는 「지맥」, 「인맥」, 「천맥」이다. 「지맥」의 은영은 동경 M대학 출신으로서 남편이 죽은 후 살길이 막막하여 서울 기생 김연화의 집에 침모 겸 식모로 가게 된다. 소설의 서두는 아이들과 떨어져 서울로 가야하는 은영의 안타깝고 서러운 마음을 절절하게 묘사한다. 기생 김연화의 집에서 전남 부호의 첩인 부용의 집으로 옮겨 가정교사를 하다가 옛날 자신의 집에서 도움 받은 바 있던 정하순을 만나면서 아이들을 데려와 함께 살게 되지만, 하순이 백화점 점원과 야반도주하는 바람에 실 길이 다시 막막해진 은영은 옛날 사랑했던 남자 이상훈을 찾아가 도움을 요청하게 된다.

이 소설은 제2부인 문제, 사생아 문제, 기생 및 첩에 관한 문제 등 당대의 이슈였던 모순관계를 거의 망라하고 있다. 이상훈은 재혼을 요구하나 은영은 끝내 거절하고 해주 요양원에서 폐병 환자의 동무가 되어 봉사하기로 작정하고 떠난다.

은영이 제2부인이 되는 과정은, 1기의 신여성들이 겪어야 했던 경로와 유사하다. 평소 문학을 전공하려던 은영은 사회주의자 홍민규를 만나 사랑하게 되면서 인생관·가치관·세계관을 모두 바꾸게 된다. 그와의 만남을 가지려고 그가 제공하는 사회과학 서적을 읽는 것이 즐거웠고, 조직운동 또한 민규에게 커다란 기쁨을 선사하는 일이기에 기꺼이 실천해 갔다. 여기서도 은영과 민규는 '즐거운 당위'로서의 계급운동에 투신하여 있다. 고향에 처자가 있는 유부남이란 것을 알면서도 '등록 없는 아내'인 제2부인이 되기를 마다지 않은 것도 사랑 때문이었다. 은영이 계급운동에 참여하게 된 것은 성적 욕망의 발로로서 긍정적으로 그려져 있으며, 그것은 민규의 삶과 운동에도 커다란 활력소이자 원동력이 되었다. 즉 여성의 성적 욕망이 「지맥」에서도 계급운동의 매개로 작동하고 있으며, 사랑—애욕은 거세되어야 할 것이 아니라 여성의 계급적 정체성을 위한 매개로 그려져 있다.

「지맥」은 몇몇 연구자들의 지적처럼 여성의 욕망을 포기하고 모성으로 회귀하는 소설이 아니다. 이상훈과의 재혼을 거부하고 아이와 함께 해주로 가는 결말은 위와 같은 결론을 내리게 하기 쉽다. 더구나 해주로 가면서 '지상의 궤도를 벗어나지 않을 인내와 극기와 성실과 용기를 준비해야 겠다'는 구절은 제도에 순응하는 모습으로 평가되기 쉽다. 해주 요양원에서 폐병환자들을 돌보는 선택도 모성의 사회적 확대로 볼 수 있다는 점에서 여성성 대신 모성을 선택한 것, 모성 회귀로 판단케 할 수 있다.

하지만 「지맥」을 섬세하게 읽어보면 결코 여성성을 포기하지 않고 있음을 알 수 있다. 이상훈과 결합하지 못하는 것은 모성 회귀 또는 여성성 포기가 아니라 이상훈과의 '사랑을 유지'하기 위해서이다. 즉 여성의 욕망(여성성)을 잃지 않기 위해서 유예할 뿐이다. 최정희의 소설에서는 의붓아버지의 사랑을 부정적으로 상정하는 경우가 빈번한데, 「천맥」에서는 진호와 허진영의 경우가, 「지맥」에서는 하순의 의붓아버지의 경우가 그러하다. 은영이 재혼을 포기한 이유는 의붓아버지—나—아이라는 예상되는 미래의 가족관계에서 벌어질 지금보다 '더 큰 비극'을 유예하기 위해서였다.

그래서 재혼을 포기하고 신 앞에 자신의 마음 전부를 바치기로 맹세하지만, 그럴수록 불안이 커지고 전보다 한층 더 자신에 대한 환멸을 느낄 뿐이었다. 신부는 '애욕에서 발을 빼는 날이라야 완전히 신의 음성을 들을 수 있'다고 충고하지만, 그것은 어디까지나 신부의 음성이었지 은영의 마음은 아니었다. 또 해주로 가는 것이 이상훈과 일단 떨어져 있어 보자는 것이었으나, 잊으려고 멀리 떠나면서도 이상훈과 사랑을 나누는 꿈을 꾸고, 떠난다는 말을 하지도 않았으면서 혹 플랫폼에 그가 나왔을까 수없이 찾고 있었기 때문이다.

「지맥」은 여성에 대한 구원도 새롭게 제시한다. 은영을 통해 여성(인간)의 구원은 '이념'이나 '신'이 아닌 인간에게서 비롯될 수 있는 것이며, 더 구체적으로는 '남성과의 사랑'이라고 말하고 있다.

친구의 남편을 사랑하게 된 「인맥」은 결혼제도의 인정(수용) 여부와 연관되어 있다. 둘도 없는 친구인 혜봉의 남편을 좋아하게 된 선영은 남편이 법학사요, 인물이나 재간이나 남에게 떨어지는 바가 없고 자신에 대한 애정도 이해도 깊건만, 아버지가 시킨 결혼이라 애틋한 마음이 없었다. 가장 절친한 친구의 남편을 사랑하면서도 선영에게는 죄의식이 거의 없는데, 그것은 어떤 희생이 생기든 온갖 행복을 버리고라도 오직 그이만을 위해서 살면 그만이라고 생각'하기 때문이다.

이러한 작정이 가능했던 것은 선영이 운명 개척론자이기 때문이다. '운명이거니 하고 단념하려는 자는 자멸한다'는 문구를 되뇌이며 선영은 '이 기회에 내 운명을 내 손으로 개척해 보리라'(28쪽) '나는 내 운명에 반역할 것'(13쪽)이라 결심한다.

여러 논자들은 최정희가 여성의 운명론, 숙명론적 틀에 갇혀 모성으로 돌아가는 귀결을 보인다고 언급하지만 선영은 오히려 운명에 반역하는 인물이다. 따라서 「인맥」의 서두는 자못 비장하다.

정숙하지 못한 여자라고 꾸짖어도 좋습니다. 윤리와 도덕에 벗어난 일인 줄 나 자신이 더 잘 알면서도 기인 세월을 한 사람의 정숙한 여성이 되고자 그이의 영원한 여성이 되고자 갈등과 모순 속에서 자신을 학대하며 슬프게 사노라고 더욱 더 정숙치 못했습니다. (2쪽)

위 내용에 의하면 정숙 / 비정숙, 윤리 / 비윤리, 도덕 / 부도덕의 내포가 현실에서 말하는 것과 뒤바뀌어 있다. 정숙함이란 '영원히 사랑과 함께하는 것'이다. 이 말은 "어더한 結婚이던지 거긔 戀愛가 잇스면 그것은 도덕일다. …… 거긔 戀愛가 업스면 그것은 不道德이라" 한 엘렌케이의 연애의 자유론을 연상시킨다. 선영은 정숙함을, 사랑 여부와 관계없이 부부관계를 유지하는 것으로 보지 않는다. 즉 관습, 제도에서의 정숙함의 허구를 밝히는 동시에 이러한 정체성을 유지·유포시키는 현실 사회의 억압성을 폭로시킨다. 여기서 식민지 조선의 도덕률인 정숙 / 비정숙, 윤리 / 비윤리, 도덕 / 부도덕의 경계는 해체된다.

그렇다고 「인맥」이 일부일처제를 거부, 파탄내는 것은 아니다. 오히려 '제도를 인정'하는 가운데 정숙한 여성, 완전한 여성의 정체성을 새롭게 구성한다. 남편과 형식적인 부부로 살면서 다른 남자를 사랑하는 것이 정숙한 여성, 완전한 여성이 되는 것인데,

허윤상이 말하듯 제도의 유지 안에서만 그들의 사랑이 온전히 유지되기 때문이다. 그것은 허윤상의 말대로 "제가 선영씰 생각하기 때문에 혜봉일 더 생각하는 거나 마찬가지로 선영씨두 그렇게 해주길 바랐던 겁니다. …… 다시 말하면 선영씨가 제 마음에 영원히 새겨질 여성이 되길 바랐던 겁니다. 아름답다는 건 오오래 지키는데 있다고 저는 봐요"라는 말처럼, '가슴에 영원히 새겨지는 사랑'을 하는 사람은 정숙한 여성, '완전한 여성'이라는 역설에 도달한다.

내가 읽은 책들이 가르치듯이 모성애가 세상의 무엇보다 가장 강하고 고귀하고 또 그것처럼 참된 것이 없는 것을 알면서도 그 강한 것, 그 고귀한 것, 그 참된 것 때문에 내가 가진 다른 감정을 버릴 수는 없었습니다. 내게는 모성애가 강하고 고귀하고 참된 것이나 마찬가지로 그이를 생각하는 내 감정도 세상의 무엇보다 가장 강하고 고귀하고 참되다 생각했습니다. 이 감정이 심할 때면 아이에게서 그이의 영상을 발견하는 일까지 있게 되었습니다. (46쪽)

완전한 여성이란 이 인용문에서 드러난 바와 같이 성적 욕망을 버리지 않는 여성이다. 여성의 욕망을 긍정하는, 여성의 시선에 의해 구축되는 새로운 여성성으로, 김명순, 나혜석, 김원주 등의 제1기 신여성의 소설 및 제 2기의 박화성의 소설의 인물과 상당히 다르다. 제1기 신여성작가들의 소설은 모성을 중점적으로 다루지 못했으며, 남성작가 이기영의 『어머니』 등은 여성성을 배제하고 모성으로 환원한다. 생명력·포용성·허여성 등 모성을 긍정적으로 그려냈지만, 여성의 성적 욕망을 거세하는 여성상은 여성을 무성화하는 모성 신비화와 연결된다. 또 현실적 모성에 대한 천착과도 일정한 거리가 있을 뿐 아니라 가부장제 이데올로기로 종속될 우려도 높다. 남녀관계가 부정되고 성적 욕망을 배제한 채 금기시되기 때문이다. 남성작가의 여성인물들은 남성젠더 시선에 의해 그려진 반면, 최정희의 여성인물들은 식민지 시기 여성의 현실에 토대한, 여성젠더의 시선에 의해 구축되어 있다.

'완전한 여성'은 모성과 여성성이 갈등한다기보다 여성성 속에 모성을 포함한다. 여성성 속에 모성을 하위 범주 또는 동등 범주(양립 가능)로 자리매김하면서 여성성을 절대 포기하지 않는 것이다. 따라서 이를 '모성이란 미명 아래 은둔소를 만들었다'(임순득의 평)거나 '여성이 처한 사회적 관계 속의 갈등을 무조건적으로 어린 자식의 뜻을 따르는 것으로 해결하는 최정희식의 모성'(이상경, 365쪽)이라 해석하는 것은 의도적 왜곡이다. 최정희의 완전한 여성 개념에서 폄하되는 것은 오히려 모성이지 여성성이 아니기 때문이다.

남성작가의 소설이 여성성을 포기하고 모성을 권장하고, 콜론타이스트들이 여성성과 모성을 이분법적 대립관계로 파악하여 모성을 포기하고 자식을 방기하였다면, 최정희의 소설은 이 둘을 다 유지하거나 여성성을 우선적 가치로 설정하는 것이다. 따라서 최정희의 '완전한 여성'은 1920년대 뿐 아니라 1930년대의 여성성 규정에서 새롭게 나아가 새로운 여성성을 규정하는 방식이다. 이러한 새로운 여성성 규정이 가능했던 것은 최정희의 소설이 젠더 범주 우선성을 작동시킨 결과이다.

「천맥」에서도 여주인공 연이가 허진영과 재혼할 것을 허락하게 된 것은 여성 욕망의 발현과 관련되어 있다. 연이는 허진영이 마음에 들지는 않았지만, 아이도 잘 기를 수 있고, 경제적으로 아이의 장래 교육문제가 염려되지 않는 점도 있었으나, 무엇보다도 아늑하니 집안에 들앉아 살림할 것이 좋아서였다.

보육원에서 아이들의 어머니가 되리라 결심하고 '눈물없는 세상'이 건설되면 자기는 사명을 다하는 것이라고 생각하며 모성의 사회적 확대를 꾀하던 연이가, 그 눈물 없는 세상이 성우선생에 대한 자신의 사랑에 있음을 확인하는 장면에서도 마찬가지이다. 연이의 고백에 성우 선생은 간접적으로 거부 의사를 표현하지만, 기도를 계속 올리는 것으로 성우선생에 대한 욕망이 포기되지 않고 있음을 확인시킨다.

허진영과 헤어진 원인도 모성 의무 때문이 아니었다. 허진영에게 '진정한 욕망'을 느낄 수 없기 때문이었다. "꿈은 잃었어도 욕망을 가진 얼굴은 자기에게 소름이 끼치도록 하지 않는다"고 말한 것처럼 연이를 비롯한 최정희 소설의 여주인공들에게 가장 중요한 삶의 가치는 자신의 성적 욕망이며, 그것을 버리거나 일방적으로 희생시키지 않는 삶이다.

「천맥」의 결말 장면에서도 모성은 여성성과 갈등하거나 대립하지 않는다. 여성의 욕망은 모성을 넘어 존재하며, 존재할 수밖에 없고, 또 그렇게 인정되어야 함을 강조한다. 「지맥」이나 「인맥」보다 모성의 사회적 확대를 제시하는 「천맥」에서 오히려 여성 / 모성의 대립관계는 분명하게 해체된다.

성우선생이 처자식이 있고, 보육원으로 이사 와서 함께 살고 있는 유부남이라는 점에서 연이의 욕망의 우선성이 더욱 강조되고 있음을 알 수 있다. 성우선생에게 가족이 있다는 것은 연이에게 '슬픈 사실 하나를 더' 추가하는 조항일 뿐이다. 이런 점에서 자신의 의지가 실천되는 「지맥」이나 「인맥」보다, 자신의 의지보다 아들 진호나 성우선생의 의지에 의해 연이의 욕망이 닫히는 구조의 「천맥」이 훨씬 더 비극적이다.

한편 「천맥」에서 성우선생으로 상징되는 '부성의 사회적 확대'의 발견과 수용은 모성 억압의 이완으로 제시된다는 점도 눈여겨 볼 필요가 있다. 진호는 의붓아버지 허진영을 계속 '더럽다'고 언급하면서 연이로 하여금 허진영과의 대화까지 금지시켰었다. 옥수정 보육원으로 오기 전의 「천맥」의 중반부까지 진호는 '더러워'를 수없이 반복한다. 하지만 옥수정에서 '선생님'이 아닌 '아부지'를 발견하면서부터 진호는 더러워라는 표현을 잊게 됨은 물론 성우선생과 엄마의 만남도 허락한다. 진호의 엄마에 대한 금기는 일종의 오이디푸스 콤플렉스인 동시에 가부장제 지배이데올로기의 확인 징표라 할 수 있다. 허진영에 대한 호칭이었던 '선생님'이 성우선생에 대한 '아부지'로 이행하면서 오히려 진호의 오이디푸스 콤플렉스가 해제된다는 것은 참으로 역설적이다. 다시 말하자면 진호의 금기해제라는 모성 억압의 이완은 성우선생의 '부성의 확대'와 연관되어 여성성을 축소 또는 배제(성우 선생의 애정 거부)시키기 때문이다. 모성이 여성성과 갈등 대립하는 것이 아니라 모성과 여성성이 정비례 관계에 놓이는 것이며, 오히려 부성의 확대가 모성 억압의 이완 또는 여성성의 배제로 이어지는 역설적 결과에 이른다.

앞에서 검토한 바, 「지맥」, 「인맥」, 「천맥」에서 여성의 사랑은 사적인 감정에 국한되는 것이 아니다. 유부남과의 사랑은 조혼 제도와 구도덕 및 인습과 연결되면서 공적 사회인 식민지 조선과 충돌한다. 지극히 사적이고 개인적 차원으로 폄하되기 쉬운 사랑이 제2부인 문제, 사생아 문제, 미혼모 문제를 야기하는 것은 이 때문이다. 이들 문제는 당면한 조선의 중요한 현실문제로 당대 제2부인 또는 사생아들의 보편적 삶의 질곡이었다. 제2부인 문제는 각 잡지에서 앞다투어 다룰 정도로 당시의 화두 중 하나였고,[12] 사생아 문제 또한 사회적 문제로서 식민지 조선의 모순을 드러내는 중요한 요인이었다. 「지맥」에서도

사생아를 애호하자 사생아를 구출하자, 부모들의 비합법적 결합의 죄(?)가 그자식에게 미치게되여있는것은 그릇된법이라는 론의가 분명하나 …… 전국적으로 적지않은 수ㅅ자에 달하고있는 그들사생아, 그들은 언제까지 사회의 냉혹한 처벌을 받어야할것인가.

나는, 내 잘못을 뉘우치는 한편 이러한 사회에 대한 불평 불만이 목구 영까지 치밀어올랐다. 나는 세상의 온갖 규율, 풍속 인습 도덕의에 반발이 생기고 증오가 생겼다. 이것은 …… 분별없이 …… 분위기에 휩싸여서 기분적 행동을 하든 — 그런 때에 가졌던 반발이나 증오가 아니었다. …… 그 쓰라린 체험에서 단련된 내 의지의 눈으로 정확히 보아서 하는 반발이었고 증오였다. (72~73쪽)

이처럼 제2부인 문제, 사생아 문제는 당대 조선 여성 일반의 구체적 현실이었으며 강한 반발과 증오를 야기하는 사회적 모순의 핵심이었다. 따라서 최정희의 소설이 개인화되고 개별화된 좁은 시야의 사소한 일상을 그린다는 비판은 오히려 여성 억압의 현실을 폄하하려는 남성 중심적 리얼리티 개념[13]과 조우한다. '현실에 대한 차별화된 감각과 생활세계로의 복귀'로 재단하며, '전도된 방식으로 추인하는 일제 협력의 중침축이 된다'고 비판하는 것은 여성문제를 현실모순관계에서 배제하는 시선이며, 식민지-조선-신여성-제2부인-사생아라는 '차이'들을 제거하거나 '여성의 일상'으로 환원하는 것이다. 최정희에게 강한 대타의식을 보이며 최정희를 비판했던 임순득도 "여자 혼자 살아가는데 따르는 정신과 물질의 양면의 생활에서 생기는 마찰—불안, 동요, 오뇌를 추구하려는 성실이 보"[14]인다며 전과 다르게 긍정적으로 평가한 바 있다. 임순득은 최정희의 맥시리즈가 '애틋한 하소연에 시종하는' '퇴색한 감상'이라고 꼬집은 바 있는데, 바로 뒤에 이어지는 부분에서는 이와 같은 찬사를 보낸다. 최정희의 이와 같은 판단은 여성해방 없는 계급해방·민족해방은 사이비라는 것으로서, 젠더 범주 우선성이 가족 층위에서 도출한 답변이다.

이런 점에서 볼 때 최정희의 소설이 자매애를 제시하는 것은 필연적 귀결이다. 특히 맥시리즈에는 여성간의 자매애가 폭넓게 제시되어 있다. 「지맥」에서 은영과 기생 첩 연화, 부용, 학순은 모두 자매애를 폭넓게 나눈다. 「인맥」에서도 선영과 혜봉은 한 남자를 두고 사랑하는 관계가 되지만 고백을 들은 후에도 서로를 지키는 아름다운 버팀목이 되어 준다. 「천맥」에서는 집주인 아주머니가 연이를 돌봐주는 '돌봄'을 실천한다. 이렇듯 맥시리즈에 자매애가 폭넓게 제시되는 것은 최정희가 여성의 고통에 대해 누구보다 공감하였다는 증좌이며 동시에 여성젠더 시선을 잃지 않고 반영하였음을 반증한다.

이처럼 최정희의 젠더 범주 우선성이 '가족' 층위에서 생산한 '완전한 여성'은 여성성 / 모성의 대립관계를 해체하며 여성의 성적 욕망을 포기하지 않는다. 완전한 여성은 1920년대 이래의 여성성 규정에서 벗어나 새로운 여성성을 규정하는 방식이다. 사회담론에서 젠더 범주 우선성을 배제하지 않고 작동시키고, 그럼으로써 여성성을 거세시키지 않고 포섭하여 자매애로 확대하였으며, 모성이 신비화되거나 이상화되지 않았다. 제2부인으로 고통 받는 신여성을 형상화함으로써 신여성을 이상화하지도 않았다. 이것이 최정희 소설의 젠더 범주 우선성이 가족 층위에서 산출해낸 의미망이다.

3) '제2 이등 국민-여성'의 주변부성 극복으로서의 친일서사

민족 · 국가 층위에서는 식민지(남성)성의 비도덕성에 대한 비판과 계몽 주체로 부상하는 여성 정체성을 제시하였다. 가부장적 현실, 남성중심적 현실에 대한 거부, 비판, 복수의 의미를 강하게 노출하여 오히려 식민주의 또는 가부장성에 대한 저항적 의미까지 산출하였다. 또한 식민지 남성의 비도덕성과 무책임성을 거부함으로써 식민지 조선(민족 · 국가)의 정당성 및 민족에 대한 환상을 해체하는데 기여하였다.

최정희의 친일소설은 일본의 국책을 선전하는 도구로 쓰여졌지만 친일논리를 내면화하는 자기화의 방식이 있었다. 어떠한 경우에도 친일소설은 비난받아 마땅하다. 하지만 기존의 연구에서와 달리 젠더 범주로 접근할 경우 달라지는 의미망이 분명 있음을 확인하고자 한다. 일본어로 쓰여진 최정희의 식민지 말기 친일소설은 민족 범주로만 분석될 경우 반민족적이라는 비난을 면키 어렵다. 하지만 젠더 범주 우선성에 입각하여 분석하면 친일, 반민족성 외의 다른 의미망을 제공해 준다. 즉 친일과 젠더와의 연관성은 단순히 민족 / 반민족의 대립으로 환원되지 않는 잉여를 함유한다.

최정희의 친일소설은 「환의 병사」, 「2월 15일 밤」, 「여명」, 「장미의 집」, 「야국—초」, 「징용열차」의 6편이다. 이들 친일소설에서 민족, 국가, 일본 등은 남성성의 상징으로 재현되며, 식민지 또한 남성성으로 규정된다. '민족 범주 우선성'으로 분석하면 이들 소설은 반민족적 친일소설에 불과하지만, '젠더 범주 우선성'으로 분석하면 이들은 식민지 조선(남성)의 가부장성과 허약성, 위선을 지적하면서 식민주의와 제국주의에 대한 저항성도 아울러 드러내는 지점을 확보한다. 남성은 일본인 되기, 제국의 군인 되기에 의해 황민화가 이루어지면서 식민주의 · 제국주의에 대한 비판성을 담지할 수 없었다면, 여성의 황민화 방식은 비록 주체의 계몽 욕망이 황민화를 지향한다 하더라도 식민주의 · 제국주의에 대한 비판성을 드러낸다는 점에서 식민주의 · 제국주의에 대한 저항성을 지닌다고. 평가할 수 있다.

6편 중 5편의 주인공은 모두 여성이다. 「2월 15일 밤」의 선주, 「환의 병사」의 영순, 「야국—초」의 나, 「여명」의 은영 · 경주 · 혜봉, 「장미의 집」의 성례는 무엇보다도 가부장적 모순에 둘러싸여 있다. 「2월 15일의 밤」은 아내 선주가 애국반 반장을 맡은 것을 남편인 남준이 못마땅해 하여 갈등을 빚고 있다. 남준은 '떠들썩한 일을 하는 여자는 싫어' '여자는 가정이 직업이니 각자 자신의 영역을 충실히 지키는 것이 좋다' '여자의 아름다움은 활발하고 강건한 것이 아니라 그 반대'라고 말하는 전형적인 가부장적 조선 남성이다.

남편의 말에 선주는 수동적으로 '하늘만 바라보는 여자'가 아니라 능동적으로 '저 하늘을 어떻게 지킬까 하는 여자가 더 아름다워 보'인다고 말한다. 애국반 반장은 선주의 말대로 여자의 아름다움이 스스로 무엇인가를 주체적으로 결정하고 행동하는 과정이다. 애국반 활동은 총후부인의 역할 중 가장 중시된 전시의 여성 역할 중 하나였다. 총후부인이란 남자들이 전쟁에 나가 싸우는 대신 후방을 지키는 일을 맡은 부인들을 뜻한다.

남편을 설득하는데 성공한 선주는 애국반 활동을 계속하게 되는데, 이는 여태까지 가부장의 의견을 무조건적으로 따라야 했던 가정내 권력관계가 변화했다는 것을 의미한다. 따라서 이 소설의 제목 「2월 15일의 밤」은, 표면서사에서는 싱가포르가 일본에 의해 함락되던 밤이지만, 하위서사에서는 식민지 조선 남성의 '가부장성을 뒤집는' 밤이다. 비록 제국 일본에서의 총후부인 역할이지만 전근대적 아내상과 분명 달라진 점을 제시하고 있으며, 여성 주체성을 확장하고 있다.

'방송소설'이란 타이틀이 붙어 있는 「장미의 집」은 「2월 15일 밤」의 확장판으로서 「2월 15일 밤」의 서사를 기본으로 하고 앞뒤에 새로운 이야기를 부가하였다. 아내 성례가 애국반 반장을 맡은 것을 '싫다'면서 극력 반대하기 이전의 이들 부부의 애틋한 사랑 이야기는 아내 성례가 얼마나 근검절약하는 여성인지, 전통적 여성 역할에 충실한 희생적 여자인지, 그리하여 총력전 시대에 얼마나 부합하는 인물인지를 극대화하여 보여 준다.

후반에 추가된 서사는 남편의 친구 남식이가 자기 아내를 감화시켜 달라고, 소위 신여성에 대한 혐오의 감정을 쏟아내면서 성례에게 계몽의 역할을 부탁하는 부분이다. 남식에 의하면 신여성 부류들은 시대에 맞지 않는 사치와 방종, 퇴폐, 타락한 여성들로서 당대가 요구하는 여성상과는 거리가 멀다.

> 이 문화촌이란 이 동네가 이름이 문화촌이지, 속엔 똥이 들어찻네. 다그러탄건 아니지만, 태반은 회칠한 무덤이야. 마당에 화초를 심은 문화주택에서 하인을 부리며, 잘 먹구 잘쓰구 손에 물한방울 안무처가며, 백화점으루 미용원으로 영화관으루 싸다니기만 하면 문환가. 책한자 신문한줄 안 보구두 문화주택에서 살면 문환가, 세상이 어떠케 돌아가니, 어떠케 살아가야 하겠다는 생각이 실오리만침 없어두 그게 문화란 말인가. 아즈머니, 제발, 이 동네의있는 철없는 여자들만이라도 구원해 주십시오.(154쪽)

「2월 15일 밤」이 아내에 의한 남편의 설득 구조를 취하고 있다면, 「장미의 집」은 남식의 부탁을 받은 성례의 행동, 즉 '여성에 의한 신여성 기획'의 구조를 취하고 있다. 이 기획은 신여성에 대한 전면 개조의 함의를 띠면서, 총력전 시대의 여성의 정체성을 문제 삼는다. 남식은 여자의 힘이란 위대하므로 이 철없는 여자들을 구원해 달라고 부탁하는데, 이는 남식 자신으로서는 여성

계몽이 어렵기 때문이다. 즉 이제 식민지 조선 남성은 여성을 계몽할 수 있는 주체 위치에서 벗어나 있음을 확인시킨다. 「2월 15일 밤」과 「장미의 집」은 여성이 계몽 주체로 부상함과 동시에 남성이 계몽 주체의 자리에서 탈락되는, 계몽 주체의 남녀 역전 상황을 제시하고 있다.

젠더 범주 우선성이 가장 뛰어나게 드러난 소설은 「야국-초」이다. 「야국-초」는 자신과 아이를 버린 식민지 조선 남성(유부남)에 대한 복수의 서사이다. 소설의 첫 부분은 어머니-화자인 내가 복수하고자 하는 남자를 수신자로 설정하여 건네는 이야기의 형태를 취하고 있다. 화자는 지금 아들을 데리고 지원병 훈련소로 견학을 가는 중이다. 「야국-초」의 '나'는 사랑하는 남자가 유부남인 것을 알고 망설이지만 끝내 사랑을 포기하지 못하고 임신하게 된다. 지우라고 간단하게 말하는 남자에게 강한 배신감을 느끼며 그를 떠나 혼자 아이를 낳아 키운다. 어머니가 된 '나'는 아들의 이름을 승일로 짓고, 그 아들을 아름다운 꽃, 강인한 꽃으로 키워 남자에게 복수하기로 작정한다. 그 남자보다 더 우월한 일본 제국의 병사로 만들어 복수하겠다는 것이다.

젠더 범주 우선성으로 읽으면 이 소설은 국가-민족-남성이 하나의 코드로 연쇄되어 있으며, 여성은 이 연쇄 코드에서 주변부, 피해자, 버려진 자, 살해된 자라고 알려 준다. 「야국-초」의 '나'는 아이를 지우라는 남편의 말과 함께 이미 식민지 현실에서 버려지고 살해되었다. 자기 땅에서 버려지고 살해된 자가 바로 여성들이었음을 「야국-초」는 생생하게 증언한다. 이런 점에서 볼 때 「야국-초」는 '원초적 페미니스트 충동이 서린 일종의 원한 담론'(최경희, 394쪽)이며, '새로운 형태'의 '남편에 대한 복수' '민족에 대한 복수' 담론이다.

배신감과 복수심은 모든 것을 이기는 '승일'로 상징되지만, 그렇다고 '나'의 그 후의 정체성이 아들과 더불어서야 존재가 확인되는 '어머니'인 것만은 아니다. 「지맥」, 「인맥」, 「천맥」에서도 드러났듯이 '나'는 어머니의 정체성과 함께 여성성을 배제하지 않는다. '인생의 실패를 반성하고 여자로서, 어머니로서 강하게 살 것을 결심'(176쪽)하는 장면에서 확인되듯 여기서도 모성보다 여성성이 우선성으로 제시된다. '인생의 실패를 반성하는' '여자'로서 승일의 아비와 같은 무책임한 남성을 거부하는 것이다. 바로 이 조선 남성에 대한 복수, 그런 남성을 만들어낸 사회를 향한 복수는 「야국-초」를 단순히 군국주의 모성으로 환원되지 않게 한다.

친일로 환원되지 않는 균열지점은 이외에도 몇 군데 더 있다. 하라다 교관의 교시내용이나 '나'가 아들에게 계몽 당하는 장면이 바로 그 예이다. 훈련소에서 만난 하라다 교관은 '군국의 어머니상'을 내게 일방적으로 교시하듯이 전달한다. 하라다의 교시내용은 조선의 어머니들이 황민정책에 철저하게 내면화되어 있지 못하다는 사실을 반증해준다. '나'는 잠자코 듣고 있을 뿐 그에 대해 맞장구를 치지 않음으로써 하라다의 교시가 완벽하게 내면화되어 있지 않은 균열을 드러낸다.

균열지점은 또 '어머니에 의한 아들의 교화 방식'을 취하지 않고 '아들에 의한 어머니의 교화방식'을 취하는 데서도 드러난다. 즉 '나'는 '친일'에 우선성이 있는 것이 아니라 '복수'에 우선성이 있음을 확인시키면서, 총동원 체제의 계몽의 우선순위는 '청년'(소년)이 우선이고, '어머니'는 차선의 대상임도 지시한다.

「야국—초」는 식민지 조선 및 식민지 조선 남성의 가부장성, 이기주의, 모순성, 허약성을 고발하고 항의한다. '식민지 조선' 즉 '민족'·'국가'의 환상을 해체하는 데 기여한다. 제국의 군인 만들기는 제2 이등국민인 '식민지' '조선' '여성'이 주변부성을 탈출하고 극복하기 위한 일종의 수단으로, 「야국—초」가 민족·국가주의에 일방적으로 환원되지 않는 지점이다.

이처럼 「야국—초」는 식민지 조선 여성이 자기 정체성을 부정하고 일본 국민 또는 황민으로 자리바꿈 하는 단선적 과정만을 보여주지 않는다. 민족/반민족이라는 정체성의 대립양상만 있는 것이 아니고, 조선/일본, 비도덕적/도덕적, 미개/문명, 타락/황민화, 여성/남성, 하위계층/지식인 등의 범주가 중층적으로 자리매김 되어 있으며, 민족 범주에서는 주변부 마이너리티에 불과했던 여성 정체성이 국가 범주의 국민으로 호명되고, 사회의 주체로 부상하는 계기를 보여준다. 다시 말하자면 여성의 '제국군인 만들기'는 남성의 '제국군인 되기'와 근본적으로 다른 것이다. 즉 황민화라는 동일화 방식이 '젠더 분리'를 전제로 이루어지고 있다. 남성과 여성은 황민화 방식, 식민주의적 주체구성 방식이 달랐음을 '젠더'는 보여 준다. 이러한 읽기는 민족 범주 중심성이 아닌, 젠더 범주 우선성으로 읽을 때 가능해진다.

따라서 「야국-초」의 기본 서사는 제국의 군인 만들기를 시도하는 '어머니의 서사'가 아니라 남성에게 복수하는 '아내의 서사'이다. 즉 이 서사의 기본 추동력은 '아내'이며, 어머니는 부차적이다. 그러므로 이 소설은 단순히 '군국의 어머니'를 형상화한 소설이 '아니다'. 「2월 15일 밤」이나 「장미의 집」 역시 어머니의 서사가 아니라 아내의 서사라는 점에서 최정희의 친일소설을 군국주의 모성, 군국의 어머니 서사로만 보는 것은 문제가 있다. 박태원의 『군국의 어머니』 등 남성작가의 군국의 어머니 서사와 결정적으로 갈라지는 부분이 있기 때문이다. 즉 민족주의 국가주의에 포섭·전유된 남성작가 친일소설의 '어머니의 서사'와 다르다.

「여명」은 총력전 시대의 여성계몽과 관련하여, 엘리트 여성에 의한 엘리트 여성의 계몽을 다룬다. 애국반이 하위여성에 대한 계몽이라면, 이 소설은 엘리트 여성에 대한 계몽을 문제 삼는다. 여학교 동창인 은영과 경자가 동창인 혜봉을 계몽하여 대동아공영권에 동참케 한다는 내용으로, 아세아 십억 종족이 다 일어나 황군전쟁에 동참해야 한다고 강조한다. 이 소설에서 특징적인 것은 서양에 대한 비판과 일본(동양)의 우월성이 강조되는 부분이다. 서양의 근대화는 요술 또는 마술로 언명되면서 유린·약탈로 규정되고, 서양인의 키 크고 코 큰 신체적 특징은 신체적 열등성으로 조소된다.

그게 그들의 마술(魔術)이라는거다. 왼손엔 十字架, 바른손엔 칼을 잡었구, 성서와 아편을 한품에 품구서 우리들이 사는 동양인이 사는 언덕 구석 구석을 찾아 다니며, 속히구, 유린을 하구 강탈을 했는데, 우리는 그들이 부리는 요술, 마술에 걸려서 그것을 몰랐단 말이야. …… 이러나야해. 아세아 십억 종족이 다 이러나는데 ……

뭐가 쥔이야. 양코백이지 …… 양코백이가 지니까 분해서 우는거야 히고 모노 …… 히고 모노, 그러니까 홍콩 마테 다 뺏겼지. 우리 닛뽕은 당하지 못해 양코백이 키나 크구 코나 컷지 별수 있나.(80, 85쪽)

　서양의 근대화를 약탈과 유린으로 규정하는 이러한 관점은 그 동안 지배적인 담론으로 군림해온 담론의 억압성 및 서양의 우월성을 해체한다는 점에서 긍정적 기능을 담당한다. '오리엔탈리즘에 대한 조소' 및 식민지 조선에 팽배해 있던 서구담론을 해체한다. 젠더 범주 우선성은 지배담론에 대한 혁명적 수정 가능성을 우리에게 시사해 준다. 식민주의에 대항할 수 있는 인식적 토대를 제공하며, 담론적 주체구성의 가능성을 열어주는 것이다.

　이 소설에서도 남성은 계몽 주체의 지위를 완전히 박탈당한다. 주체의 지위만 박탈당하는 것이 아니라 계몽의 동반자로서의 지위까지 박탈당한다. 초기의 프로소설에서 여성이 남성의 계몽대상이었다면 친일소설에서는 오히려 이 관계가 역전되는 것이다. 「장미의 집」에서는 남성이 아직 계몽의 동반자 역할이라는 정체성은 지니고 있다. 하지만 「여명」에서는 그 지위마저 박탈당한다. 이제 남성은 여성을 지도할 위치에 있지도, 계몽의 동반자의 위치에 있지도 않다는 것을 최정희의 친일소설은 강변한다. 식민지 남성성의 무력증과 왜소성이 확인되는 지점이다. 여성들이 완전무결한 투지의 아이들에게 감화를 입고 계몽의 전선에 동참하면서 '총후부인과 소국민의 연합'이 이루어지는 반면, 남성은 계몽 주체의 지위에서 완전히 물러난다.

여성의 계몽 주체로의 부상은 최정희의 소설이 가부장제에 대한 종속을 강화하는 것이 아니라는 것을 보여 준다. 계몽 주체의 남녀 역전은 가부장적 권력관계를 뒤집는 최정희의 문학적 장치이다. 이 소설은 이전의 아내상과 다른 아내의 서사를 통해 기존의 가부장제 논리로 결코 환원되지 않는 가족관계(가정)를 제시한다. 가부장제 논리의 거부는 여성해방과 직접적으로 연결된다는 점에서, 이는 최정희의 친일소설이 오히려 식민주의에 저항하고 있다는 역설적 결론에 이르게 한다. 따라서 친일 여성 지식인의 논리를 '평등에 대한 유혹'이라 야유하는 것은 지나친 단순화이다.

이 세 소설은 계층별, 대상별 계몽방식의 차이를 다양하게 제시한다는 측면에서도 의미가 있다. 총력전 체제에서도 계급적·지역적·젠더적 차이가 존재하였는데(권명아, 157~204쪽), 최정희 소설은 이러한 다양한 차이와 신민 창출과정에서의 젠더와의 연관성을 드러낸다. 즉 지식인 여성 / 비지식인(대중) 여성이라는 여성 간의 위계화를 드러내면서, 국민을 위계화하여 카테고리화하고 있다. 근대 국가는 여성을 비국민으로 카테고리화 하였는데,

이때의 신민화, 황민화는 여성이 국민으로 카테고리화 될 수 있는 최대의 방법이었다.

그런데 위 세 소설에서 여성의 황민 되기 방식은 단순히 조선인으로서의 정체성을 부정하는 방식이 아니었다. 이러한 양상은 최정희의 친일소설이 '가정의 영역 내에 머문'[15]다고 할 수 없는 부분이다. 식민지 여성인 제2 이등국민(또는 비국민)의 황민 되기 방식은 조선인으로서의 정체성을 부정함으로써가 아니라, 식민지 조선 남성의 정체성을 부정하는 방식을 통해서였다. 즉 최정희 소설은 남성작가의 친일소설의 황민 되기 방식이 조선인으로서의 정체성을 배제하고 일본인 되기를 통해 이루어졌던 방식과 달랐다.

최정희의 친일소설에서 오히려 문제되는 것은 '친일'이라는 포괄적 잣대가 아니라 총후부인으로서의 여성 정체성이 일부 엘리트 여성 또는 지식인 여성의 자질로 전유된다는 점이다. 앞서 살펴본 바, 위 소설들은 여성의 정체성 자질을 '부인'과 '아내'로 고정시키면서 '아내의 서사'를 수립하는데, 이때 계몽적 주체로 부상한 여성의 자질은 지식인 여성의 자질, 엘리트 여성의 자질로 전유되었다. '친일─지식인─엘리트'의 연합이 이루어진 것이다. 이러한 연합은 해방 후·전후에도 지속된다는 점에서 깊이 있게 천착될 필요가 있다.

또 일제 말기 지배담론에서 문제가 되는 것은 신여성을 사치·퇴폐의 논리로 몰아가면서 신여성을 적극적으로 배제한다는 점이다. 최정희의 소설은 엘리트 여성에 의한 여성 대중 계몽을 형상화하면서, 신여성에 대한 전면 배제의 논리를 취하지 않고 오히려 포섭하고 있다는 점에서도 문제적이다. 「장미의 집」은 신여성에 대한 배제의 논리를 현저하게 작동시키지만 좀 더 후기에 쓰여진 「여명」은 그렇지 않다.

신여성을 퇴폐 또는 사치의 상징으로 배제할 때 집단적으로 폐기되는 것은 신여성의 정체성이라 할 수 있는 성적 해방, 지적 개인 등의 진보성 자질들이다. 사치·퇴폐는 단순히 물자 절약 차원을 넘어 사회의 각종 부정적 양상을 '신여성 문제' '유한부인 문제'로 환원하는 남성담론과 연결된다. 최정희의 소설은 여성 집단 사이(차이)의 헤게모니의 급속한 재배치를 통해 '계급' 범주에 부정적으로 고정되었던 맑스 걸 또는 콜론타이스트에 대한 담론적 삭제를 가하면서, 지배담론 내의 주체위치에서 신여성을 배제한 남성 담론과 달리 신여성을 배제하지 않았다. 이는 최정희의 소설이 남성작가의 친일소설과 차이 나는 지점이며, 논쟁을 벌였던 송계월 뿐 아니라 박화성, 강경애, 임순득 등과도 다른 지점이다. 남성 중심적 담론에서 삭제되는 신여성의 진보성 자질들은 전후의 자유주의적 보수주의 또는 반공주의와 결합할 수 있는 지점을 제공한다는 측면에서 좀 더 섬세하게 검토될 필요가 있다.

젠더 범주 우선성과 관련하여 검토할 때, 「여명」, 「장미의 집」, 「2월 15일 밤」은 여성의 계몽 주체로의 확고한 수립, 남성의 계몽 주체 박탈, 여성의 황민 되기 방식, 서구적 근대화에 대한 새로운 인식 가능성을 제공한다는 측면에서 여성해방에의 긍정성을 지닌다. 이처럼 젠더 범주 우선성은 비록 친일적 색체를 노골적으로 드러낸 경우라도 여성젠더의 근대성 또는 여성해방에 기여하는 잉여를 산출한다. 민족·국가 층위에서의 젠더 범주 우선성은 여성성의 재규정을 통하여 공적 영역과 사적 영역의 경계를 해체하고 여성의 공적 영역으로의 진출 및 사회적 주체로의 부각을 일구어냈다.

2. 해방 직후
―신식민지 하 정치적 여성주체의 등장과 반미소설 계보의 창출

해방 직후 소설 중 가장 눈여겨보아야 할 것은 반미소설에 속하는 「풍류 잡히는 마을」이다. 「풍류 잡히는 마을」이 쓰인 1946년 9월은 문단 내부적으로는 이미 7월에 조선문학가동맹의 기관지인 『문학』의 창간호가 발표된 직후이다. 정치적으로는 '군정에 대한 범죄' 등 억압적 법령을 다수 공표(5월)하여 유언비어 유포 등을 질서교란행위라 하여 체포하는 등 많은 정치인, 학생들을 구속하기 시작한 즈음이다(좌익세력 척결 포함). 외부적으로는 미국과 소련의 대한정책이 실질적으로 대궤도 수정을 꾀한 직후이다. 이 말은 한편으로는 미·소의 신식민주의적 의지가 더욱 공고해진 이후라는 말과 동궤이며, 다른 한편으로는 그렇기 때문에 창작 행위의 공표가 그 이전에 비해 상대적으로 어려워진 시기였다. 반미에 대한 언급은 자칫 잘못하면 포고령에 의해 '질서교란 행위'로 체포될 수도 있는 사안이었다. 남한의 상황은 분명 그러하였다. 북한에서 반미는 전혀 문제될 것이 없고, 오히려 권장사항이었을 수 있지만, 남한에서 반미 문제의 형상화는 위험을 무릅써야 하는 상황이었다. 해방 이후부터 1946년 9월까지의 시기에, 반미의 문제를 올곧게 제시한 소설이 없다는 점에 비추어 볼 때 이 소설은 재평가 될 필요가 있다.

「풍류 잡히는 마을」은 덕소시대의 삶을 배경으로, 시골 마을의 지주와 소작인들의 궁핍한 삶을 대조적으로 보여 주면서 지주 서홍수 집안의 온갖 패악이 해방 후에도 고스란히 이어지고 있다는 점을 비판, 고발하였다. 구식민주의 및 신식민주의의 문제와 새로운 나라 만들기의 방법에 대해 문제를 제기하고 있으며, 특히 반미적 시선이 강하게 노출되어 있다.

서홍수는 농민을 착취하고 일제에 자발적으로 협력했던 한마디로 악질 지주였다. 명절 때마다 총독부 관리로 있는 아들을 보필하기 위해 총독부 관리와 주재소, 면 직원들을 대접하기 위해 다섯 가마니나 되는 쌀로 떡을 하고 술을 거르는 등 재산을 아끼지 않았다. 드나드는 고관대작들이 '무서워서' 마을 사람들은 구경조차 제대로 하지 못했다. 총독부 관리를 비롯한 고관대작들은 술과 기생, 색주가로 이 마을을 어지럽혔다. 이런 덕분에 주재소

관리들은 서홍수네 일이라면 자신의 일처럼 돌보아 주었다.

서홍수네에 대한 마을 사람들의 비판은 실로 다양하였다. 아직 혼례할 나이가 아닌데도 벌써부터 혼수 장만을 어머어마하게 하고 있다는 것, 밤마다 서울로 팔 쌀을 강가에서 선적하고 있다는 것, 서홍수의 손녀가 파리를 잡아오라는 숙제를 제일 잘 해 상을 탔는데 그것은 다른 사람이 잡은 것까지 자신의 것으로 빼앗은 것이라는 것, 농사의 성적이 불량한 작인을 추려 면소와 주재소에 넘기고 징용이 나오도록 조취를 취한 후 소작을 뗀다는 것, 경성 모 전문학교에 다니는 막내아들은 징용장이 나왔으나 뇌물로 곱게 빼내어 학병에서 풀렸다는 것. 마을 사람들은 서홍수네 일이란 안 되는 것이 없다고 믿게 되었다.

협력자들의 소위 '협력'의 종류로는 강요에 의한 것, 자발적인 것, 유인에 의한 것으로 세 가지가 있으나 이 중 서홍수의 협력은 자발적일 뿐 아니라 가장 적극적이었다. 반민족적이고 봉건적이며, 외세와 결탁한 구식민주의의 본질을 폭넓게 고발해 주고 있다.

일제가 패망하자 학정에 시달렸던 마을 사람들은 주재소와 면사무소를 습격하며 그동안의 학정에 보복하게 된다. 서홍수는 치안 유지회에 쌀 열가마니를 희사하며 동네의 인심을 무마하려 하였다.

숨죽이고 관망하던 서홍수는 미군 주둔 후 적극적으로 변신하여 친미주의자가 된다. 총독부에 다니던 아들을 군정청에 넣은 후 다시 예전처럼 네 활개를 펴며 살게 된다. 구식민지 시기의 협력자가 신식민지의 새로운 협력자로 변신하는 과정을 서홍수를 통해 적나라하게 보여준다.

서홍수로 대표되는 지주-협력자에 대한 비판은 반제와 반봉건의 의미를 동시에 지닌다. 고율 소작제의 원흉으로서 반봉건의 의미를 지니며, 친일과 친미를 통해서는 반제적 의미가 부가된다.

서홍수는 한국에서 '정치적 기회주의의 기원'으로 자리매김이 가능하다. 기회주의는 부동성(浮動性)과 무원칙(계급적·이념적)을 특징으로 하는데, 따라서 정치적 기회주의란 정치권력의 이동 및 계급적 이해관계를 전제로 한다. 일제에서 미군정으로 식민 권력이 이동하자 지주계급은 재빠르게 변신한다. 이러한 기회주의자는 이기영의 「개벽」(1946.7), 이태준의 「농토」(1948) 등에서도 확인되는 바, 이 시기에 기회주의자가 다양하고 폭넓게 제시되었다는 것은 당대의 한 '전형'으로 위치 지을 수 있게 한다. 그러나 후자의 두 작품은 북한에서 간행된 것이기 때문에, 「개벽」이 「풍류 잡히는 마을」보다 두 달 먼저 발표되었다 하더라도 남한소설사에서 '정치적 기회주의의 기원'으로 자리매김 될 수는 없다. 삼팔선이 봉쇄된 후 남북한에서 간행된 소설을 동일 잣대로 논하는 것은 온당치 못하다. 정치적 여건이 달라 전망이 달라질 수 있기 때문이다. 남한에서 기회주의자의 전형은 전광용의 「꺼삐딴리」(1962)에서도 확인되는데, 「풍류 잡히는 마을」이 봉건시대의 중심계급이었던 지주계급을 지주-협력자로 만들어 기회주의의 전형계급으로 제시하였다면, 「꺼삐딴리」의 의사 이인국은 당대의 계급전형은 아니었다. 봉건—구식민주의 시대의 지주계급을 기회주의의 전형계급으로 제시하고 있다는 점에서 이 소설은 차이가 있다.

최정희의 소설에는 서홍수와 같은 정치적 기회주의자가 「점례」, 「우물 치는 풍경」 등에서도 반복적으로 등장한다. 이는 최정희가 구식민지 시기부터 해방 직후까지를 연속적으로, 유기적으로 보고 있음을 말해 준다. 이는 해방 이후의 것만을 쓰려는 경향이 지배적이었던 당대의 상황과 다른 태도이다.

이 소설은 지주—협력자만 비판하지 않는다. 나—서술자(여성 젠더)는 농민들도 비판적으로 본다. 마을 사람들은 그렇게 착취당하였음에도 모순에 대한 인식이 거의 없다. 서홍수가 쌀 열가마니를 내어 주자 오히려 "서울 갈 쌀인데 우리가 먹게 되나" "서홍수도 주재소 사람들도 없으니 이제 겁도 날 걸"(17쪽) 등의 말만 할 뿐 더 이상의 행동은 보이지 않는다. 서술자는 민중의 이러한 태도를 혹독히 비판한다. '종 노릇만 해와서' 노예적 삶을 면치 못하고, 생김생김마저 거의 비슷해졌다는 것이다.

> 함경도와 경기도의 농민이 족보가 같을리 없겠고 또 그 외편으로 걸릴리도 만무할 텐데 이렇게 비슷한 것은 그들의 눈꼬리에서 시작해서 입귀텡에 가서 끊인 댓쌀같은 주름쌀 때문인 것이라고 나는 깨달았다. 이 주름쌀이는 함경도의 농민이나 경기도의 농민이나 똑같이 지주의 종으로 오래 사는 사이에 한번 제멋대로 웃어보지 못하고 늘 비굴한 웃음을 부자연하게 짓는데서 생긴 것이라고 나는 깨달았다 (…중

략…) 더 따져서 말한다면 그들은 같은 운명에서 같은 '멍에'를 지고 살아왔기 때문이 아니겠는가. (23~24쪽)

동정과 연민으로 소작인에 대해 언급하는 서술자의 목소리는 그들에 대한 '연대'로 나아가기보다 '비판적'으로 접근한다. 농민에 대한 비판이 극대화되는 것은 소작료와 관련해서이다. 서홍수에 대한 징치를 이미 유보한 바 있는 마을 사람들은 미군정이 삼일제(삼분병작제)를 발표하자 다음과 같이 행동한다.

토지 추수의 삼분 병작제(삼일제)가 발표되기는 추수를 얼마 앞둔 때였다. 농민들은 조선독립(해방)이 되었다는 때와 같이 기뻤다. 오히려 그 때보다 더 한층 기뻤을지 모른다. 독립(해방)이 된 우에 또 농사군들을 더 먹으라고 하니 이 얼마나 기쁜 일이드냐. 하늘도 태양도 바람도 다 즐거웠다. 대쌀처럼 내려 잡힌 그들의 주름쌀이 물결처럼 파동하였다. 그래도 그들은 서홍수의 낯색을 살펴서 그 기쁨과 즐거움을 배속에 감추기에 노력하였다. 오히려 이 발령이 발포되자 서홍수를 찾아가서 반씩 먹여주는 것두 황송스러운데 삼분병작이라니 될말입니까. 남들은 어쨌든지 이 놈은 전대루 해드리겠습니다. 이놈의 애비나 하래비 쩍의 일을 생각해서두 그럴 수가 없으니까 라고 아뢰는 자도 있었다. 아첨도 간사도 아니었다. 진실로 황송스런 심리에서 이렇게 하는 것이었다. 그럴밖에 없는 것이 그들은 그들의 말과 마찬가지로 조상 대대로 종 노릇만 해왔으므로 할아버지는 증조부의 하던 양을 보아서 그대로 해오고 아버지는 할아버지 아들은 아버지를 닮엇던 것이다. 나무의 연륜(年輪)처럼 어김없이 살어오는 그사이에 그들은 그렇게 되어 버렸든 것이다.(22~23쪽)

'뼛속 깊은 종노릇'의 결과 농민들은 삼일제도 스스로 반납하고 있었다. 이 소설에서 농민들은 노동자계급의 튼튼한 동맹자라는 긍정적 성격보다 노예근성이라는 부정적 성격을 지닌 존재로 비판된다. 식민성의 최악의 잔재는 스스로 식민지-제국을 넘어설 수 없다는 굴종과 노예근성으로 뭉쳐진 '사유의 불능' 상태인데, '뼛속 깊은 종노릇'으로 이들은 얼굴마저, 생김새마저 거의 비슷해져 버렸고, 해방이라는 새로운 환희의 공간에서조차 사유의 불능을 반복하고 있었다.

이는 뼛속 깊은 종노릇, 이미 내면화된 노예상태를 단순히 리얼하게 그리는 데서 그치지 않는다. 최정희는 이들을 통해 봉건적 관계 또는 식민적 관계 속에서, 관습 또는 내면의 문제가 금방 변하지 않는 인간 삶의 문제라는 것까지 제시한다. 내면화된 비굴성·노예근성을 버리지 않는 한 진정한 주체는 될 수 없음을 분명히 비판하고 있다. 이기영의 「개벽」, 이태준의 「농토」에서도 노예근성이 내면화된 농민들이 등장하지만 「풍류 잡히는 마을」과는 그 내포가 전혀 다르다. 「농토」에서 아버지의 노예근성에 대해 분노하는 억쇠의 설정은 저항주체로서의 억쇠의 성장을 형상화하기 위한 것이었다. 반면 이 소설에서 농민에 대한 부정은 여성의 주체형성을 위해 설정되었다. '아버지'를 매개로 한 주체 설정 과정과 '농민-남성'을 매개로 한 주체설정 과정은, 전자에 비해 후자가 소설사 상 거의 유례가 없다는 점에서 독보적이며, 또 전자가 세대적 상거(아버지-아들 세대)를 기초로 하는데 반해 후자는 같은 시대에 기초한다는 점에서도 후자가 더 선진적이라 할 수 있다.

농민을 통해 최정희는 친일잔재와 봉건잔재, 미군정의 식민성 이 서로 분리될 수 없는 '현재성'임을 역설한다. 농민들은 이미 지 주-협력자 및 일제에 대한 분노와 증오, 원한 등도 가지고 있지 않은 상태여서 대결을 포기한, 즉 주체를 소거당한 상태였다. 더 심각한 것은 식민주의 당사자인 일본, 지주계급, 미군정마저 소 거하는 결과를 초래한다는 점이다. 최정희가 지주-협력자 뿐 아 니라 농민도 부정하는 양비론을 견지했던 것은 이러한 주체 / 대 상의 소거를 비판적으로 보고 있다는 것을 의미한다.

농민의 이중성은 위의 이기영의 「농토」를 비롯한 여타의 소설 에서도 흔히 언급된 바 있다. 이중성이란 변혁주체로서의 농민 의 긍정적 측면과 변혁주체로 나서는 것을 방해하는 소소유자적 성격의 두 가지를 말한다. 전자가 노동자 계급의 튼튼한 동맹자 로서 지니는 긍정적 측면이라면, 후자는 농민 내부에서 끊임없이 생성되는 부정적 양상이다. 최정희는 후자를 비판적으로 검토함 으로써 해방 직후의 새로운 나라 만들기에서 노예근성이라는 봉 건 잔재 및 친일잔재가 새로운 식민성을 구성하고 있으며 따라서 이를 청산, 극복하는 것이 급선무임을 과제로 제시한다.

미군정 하에서도 여전히 지주의 권리를 누리고 있는 서홍수는 아직 소작인들의 생사여탈권을 쥐고 있었다. 구식민지 시기에 했던 방식대로 마음에 들지 않는 소작인을 마음대로 떼고 붙이는 과정을 반복하고 있었다. 마을은 다시 '눈물의 바다, 한숨의 골짜구니'로 변하였다. 마을은 '해방 전과 똑같은 생지옥'으로 변하였다. 사람들은 "독립이 한 번 더 돼야 해"라고 외쳤다.

여성 서술자에 의한 지주 / 농민에 대한 양비론은 해방이 되었음에도 실질적으로는 '아직 독립이 되지 않았다'는 시선(가치배분)과 관련되어 있다. 즉 식민주의가 청산되지 않았음은 물론이고 새로운 식민주의가 등장하여 전과 똑같은 생지옥을 연출하고 있음을 항변하는 것이다. 여성 서술자에 의한 양비론은 새로운 나라 만들기가 민중성에 대한 부분적 부정에 기초하고 있음을 말해 주는 동시에, 새로운 나라 만들기에 여성 주체도 참여할 수 있다는 함의를 유포한다.

우선 민중성에 대한 부정적 시각은 민중이 우매하다는 것과 가난의 원인을 제대로 인식하지 못한다는 점에서 야기된다.

진정 그들은 독립이 다시 돼야 한다고 느끼기는 하나 그 '독립'이라는 것이 어떠한 형태로서 그들 앞에 나타날 것은 짐작하지 못하는 것이었다. 그런 것을 짐작할 만한 아량이 그들에게 있지 않았다. 오직 우매할 뿐이었다. 거저 가난할 뿐이었다. 그러기에 그들은 서홍수에게 그처럼 학대를 받으면서도 학대를 받을 뿐만 아니라 그 같아 먹던 땅까지 빼앗기고 아주 그야말로 지주와 작인이라는 주종관계가 끊어졌음에도 불고하고 아직도 그들의 서홍수에게 가는 마음은 남아 있었다.(25쪽)

주종관계가 끊어졌음에도 여전히 서홍수에게 의존하려는 작인들의 비굴성과 의존성, 무신념을 작가는 날카롭게 비판한다. 더 나아가 가난의 원인을 제대로 파악하지 못하는 민중들은 건국 주체로 부적절하다는 판단에까지 이른다. 민중이 의존성과 비굴성, 무신념을 극복하지 않는 한 이 나라는 명실상부한 독립을 하기 어렵다는 것이 여성─서술자의 판단이다. 즉 '민중 정체성'이 '국가. 국민 정체성'과 연관되어 있다고 본 것이다.

이러한 '민중 정체성'에 대한 부정은 목수의 아들로 인해 '민중'에 대한 전체 부정, '민족 정체성'의 부정으로 환원되지는 않는다. 목수의 아들은 가난의 원인이 지주 계급(서홍수)에게 있다는 것을 알고 있었다. '열마디 말보다 한 개의 참된 행동, 하나의 진실된 행동을 세상의 온갖 귀한 것 중에 가장 귀한 것'(48쪽)으로 아는 서술자는 강가에서 열리는 서홍수의 회갑잔치를 때려 부수고 순사에게 잡혀 간 목수의 아들에게 더할 나위 없는 신뢰를 보인다. '성문같은 침묵'으로 상황을 파악하며 행동으로 이끈 목수의 아들을 진정 신념을 가진 자로 존중하게 된다. "침묵은 신념을 가진 자만이 간직할 수 있기 때문이다."

한편 「풍류 잡히는 마을」은 미국이 구식민주의와 같으면서도 다르다는 점을 날카롭게 제시한다. 우선 이 소설은 "또 족제비가 닭을 물어가는 것이 아닌가"로 시작된다. 닭장 문을 미처 해달지 못한 나는 족제비에게 벌써 두 번째로 닭을 먹히고 있다. 이 소설에서 '족제비와 닭'은 식민 / 피식민의 은유이다. 두 번째로 닭을 빼앗기고 있다는 것은 일제와 미국이라는 두 번의 식민 상태를 환유한다. 즉 '닭을 빼앗아 가는 족제비'로서 미국은 침략자, 약탈자로 묘사되어 있다. 이 소설은 남한에 주둔한 미24군단을 침략군으로 시사한 문제작(김상일, 18쪽) 중 하나이다.

이 소설은 미국(미군)을 해방군 내지 은인으로 그리지 않는다. 해방 직후 염상섭의 「효풍」 등이 미국인을 기본적으로 우호적인 시선 하에 해방군으로 그리는 것과 달리 침략군, 점령군으로 묘사한다. 이 시기에 소설 초두부터 결말에 이르기까지 시종일관 미군을 점령군, 침략군으로 묘사한 소설은 거의 없는 것으로 알고 있다. 미국을 해방자로 형상화하거나, 점령군으로 묘사한 경우에도 초반에는 해방군으로 그린 경우가 많았다. 또 해방 직후 소설에 나타난 반미인식은 반외세인식의 한 하위범주였지 1950년대 이후의 경우에서처럼 '반미 중심성'이 아니었다.[16] 해방 직후의 한미관계는 세 단계로 나누어(이철순) 살펴볼 수 있는데, 이 소설은 미군과의 우호적인 관계가 지속되다가(1945.8~1946.7) 적대 관계로의 전환이 막 시작된 시기에 발표되었다. 그럼에도 1947년 7월 미소공위가 결렬되면서 미국과의 적대적 관계의 심화기를 드러내며 반미의식의 수위가 높아지는 단계의 내용을 확보하고 있다는 점에서 그 선진성이 드러난다. 1946년 중반까지 남한 소설사에서 이처럼 확고하게 '점령군 정체성'으로 보는 반미인식을 제시한 경우는 없었다.

'나'는 닭장이 너무 좁아 조금 크게 지으려고 한다. 좁은 닭장에서의 닭들은 수난과 고난으로 상징 처리된다. 움직임도 거의 없고 따라서 생산성도 매우 낮아져 있다. 점점 수동적이 되어 가는 닭들은 식민지 시기를 거치면서 점차 수동적 인간이 되어 가는 민중들의 모습과 유사하다는 것이 이 소설의 논지 중 하나이다. 그래서 나는 닭장을 크게 지어 옮겼지만 서홍수네 회갑 잔치에 가서 일을 도와야 한다는 목수 영감 때문에 아직 문을 달지 못하고 족제비에게 연거푸 닭을 빼앗기고 만 것이다.

이 소설에서 미군의 주둔은 우리의 미풍양속 및 관습 자체를 송두리째 바꿔 놓는다. 그 중 하나는 갈보(술집)의 융성이며, 다른 하나는 자발적 정치참여의 장인 '광장정치'의 소멸이다.

미군의 주둔은 우선 술집 및 갈보의 증가, 미풍양속의 해체, 공포와 죽음으로 환유되어 있다.

　　해방이 되면서 흔해진 것이 술집이었다 …… 삼백호가 되는 이 촌락에 술집이 스물도 넘었다. 저마다 갈보에 새장구에 가춰 놓고 손님 끄을기에 분망하였다. 갈보가 한집에 둘 씩 혹은 셋씩도 있고 넷이 있는 집도 있었다.(19쪽)

이처럼 이 소설은 미군 주둔으로 말미암아 순식간에 파괴된 전통적 삶에 주목한다. 즉 미풍양속의 해체 및 타락은 삼백호밖에 안 되는 촌락에 갈보와 술집을 급속히 증가시켰다. 마을 사람들은 너도 나도 갈보를 들이고, 새 장구를 갖추기에 급급하였다. 이러한 삶의 변화는 '나'라는 서술자의 힘으로는 도저히 해결 불가능한 '구조적' 문제라는 것이 이 소설의 시선이다. 구조적 문제라는 것은 삶의 변화가 정치, 경제, 군사적 종속과 연관되어 있기 때문이다.

술집과 갈보가 급속도로 증가하면서 마을이 유흥가화 하는 것은 거기에서 돈이 발생하기 때문이다. 술집과 갈보는 성을 상품화하여 판매하는 일종의 시장이다. 따라서 이 마을의 미풍양속의 해체 및 타락은 시장논리와 깊이 연동되어 있다. 미국을 단순히 '나쁜 사람들'(윤리주의)로 보지 않고 시장논리로 보는 것은 사회를 구조적으로 인식하는 시선이다.

또 미군의 행태는 '공포와 죽음'으로 묘사되어 있다.

적은 촌락에 삼사십명의 갈보가 들끓게 되자니까, 장터 옆 신작로를 줄창 통래하는 미군들 눈에 수 없는 갈보가 띄웠던 것이다. …… 밤이면은 자동차에 조선인 통역관을 하나 씩 실고 내여 달렸던 것이다. 달리는 것 쯤은 묵인할 수가 있겠지만 미군들은 위선 권총을 빼여들고 공중탄을 탕탕 쏘았다. 사람 생김새만 하드라도 생전 구경 못하든 것이라 겁을 집어 먹겠는데 총을 타양 타양 쏘는 것이 아닌가. 술집과 갈보는 물론 마을 사람들까지 도망질 하는 일이 생겼다. 한번은 미군들의 짚이 꽤 깊은 구렁이에 빠졌다. 미군들은 그것을 끌어 올릴 수가 없어서 집집마다 들어가서 이불 속에 벌벌 떠는 마을 사람들을 끌고 나왔다. 마을 사람들은 자든 잠은 커냥 눈이 홰등잔이 되어 짚을 끌어 올려야 했다.

그런데 짚은 좀처럼 올라오지 않았다. 군중이 많으매 미군의 총소리는 더 한층 빈번할 뿐이었다 …… 부락민 전부가 벌벌 떨면서 그 밤으로 죄다 죽는 줄만 알았다.(20쪽)

위 인용문은 미국의 제국주의가 심각한 수준에 도달해 있음을 보여 준다. 무지막지하게 짚을 들어 올리라고 요구하고, 재미로 총총 쏘아 민중을 노리개로, 장난거리로 삼고 있다. 이는 한국과 미국의 비대칭적 권력관계를 웅변적으로 드러낸다. 미군의 성적 폭력과 공포·죽음의 상황은 민족적 우열관계에서 비롯된 것이다.

이러한 미군의 행패는 한국의 광장정치를 소멸시키는 계기가 된다.

미군들의 이러한 왕래로 말미아마서 그들의 정자나무 밑 회의가 뜨음해 질 무렵에 …… (20쪽)

마을 한가운데 서 있는 늙은 정자나무 그늘에서 희색이 만면해 재미나 하던 정치담도 마을 사람들은 다 잊어 버렸다 (…중략…) 면소를 부시고 면직원을 때리고 순사를 쫓고 두들겨 주던 그 의기는 어디로 사라졌는지 알배 없었다.

정자나무 아래 이승만 여운형 김구 등으로 몰두하던 그들은 ……

(34쪽)

　광장정치란 해방 직후 노동자, 농민, 중간계층 뿐 아니라 청년 여자까지 포함하여 일반 대중들이 넓은 광장 같은 곳에서 정치적 의견을 주고받으며 자신들의 정치적 소견을 소통하는 방식을 말한다. 해방 직후 마을 사람들은 공동화된 마을 치안을 위해 ‘치안 유지회’를 조직하게 된다. 뿐만 아니라 청년, 여자들까지 밤에는 국민학교 마당에서 낮에는 늙은 정자나무 그늘에서 나름대로의 방법으로 국사를 논하게 된다. 제 사회세력이 식민지적 유산을 청산하고 새로운 자주적 국가권력을 수립하기 위해 광범위하게 참여하고 있었다. 시민사회의 급속한 팽창을 전제로 일어난 소위 ‘광장정치’[17]의 일종이었다. 광장정치는 국가와 시민사회의 관계에서 시민지형의 우위를 반영하는 것이었고, 기존의 지배를 극복하려는 노동자, 농민, 중간계층 구성원들을 포함하고 있었다. 이들의 시민사회적 표현은 치안 유지회 등의 자발적 결사체의 발생과 그 기능적 성격, 정치적인 영향력 등으로 파악할 수 있다. 여운형과 인민공화국, 이승만 박사와 임시정부 요인의 환국 등 정치적 논의가 활발하게 일어났다.

　「풍류 잡히는 마을」에서도 정자나무는 마을 사람들의 정치적 의사소통의 공간이었다. 하지만 ‘미군의 왕래’로 일차 광장정치는 종결된다. 이 소설은 미군의 행패가, 1945년 8월 16일부터 9월

6일까지의 외부적 힘의 공백기에 발현되고 있던 민족 내부의 힘을 해체시켰다고 봄으로써 분단의 원인을 '내인'보다 '외인'으로 규정한다. 외인의 핵심은 미국이었다. 이 소설의 반미인식은 분단의 원인과도 연결되어 있다. 젠더 '중심성'이 아니기 때문에 '민족' 문제도 아울러 고찰하고 있는 것이다. 여기서 미군은 술집과 갈보의 확산, 공포와 죽음의 유포 뿐 아니라 이 나라 국민들의 정치적 소통공간마저 해체하는 괴력을 발휘하였음을 비판적으로 지적하고 있다.

술집과 갈보의 확산, 공포와 죽음으로 묘사된 상황을 통해 '분단보다 미국병정이 더 무섭다'(19쪽)고 함으로써 서술자는 신식민적 인식을 종합적으로 보고한다. 이 말은 '분단이라는 민족문제'보다 한국의 '여성'들을 유린하는 미군(국)을 '더' 중요시하고 거부하는 시선이다.

이번엔 서울엔 미국병정이 들어오고 북조선 평양족엔 노서아 병정이 들어왔다는 이야기를 하며 우리 조선나라가 두 동갱이루 짤리워서 저켠 사람이 이켠에 못오구 이켠 사람이 저켠으로 통래를 못하게 되자니까 부모형제 간에 서루 그리워두 가두오두 못 하구 편지왕래 같은 것두 못하니 어쩌랴구 걱정들을 하였다. 북위 삼십팔도선을 경계로 조선 땅이 남북으로 갈라진 것을 이야기 하는 말이었다.

하지만 그들은 이 삼팔선이 얼마나 걱정스런 것인지 몰랐다. 그들은 그보다도 밤이면 술집 갈보를 노리고 달려드는 미국병정이 더 걱정스

럽고 무서웠다.(19쪽)

　미국을 침략군으로 봄으로써 분단에 대한 책임이 미국에도 있
지만, 여성 수난을 야기하는 미국병정을 더 우선적으로 비판하고
있다. 미국은 '분단의 책임국'으로보다(민족 중심성) '여성 유린의
가해자'로 더 인식된 것이다. 즉 민족 범주를 '배제'하는 것이 아
니라 '민족' 범주도 중요하지만, 그보다 '젠더'가 더 중요하다고 보
는 '젠더 우선성'의 관점에서 평가하는 시선이다.

　흔히 소설에서 여성과 미국이 개입되는 방식은 민족과 외세를
대립적 관계로 보고, 미국 / 한국=남성 / 여성이라 간주하는 성적
은유의 방식이었다. 이런 관점에서는 '민족 수난'과 '여성 수난'이
동일시된다. 하지만 이 소설은 이와 같은 흔한 구도를 원용하지
않는다. '분단보다 미군이 더 무섭다'는 말은 민족을 일차적 피해
자로 보는(민족 범주 중심성 또는 민족 범주 우선성) 시선이 아니다. '분
단 국가'라는 측면에서 '민족' 문제도 중요하지만, 젠더 우선성에
입각해 '여성'이 '더 큰', '우선적' 피해자로 그려져 있다. 미국의 민
족적 우월감이 한국-여성에 대한 성 폭력으로 표출되어 있지만,
한국=여성이라는 성적 은유방식이 없다. 즉 여성수난을 통해 민
족수난을 은유하지 않는다. 또 여성 뿐 아니라 동네 사람들 모두
공포와 죽음의 무대 위에 세워져 있다는 점에서 민족적 저항이
남성 중심주의와 등치되어 있지 않다.

　미국병정의 성적 유린이 '미국적 가치'로 재현되면서 미국은

'성적 유린의 가해자' '성적 속물성'으로 상징된다. 미군은 성적 속물이며, 가해자로서 '나쁜 사람'들이다. 즉 해방군이 아니고, 침략군이며 범죄자일 뿐이다.

미군에 대한 거부적 시선은 양옥수수를 통해서도 언급된다. 양옥수수는 이 소설에서 '유일한 해방 덕'으로 서술된다. 서울 시민에게 배급되어, 서울 가서 쉽게 사다 먹을 수 있기 때문이었다. 하지만 양옥수수는 조선 사람들의 식습관에 맞지 않았다. 목수 영감이 닭장을 짓는데 속도가 느린 것 중 하나는 '양옥수수를 사다먹고 언쳐서 설사만 나흘 째 했기' 때문이었다. 아이들은 양옥수수를 먹었다고 자랑삼아 노래까지 만들어 불렀지만, 실상 우리의 먹거리가 되기에는 여러 가지가 맞지 않는 이국종이었다. '배탈이 잘 난다' '똥병이 잘 걸린다'는 말로 보아 도움이 되기는커녕 오히려 병만 나게 하였다. 미국은 은인, 혜택, 고마움보다 병, 고생, 겉치레 등으로 해석되어 있다. 서술자는 나중에 '양옥수수 사다 먹는 집도 드물었다'(30쪽)고 함으로써 해방 덕이 실상은 민중에게 그다지 흔한 일이 아니었음까지 지적한다. 따라서 해방 직후의 타 소설들에서 드러난 삽화적 수준의 양옥수수와는 근본적으로 의미를 달리한다.

미군들의 행패 및 갈보, 양옥수수 등은 '디테일의 충실성'을 확인시키면서, 미국 식민주의에 대한 통찰을 날카롭게 드러낸다. 즉 신식민주의는 구식민주의와 근본적으로 다르다고 일갈한다. 이 소설은 구식민주의로부터 신식민주의로의 '변화'를 보고 있는

데, 구식민주의는 '국가의 지배에 바탕한 체제'였으나 신식민주의는 미풍양속의 해체, 시장의 논리, 먹거리와 배탈로 환유되는 '일상성'을 지배하는 체제라는 것이다. 따라서 이때의 한미관계는 국가 대 국가, 민족 대 민족 관계로 일면화되지 않는다. 양옥수수의 사례가 보여 주는 것처럼 '선망과 증오(거부)'의 양면성을 지니고 있으며, 민족 또는 국가가 절대시되어 있지 않다. 즉 구식민주의에서의 탈식민 방법처럼 민족 문제만 해결하면 모든 것들이 동시에 해결될 수 있다는 '환상'에 빠져 있지 않다.

「풍류 잡히는 마을」은 구식민주의와 다른 신식민주의의 식민성의 '차이'를 정확히 보고 있는 것이다. 이는 이 소설이 역사성을 지니고 있다는 말이다. 신식민주의는 이제 일상성 속에 녹아 경계가 모호해진 민족문제, 여성문제, 시장의 문제를 언급하고 있으며, 그에 맞는 탈식민의 방법을 모색하는 것이다. 모호한 경계는 적대관계의 경계마저 허물어 버린다. 이는 미군에 대한 '직접 투쟁'을 보이기보다 협력자 서흥수의 '회갑잔치 파괴'라는 '간접' 방식으로 제시될 수밖에 없는 이유이기도 하다.

이러한 역사성은 「분지」와 비교된다. 즉 이 소설에는 「분지」에 있는 '우화와 환상'이 없다. 「분지」에서 반제 투쟁은 미국 여인들의 배꼽 위에 태극기를 꽂는 것으로 표상된다. 이는 우화적 기법이다. 또 주인공을 홍길동의 10대손으로 설정함으로써 도술에 기대는 「분지」의 환상 기법도 없다. 리얼리티의 훼손을 감수하면서 「분지」가 이러한 우화와 환상을 도입한 것은 직접투쟁이 불가한 신식민주의에서 직접투쟁의 의지를 표현하기 위한 미학적 장치였다. 「풍류 잡히는 마을」이 우화와 환상 장치를 택할 필요가 없었던 것은 일상성 속에서 당대를 제시할 수 있기 때문이었다.

1960년대의 대표적인 반미소설로 꼽히는 박연희의 「변모」에서도 미국비판이 '지극히 삽화적인 수준에서 멈추고'만 것을 볼 때 최정희의 「풍류 잡히는 마을」의 반미의 수위 및 그 내포는 가히 선진적이라 할 수 있다.

이 소설의 일상성은 '반미의 두 편향'을 지양하는 계기로 작동한다. 미국을 '나쁘다'고 보는 '윤리주의로서의 반미', 또 분지처럼 민족을 절대시하는 '근본주의로서의 반미'를 지양하고 있다. 윤리주의가 편향인 것은 좋다, 나쁘다의 보편적 휴머니즘을 기준으로 미국을 마치 추상적 인격체처럼 대하기 때문이고, 근본주의가 편향인 것은 신식민주의로의 변화를 읽지 못하기 때문이다(하정일, 325쪽). 「풍류 잡히는 마을」이 반미의 두 편향을 지양하게 된 것은 '일상성'과 '구체성'을 통해서이다.

물론 이 소설에 미국을 환기하는 인물이 구체화되어 있지는 않다. '미국들' '미국병정'이라는 불특정 다수로 제시될 뿐 구체적 인물로 드러나 있지 않다. 비록 인물의 구체성이 확보되지 않았다 할지라도 적어도 일상성 속에서 살아 있는 서사로 관계 맺고 있다는 점에서 인물의 불특정성이 한계로 지적되기는 어렵다.

닭과 족제비, 양옥수수, 늘어나는 갈보와 술집들은 공동체를 분열시키는 일종의 '모세관적 운동들'에 속한다. 이 소설의 일상성과 구체성은 모세관적 운동들이 당대의 사회구조 속에서 어떻게 구조화되어 있으며, 어떻게 하여 사회발전방향을 가시화하는지를 나타내는 지표라 할 수 있다.

일상성과 정치성의 결합은 윤리주의와 근본주의라는 반미의 두 편향을 지양케 하는 요소로 볼 수 있다. 서술자의 정치적 지향은 정치인들의 이념(이론적 투쟁 또는 토지 문제 등과 관련한 정치적 이데올로기)을 통해서가 아니라 즉, '거대사·정치사 중심의 방법'적 제시가 아니라, 실제 일상생활에서의 삶의 구체성을 통해 획득되는 '미시적 방법'을 채택하고 있다.[18] 나—서술자의 닭장 문제, 마을에 가득찬 술집과 갈보들, 미군들로 인해 광장정치가 소멸되는 과정, 목수의 배앓이 및 농민들의 노예근성들, 서홍수의 강가에서의 회갑잔치 등은 이념이나 이론적 투쟁을 통해 제시되는 방식이 아니라 삶의 구체적 현장을 토대로 전망을 유도하는 '방법'이다.

이러한 구체성의 획득은 다른 소설이 쉽게 확보하지 못한 것이다. 이러한 일상성에 기초한 구체성의 획득은 최정희가 실제로 '독특한 농삿군 노릇'을 7년 동안이나 했던 경험과 최정희의 '젠더 범주 우선성'에 입각한 사유태도 및 작가적 전략에서 비롯된 것으로 보인다.

한편 「풍류 잡히는 마을」의 또 하나의 특징은 '나—서술자'의 젠더가 여성이라는 점이다. 우리 소설사상 이러한 서술자는 없었다는 점에서 「풍류 잡히는 마을」의 가치가 돋보인다.

나는 5년전 이 마을에 흘러들어와 지주 서홍수의 집과는 거리를 두고 지내고 있다. 실제로 나는 소작인도 아니고, 집의 위치도 서홍수네와는 떨어져 있다. 그렇다고 자작농도 아니다. 주인공 '나'의 계급적 위치는 지식인—여성으로서, 삶의 터전인 서울에서 반(半)자발적으로 '소개'하여 전혀 연분도 없는 농촌으로 내려올 수밖에 없는 상황에 기인한다. 여주인공이 진보적 정치성향을 지니게 된 것은 구체적으로 제시되어 있지 않으나, '식민지—지식인—여성—비자작·비소작농'이라는 민족적·계급적 위치에 기인한다고 할 수 있다. 전혀 인연이 없는 이곳에 우연히 굴러들어오게 된 만큼 처음에는 일종의 관찰자로서 이 마을을 조감하면서, 이 마을에서 전개되고 있는 각종 사건들을 평가하는 비판자의 시선을 보인다. 그렇다고 '나'가 방관자인 것은 결코 아니다. 소설 초두에서 나는 두 번째로 족제비가 닭을 물어 가는 상황에 직면하여 매우 흥분된 목소리로 결의를 전달한다.

아무래도 견딜 수 없다 …… 나는 이 몽둥이를 들고 가서 그 놈의 놀이터를 산산히 쳐부수고 발로 막 짓밟구, 그리고 강속에 막우 집어동댕이를 치겠다. …… 그 인간아닌 그것들의 횡행하는 것을 가만둘 수 없다. 나는 꼭 가겠다. 단 숨에 내 달아 가겠다. 내 이 긴몽둥이를 들고서 …… (8쪽)

초두에 제시되는 서술자의 결의는 소설 전반의 내용이 어떻게 전개될 것인지를 예고한다. 다시 말하자면 관찰자 또는 방관자에 머무르지 않을 것임을 예고한다. 소설 후반에 이르면 여성 서술자는 목수 영감의 계몽자로 위치, 설정(positioning)된다. 아들이 강가의 잔치판을 쳐부수겠다고 하자 목수는 나를 찾아와 의논한다. 농사군들이 잘 살고 못사는 것은 하늘이 내린 것이라면서 아들이 가난의 원인을 서흥수네 탓이라고 하는 목수의 말에 나는 동의하지 않는다. 게다가 아들이 서흥수네 집에 불을 지르겠다고 하자 목수는 다시 찾아와 대책을 의논한다. 그런데 이때 나에 대한 목수의 호칭이 그 전과 달라진다. 전에는 '애기 어머니'로 불렀으나 이제는 '선생님'으로 호칭한다.

> 아 글세 애기 어머니, 애기 어머니 보구니 말씀이지 그놈이 글세 나 아리댁을 불 질른대니 저걸 어쩜 좋아요 모두지 그놈 때매 똥끝이 타서 견딜 수 없군요.(41쪽)

> 나는…… 오라지 않아서 가난하고 우매한 농민들을 착취하는 사람들이 꼼짝 못하는 세상이 와서 마을 사람들이 헐벗지 아니하고 병을 알면 약을 쓰고 어떠한 사람이나 배곯으지 아니하고 글을 모르는 자가 없게 된다고 말하였다. 영감은 주먹으로 눈을 쓰스며
> 「정말 우리 눔이 얼른 나 와요? 선상님 정말 그런 세상이 와요? 선상님」하였다.
> 나는 대답 대신 아주 확실하게 고개를 끄덕여 뵈였다.(49쪽)

나는 이제 '애기 어머니'로 불리는 여염집 아낙네가 아니라 '농민들을 지도하고 위로하는' '선생님'으로 자리매김 된다. 이는 여성의 계몽 주체로의 재등장을 의미한다. 식민지 후기 「2월 15일 밤」과 「장미의 집」, 「여명」을 통해 남성 계몽 주체의 박탈 및 여성 계몽 주체의 수립, 식민주의 및 제국주의에 대한 새로운 인식 가능성을 보여준 바 있는 최정희는 해방 직후 여성 계몽 주체의 재등장을 꾀하며 새로운 나라 만들기의 전망을 보여 준다.

'나—여성 서술자'는 전지적 시점을 가장한 서술자가 아니라는 점에서 더욱 눈여겨 볼만하다. 전지적 시점은 '표지가 없는(unmarked) 지식'으로서 객관적이고 중립적이며 불편부당하다고 이해하기 쉽지만, 남성젠더의 목소리를 가장하고 있어 객관, 중립적이지 않다. 즉 특정 이데올로기의 담지자여서 불편부당하다고 볼 수 없다. 페미니즘 서사학에 의하면, 남성젠더화된 전지적 서술자의 세계관, 가치관은 남성젠더적 시선으로 세계상을 구축하는 과정이다.

「풍류 잡히는 마을」은 근대 소설의 특징 중 하나인 이러한 경향을 과감하게 돌파한다. 전지적 서술자로 가장한 남성젠더적 서술자를 거부하고, 여성젠더로 유표화된 서술자를 주체로 내세워, 민중을 계도하게 한다. 남성젠더적 시선으로 세계를 구축하려는 기존의 소설적 관습 및 전망을 극복하려는 것이다.

여기서의 계몽 주체가 남성젠더 작가의 소설에서 보이는 남성 계몽 주체와 다른 점은 우월적 · 시혜적 시선을 지니고 있지 않다는 점이다. 즉 이 소설의 여성 계몽 주체는 '리더십'이 아닌 '동반자적' '파트너십'을 보이고 있다. 리더십이 수직적 질서 및 각종 이분법에 기초하는 '중심'적 보편성(지배자 중심, 부르주아 중심, 남성 중심, 이성 중심, 일국적 지식 중심)에 입각해 있다면, 파트너십은 이러한 이분법을 해체하고 수평적인 연대감과 상호 협력관계에 바탕해 중심적 보편성을 넘어서는 새로운 보편성의 구성을 추구하며, 새로운 상생문화를 건설하고자 한다(김복순, 2008). 이 소설의 '계몽 주체인 나'는 우월적 위치에서, 시혜적 태도로 농민을 지도하고 있지 않다. 포용성과 연대성, 지도력은 있지만, 일방성은 없다. 우매한 농민의 삶을 '계몽 주체'라는 이름 하에 전유하고 있지 않다. 상호 협력적, 연대 가능성 속에서 농민과 함께 연대하고자 할 뿐 전유하지 않는다. 즉 차이를 통해 차이를 재생산 하지 않으며, 상생적 문화를 창출하고자 한다. 이러한 계몽 주체의 성격은 우리 소설사에서 중요하게 취급될 필요가 있다. 대부분의 프로소설에서 계몽 주체는 리더십을 발휘하고 있지 이와 같은 수평적, 동반자적 파트너십을 보이지는 않기 때문이다.

'나―여성서술자'에 의한 여성 계몽 주체의 재등장은 '정치적 여성 주체의 탄생'을 의미한다. 동시에 이는 국가의 정체성 및 국민적 정체성과 여성의 정체성이 모순되지 않는다는 점을 웅변적으로 보여 준다. 해방 직후의 새로운 나라 만들기 과정에서 여성은 계몽 주체로서, 민중을 계몽할 수 있을 뿐 아니라 새로운 나라 만들기의 핵심적 주체일 수 있음을 언급하는 것이다. 한편으로는 남성 중심적 근대화 기획을 거부하면서, 새로운 나라 만들기에서 여성 주체의 역할 및 기능을 핵심적인 것으로 부과하는 것이다. 우리소설사에서 「풍류 잡히는 마을」만큼의 정치적 여성 주체가 그려진 적은 없었다. 그것도 남성과의 동반형태가 아닌 여성 단독형태의 정치적 여성 주체가 여성젠더 서술자에 의해 제시된 적은 없었다.

여기서 나―서술자는 부정인물을 초점화함으로써 사회 역사적 제반 관계의 모세관적 운동을 그리기보다 '나'의 정치적 역사적 방향성을 강조하는 미학적 장치이다. 나―서술자의 압도적 개입은 총체성의 확보를 방해하는 선험성, 도식화를 초래하는 부작용도 있으나, 「풍류 잡히는 마을」의 나―서술자는 반제·반봉건 등의 신·구 식민성에서 벗어나려는 강렬한 욕망과 미래에 대한 전망으로 이끄는 힘을 발휘한다. 따라서 나―서술자는 낭만적 열정을 반증하는 미학적 장치라 할 수 있다. 흔히 일인칭 서술자는 주관성에 함몰되거나 아이디얼리즘에 빠지는 약점을 가지지만, 이 소설은 삶의 구체성을 포착하는 안목과 일상성 때문에 주관성에 함몰되지 않는다. 즉 낭만적 열정이 리얼리즘 정신을 제약한다기보다 일상성·구체성을 확보함으로써 미래에 대한 전망으로 유도하는 힘을 더 발휘하였다.

이렇게 볼 때 이 소설에서 해방 후의 사회발전방향과 개인생활의 모세관적 운동의 내적 핵심고리는 '젠더'이다. 새로운 나라 만들기의 심급을 '민족'이나 '국가'로도 보면서 '젠더'를 핵심요인으로 더 중요하게 설정하는 것이다. 젠더 중에서도 남성젠더가 아니라 여성젠더로 보고 있다. 지주—협력자인 서흥수나 총독부 관리에서 군정청 관리로 옮긴 그의 지식인 아들 등의 기회주의자들, 노예근성에 절어 삼일제마저 반납하고 주체로 서지 못하는 농민들, 식민성에 저항하는 아들이 염려스럽기만 한 목수 등은 새로운 나라 만들기의 주체로 부적절하다. 새로운 나라 만들기의 주체는 정치적 여성 주체로 등장한 여성 지식인과 목수의 아들과 같은 '행동하는 실천인'이라고 일갈하고 있다.

여기서 여성 계몽 주체의 정치적 방향성은 중도좌파적 민족주의 노선으로 보인다. '노래기집'으로 불리는 여운형파 사람을 중점적으로 소개하고 거론하는 것으로 보아 그러한 추정이 가능하다. 이는 '착취하던 지주들이 꼼짝 못하고, 가난한 자들이 모두 행복한 세상'이라고 말하는 내용과도 부합한다.

지식인 민중이 우매한 농민의 아들이라는 점에서 '목수—그의 아들'은 농민의 이중성을 리얼하게 대변한다. 목수는 농민의 부정적 성격을, 그의 아들은 농민의 긍정적 성격을 지시한다. 농민의 부정적 성격은 아버지로, 긍정적 성격은 아들 세대로 배치함으로써 새로운 나라 만들기의 과정에서 아버지 세대의 부정적 성격을 극복하는 것이 신세대의 과제임을 역설하고 있다. 농민의 이중성은 (부자관계라는) 대를 이은 역사적 전개과정 속에서 극복되어야 할 과제임을 지적하고 있는 것이다. 농민이 지닌 두 측면 중 어느 한 면을 제외시킨다면 농민에 대한 객관적 형상화에 도달하기 어려울 것이다. 최정희는 한편으로는 양비론을 통해 농민에 대한 즉자적 기대 즉, 무조건적 긍정성을 보이는 것도 아니며, 다른 한편으로는 농민의 이중성을 어느 한 부분도 배제하지 않고 치밀하게 그리고 있다는 점에서 성공하고 있다.

식민지 시기의 소설에 이어 해방 직후의 소설에서 최정희는 여성 계몽 주체를 재등장시키면서, 기존의 서사문법을 뒤엎고 여성 젠더의 나-서술자를 통해 미래에 대한 전망을 보이고 있다. 최정희는 '젠더 범주 우선성'을 적극적으로 보여준 작가였다. 박화성이 남성젠더의 정체성 속에서 남성주의 소설을 생산해 내고 해방 후에는 이렇다 할 재생산에 이르지 못하고 있을 때, 최정희는 여성 젠더 우선성에 입각하여 새로운 나라 만들기의 과정을 여성 젠더와 더불어 기획하고 실천하고 있다.

최정희의 이러한 새로운 나라 만들기의 전략은 해방 직후 생산된 남성젠더 작가의 나라 만들기 전략과 상당히 다른 것이다. 김남천의 「1945년 8.15」, 김동리의 「해방」, 염상섭의 「효풍」 등과 상당히 다른 관점을 드러낸다. 이들 작품에서는 「1945년 8.15」를 제외하고는 우선 적극적인 여성 계몽 주체가 형상화된 일이 없다. 모두 남성 젠더로 주체의 형상화를 꾀하고 있으며, 새로운 나라 만들기에서 여성 주체는 설정되어 있지 않다. 또 이 세 소설은 모두 미국과 일정한 친연성을 갖고 있거나 그렇지 않더라도 미국에 대한 근거 없는 '비거부'의 시선을 보인다. 미국을 해방군으로, 우호자로 인식하며 뛰어난 심미안과 재력가로 형상화하거나(『효풍』), 미국에 대한 일방적 추종 및 종속(『해방』), 또는 진보적 리얼리즘이란 창작방법 아래

조직 우위론적 입장에서 박문경을 계몽 주체로 형상화하고는 있지만 여전히 '미국'을 긍정한다(『1945년 8월 15일』). 『1945년 8월 15일』은 박문경이라는 여성젠더의 시각으로, '남성'이 아닌 '여성'으로 하여금 혈연을 넘어 '정치적 여성─국민주체'로 일어서게 하는 과정을 그리고 있지만, 노동자 계급과 진정한 파트너십을 이루지는 못한 상태에서 종결(미완의 소설이다)된다. 또 『효풍』에서는 정치적 여성 주체로서는 탈락되고 연애의 주체로만 남게 되며, 미국 / 조선, 남성 / 여성이라는 성적 은유를 보여주고 있어 한미관계의 젠더적 구조마저 확인시켜 주었다. 그러다가 『해방』에 이르면 정치적 주체도, 연애의 주체도 아닌 성적 대상화의 영역으로 밀려나게 된다.

물론 「풍류 잡히는 마을」의 여성 계몽 주체도 한계가 없는 것은 아니다. 지주─협력자의 잔치를 여성 주체 스스로 타파하지 못하고 목수의 아들로 하여금 '대리 실천' 하도록 하였기 때문이다. 나는 소설 초두부터 때려 부수겠다고 흥분된 상태로 전언하지만 실제로 닭장에 긴박되어 있는 사이 목수의 아들이 '먼저' 실천하였기 때문이다. 목수에게 미래에 대한 희망과 유토피아에 대한 전망을 펼쳐 보이고 마지막까지 앞으로 올 좋은 세상에서 "모다 배불리 먹고 뛰여 보지 않으려느냐. 모다 좋은 옷 입고 노래부르지 아느려느냐"고 외치지만 실천자는 '나'가 아니라 목수의 아들이었다. 하지만 비록 기선은 빼앗겼어도, 결말에까지 전망을 놓치지 않고 있다는 점, 그리고 목수의 아들과 탈식민 연합을 강조하며 굳게 모색하고 있다는 점에서 이러한 점이 큰 약점으로 작용하지는 않는다.

최정희의 새로운 나라 만들기의 전략을 요약하자면, 지주 / 농민에 대한 양비론과 기회주의자에 대한 비판, '젠더 우선성'에 입각한 '반미의 두 편향의 지양, 여성 계몽 주체의 재등장과 농민-지식인과의 탈식민 연합이며, 여성젠더의 시선이라는 특징을 지닌다. 이것이 「풍류 잡히는 마을」의 특징이다.

「풍류 잡히는 마을」을 필두로 하는 반미소설의 새 계보의 핵심은 여성젠더 시선(주인공 또는 서술자)에 의한 탈식민 전략과 남성중심적 근대화에 대한 부정이다. 이 계보는 1950년대에 김말봉 등을 통해 지속되다가 1980년대에 이르러 재등장한다.

3. 전쟁기
―반공주의 · 국가주의 결합의 차이―광인 만들기 및 여성 소거

전쟁이 발발하면서 삼천리사 사건으로 투옥된 바 있고, 남편 둘 모두가 사회주의와 연관되어 있어 최정희는 바짝 긴장하게 된다. 게다가 엄마의 형제들 중 둘은 아직도 북한에 남아 있어 잘못하면 이념적 갈등의 포화를 직접 맞게 되어 있었다. 최정희가 '문학가연맹'이나 보도연맹, 9 · 28수복 후 공군작가단에 가입하게 된 것은 보신책이라는 혐의에서 벗어나기 어려운 일면이 있었으나, 전후 최정희 서사의 공통점과 차이점을 읽게 한다는 점에서 살펴 볼 필요가 있다.

'문학가연맹'에 가입하게 된 것은 북한 정권이 김동환과 자신을 자꾸 괴롭히기 때문이었고, 공군작가단에 가입하게 된 것은 그 이후 부역문인이라는 위협으로부터 확실한 안전지대를 제공받기 위해서였다. 특히 우리나라처럼 문인들의 종군활동이 정부의 지원 하에 조직적이고도 집단적으로 이루어진 예도 흔치 않아서 일정한 안전지대였음은 분명하다. 최정희는 분명 '군복의 힘'[19] '조직의 힘'이 대단하다는 것을 아는 작가였다. 종군작가단은 배급도 넉넉히 주어 물질적으로도 안전지대를 제공하였는 바, 최정희의 회고에 의하면 창공구락부에서는 유니폼이나 구두 뿐 아니고 쌀 광목도 배급받았는데, 자신의 경우 쌀은 남아돌아서 어려운 피난민들에게 나누어줄 정도였다고 한다. 이 시기에 나온 작품으로는 「임하사와 그 어머니」, 「유가족」, 「전설」, 「산 모롱이 쪽으로」, 「사고뭉치 서억만」이 있고, 수필로는 「난중일기에서」가 압권이다.

「임하사와 어머니」(『협동』 37, 1952.12)는 앞서 살펴 본 「야국－초」의 신식민지 버전이라 할 수 있다. 이 소설은 어머니의 '한국 군인 거부하기'와 아들의 '한국 군인 되기' 사이의 충돌을 그리고 있다. 「야국－초」가 식민지 시기 '일본 군인 되기'와 관련한 모자 간의 갈등을 그리고 있다면, 「임하사와 어머니」는 신식민지 시기 새로운 사회(국가) 건설과 관련하여 '한국 군인 되기'의 문제로 갈등하는 모자관계를 보여 준다.

아들 임영하는 세 살 때 아버지를 여의고 어머니, 할머니와 살고 있다. 어머니는 아들이 커 가는 재미에 사는 보람을 느끼지만, 전쟁이 발발하자 적 치하에서 구들장 밑에서 숨어 지낸다. 수복 후 국군이 들어오자 국군 소집 영장이 나오고 어머니와 할머니는 여전히 군 입대를 거부한다. 두 여성에게 군대는 북이든 남이든 사람의 목숨을 빼앗는 동일한 것이었다. 여기에는 이념이 없다. 어머니와 할머니가 극구 만류하자 임영하는 몰래 입대해 버린다. 「야국-초」가 일본 남성에게 복수하는 '아내의 서사' 위에 '제국의 군인 만들기'를 시도하는 어머니의 서사가 보태져 있다면, 이 소설은 여성들을 오직 생물학적 어머니로만 위치시키면서 전쟁의 의미도 목숨을 빼앗는 것으로 인식하는 접근법을 드러낸다. 이전 시기에 제시하였던 '계몽 주체로서의 여성' '복수하는 여성'의 모습을 박탈한다. 하지만 임영하는 남성 주체로 나서기를 포기하지 않는다.

절 육이오 때 숨겨두신 목적이 어딨어요? 밥이나 먹고 똥이나 싸게 하려구 숨겨 두셨어요? 내 나라 내 민족이 위기에 있는데 그래 남아루 나서 비슬비슬 숨어 살란 말이에요? 내 나라 내 민족이 다 망한 후에 살면 뭘해요? 그렇게 살아선 값이 없어요. 내 나라 내 민족을 위해 싸우다 죽는 건 비슬비슬 값없이 사는 것 몇 배 이상이에요.(136쪽)

이 소설은 이전 소설과 이후 소설이 갈라지는 일종의 전환기 역할을 한다. 즉 2차 전향과 관련된다고 할 수 있다. 해방 직후 「풍류 잡히는 마을」 등을 통해 여성의 정치적 주체로의 부상을 꾀했던 최정희는 이 소설에서 여성의 역할을 일종의 세대론의 입장에서 지워버리는 방향으로 선회한다. 이후 1950년대 소설에서 여성의 적극적 역할은 '소녀'에게 부과되고, 모성 또는 여성성은 축소된다. 여성들은 삶의 행위자가 되기보다 수동적인 형태의 이끌려지는 삶을 영위하게 된다.

따라서 「야국-초」의 서술자가 어머니-여성이었던 데 반해 이 소설의 서술자가 임하사로 바뀌는 것은 필연적이다. 인용문에 나오는 아들의 말을 듣고도 어머니와 할머니가 극구 만류하는 행위를 멈추지 않는 것은 여성의 '주체로서의 역할의 종결'을 의미한다. 오직 '아들세대-남성'의 웅변적인 '국가' 담론만이 웅장하게, 그러나 건조하게 울려 퍼진다.

그런데 여성 주체의 종결이라는 이 지점에서 눈여겨 볼 것은 어머니가 국가-국가주의에 자발적으로 동참하지 않는다는 점이다. 이는 전시 체제에 협조하지 않는 '이기적인 모성을 상징'하며 이를 '질타'하고 있다기보다 반공주의·국가주의에 균열을 드러내는 것으로 읽혀진다. 할머니와 어머니는 처음부터 군 입대를 반대하며 끝까지 이를 철회하지 않고 있다. 아들이 두 여성의 군 입대 만류에 반대 논리를 펴며 일장 연설을 하지만 두 여성이 이에 감화를 받고 이에 동참하는 부분은 나타나 있지 않다. 군 지원을 독려하는 목적이 분명 있으나 이기적인 모성에 대한 질타라고 보기보다 아들의 애국적 형상을 강조하기 위한 목적이 우선이며, 두 여성은 이러한 국가주의에 대한 균열을 드러낸다. 두 여성은 처음부터 강력하게 반대하였고, 아들이 군에 지원하는 것도 두 여성을 피해 몰래 이루어지기 때문이다. 또 몰래 입대한 아들이 결국 탄환을 맞고 치료를 받다가 겨우 휴가를 얻어 집으로 돌아오는 지점에서 서사가 시작한다는 것도 균열을 확인시키는 부분이다. 따라서 임영하의 계몽적 목소리는 국가주의를 일방적으로 울려 퍼지게 한다기보다 공허한 울림으로 전달되는 효과를 자아낸다.

거의 대부분의 논자들은 전쟁 중의 주변사를 적은 「난중일기에서」를 들면서 이 소설이 바로 「난중일기에서」의 어머니 목소리 즉, 군인이 되어 돌아온 아들 익조를 보고 "나는 이때까지 민족은 사랑했어도 국가는 사랑해 보지 못한 것 같다. 이제 나는 익조와 함께 익조가 피흘려 받치는 국가를 위해 나도 받치기를 맹세한다"고 말한 부분을 들어 반공주의와 국가주의의 결합이며, 일제 시기의 '군국 모성의 연장'이라고 부정적으로 평가하였다.[20] 하지만 이는 편견으로 최정희에 접근하고 있다는 소견을 지우기 어렵다. 「출동전후」와 「유가족」을 보면 더욱 그러하다.

「출동전후」(『전시 한국문학선』 제1집 소설편, 1954) 역시 전쟁에 나가는 아들과 이를 만류하는 어머니의 구도라는 점에서 「임하사와 어머니」와 매우 유사하다. 하지만 이 소설에서도 만류하며 로비를 해 빼어 주겠다는 어머니에게 아들 승수는 "청을 해서 빠질 수 있는 사람은 죄다 빠지구 전쟁은 누가 합니까? …… 그런 옳지 못한 생각은 버려 주세요" "저같은 사람이 안 가면 누가 가요" "놈들을 하나두 남기지 않구 이 지구상에서 멸망시키는 날까지 싸우겠어요"라고 말하지만(256쪽) 「임하사와 어머니」에서와 같은 애국적 형상을 하지는 않고 있다. 「임하사와 어머니」보다 한층 약화되어 있으며, 어머니가 아들에 의해 계몽되는 모습도 보이지 않는다. 아들의 출동이 여전히 청천벽력이며, 눈물은 여전히 하염없이 흐른다. 아들이 출동하는 모습을 보고 잠시 '존엄과 성스러움'을 느끼고 아들이 부르던 노래를 흥얼거리지만, 당연한 길을 보낸다거나 국가를 위한 충성 등의 언급은 전혀 없다. 이 소설에서 반공주의는 오히려 희미하게 언급되지만 국가주의는 거의 약화되어 있다. 또 승수는 군 입대가 자신의 소신이기는 하지만 「임하사와 어머니」에서처럼 어머니를 계몽하려 적극적으로 나서지도 않는다. 따라서 「출동전후」의 어머니를 군국모성으로 보기는 어려우며, 이 소설이 국가주의와 반공주의의 결합을 보인다고 평가하기도 어렵다.

「출동전후」에 비해 「유가족」(『코메트』 1호, 1952.11)은 더더욱 국가주의와 거리가 있다. 전시에 쓰여졌음에도 군 입대 등의 문제가 아니라 전쟁기 현실을 감당해야 하는 여성의 무거운 짐이 초점화되어 있다. 직이네 여섯 식구는 전쟁으로 아버지가 전사하자 당장 생계가 어려워진다. 생활비를 벌기 위해 엄마는 매일 동대문 시장에 나가 음식을 팔지만 수입은 겨우 끼니나 이을 수 있을 정도였다. 그것도 안 되는 날이 있어 직이는 세상에서 배고픈 설움을 누구보다도 잘 아는 아이가 되었다. 직이의 눈에 자기를 굶게 하는 일은 모두 잘못되었다. 내일은 투표하는 날이라 오늘 저녁부터 내일까지 직이는 꼼짝없이 굶게 되었다. 그래서 산에 올라가 기도를 하는데

> 하느님, 우리들을 수수밥이라도 꾸준히 먹게 할 수 있는 대통령을 뽑아 주십시오. 저는 배 고픈 것이 제일 싫어요. 오늘은 엄마가 시장에 못 나가기 때문에 '잡수세요' 장사를 못하겠으니 오늘 저녁과 내일 아침 점심은 틀림없이 굶습니다. 요전 비가 와서 시장에 못나가던 날도 굶었습니다. 굶으면 동생들이 우는 갓도 싫지만 참 배 고픈 일이 이 세상에서 제일 싫어요. 하느님 우리를 굶지 않게 할 대통령을 뽑아 주십시오.(135쪽)

이 작품이 발표된 1952년은 5월 대통령 직선제를 골자로 하는 제4차 개헌안이 통과된 해이다. 작가는 '굶지 않게 할 대통령을 뽑아 달라'고 함으로써 이승만 정부의 무능과 부패 등을 비판하고 있다. 공군 기관지에 정부를 비판하는 글이 실릴 수 있었다는 것도 아이러니컬하지만, 최정희의 소설을 일방적으로 반공주의와 국가주의의 결합으로 몰아붙이는 것도 연구자들의 편견에 의한 것임이 확인되는 지점이다.

이들과 조금 다른 지점에 「사고뭉치 서억만」(공군본부 정훈감실

간 『훈장』 소재, 1952)이 있다. 이 소설은 민족담론에서 국가담론으로 넘어가는 시기에 '사고뭉치가 만들어 지는 과정' 및 '광인'이 만들어 지는 과정'과 국가담론과의 연관을 잘 보여준다. 서억만은 군 조직에는 잘 맞지 않는 일종의 사고뭉치였다. 일사분란하게 명령에 따라 움직여야 하는 군대 조직에서 감상은 금물이다. 하지만 서억만은 이러한 조직 생리에 맞지 않아 늘 기합을 받는다. 기합으로 점철된 그의 군 생활은 군대폭력을 야기한다. 하지만 이 소설은 군대 폭력의 문제로 접근하기보다 국가담론 하에서 '국민의 역할' 쪽으로 선회한다. 그러기에 기합 받는 서억만보다 기합을 받으면서도 무표정한 얼굴과 거동으로 오히려 기합을 주는 분대장을 증오와 분노에 차게 하는 인물로 포커스를 맞춘다. 군대 '조직'의 문제가 '국민의 역할'로 운위되면서 이 소설에서 서억만은 '사고뭉치'와 '광인'으로 '발견'된다. 하지만 국가담론이 이러한 광인을 그대로 둘 리 없다. 결국 서억만은 정찰대의 일원으로 차출되어 적 수십 명을 죽이고 국가에 보답하고 죽는다는 이야기로 종결된다. 그가 남긴 수첩은 '광인이었으되 광인이 아닌' 서억만의 '사람다운' '인간미' '감수성이 가득찬' 문장들로 치장된다. 국가와 민족에 보답하는 훌륭한 영웅적 군인으로 신격화되어, 비록 사고뭉치일지라도 국가를 위해서는 무슨 일이든지 해내야 하고, 또 해낼 수 있다는 국가주의적 외침이 웅장히 흩날린다.

전시기 소설에서 최정희는 「임하사와 어머니」, 「출동전후」를 통해 군국모성과 다른 균열지점을 드러내고 있으며, 「유가족」을 통해서는 당해 이승만 정부에 대한 비판을 어린 서술자를 통해 형상화하고 있다. '비판'이라는 균열을 만드는 지점이 '젠더'라는 점에서 식민지 시기 말기 친일소설과 동궤를 이루는 공통점을 보이지만, 여성 계몽 주체는 더 이상 소거되고 없다는 점에서는 차이를 보인다. 대신 광인과 어린 신세대 소녀를 통해 당시의 국가주의를 경계하는 한편 이승만 정부를 비판하고 있다는 점에서 젠더가 지닌 비판성이 다소 미약해지기도 하지만 여전히 유효하게 지켜지고 있다고 할 수 있다.

4. 전후~4·19

전시기 소설에서 검토하였듯이 최정희의 소설은 단순히 반공주의·국가주의의 결합을 보이지 않는다. 오히려 이러한 결합양상에 대한 균열을 만들거나 적극적으로 당대 이승만 정부의 무능 및 부패를 비판하였으며, 반공주의와 관련하여서도 일방적 목소리를 전달하지는 않았다. 당대의 남성작가들이 반공주의를 일방적 목소리로 설파하는 경향이 있었다면, 최정희 소설에서는 남쪽의 반공주의나 북쪽의 사회주의라는 이데올로기 모두를 인간을 억압하는 것으로 인식하였다. 이는 '젠더' 범주로 당대를 바라보

앉기 때문에 가능한 일이었다. 6부작으로 되어 있는『탄금의 서』나「인정」(「까마귀」와 동일 작)에서 여주인공들은 일방적으로 반공주의를 설파하지 않는다. 오히려 남과 북 양쪽으로부터 시달리는 인간 군상들을 통해 좌우 이데올로기에 대해 비판적 태도를 취하고 있다.「정적일순」에서도 '모성'이란 이름으로 반공주의 / 공산주의에 대한 양비론적 시선을 창출한 바 있다. 이러한 비판적 태도의 시선을 유포하는 것이 여성 서술자라는 점에서 '젠더' 범주가 지닌 근대에 대한 비판성을 여전히 유지하고 있는 것이다.[21] 전후 소설에서는 이러한 양상이 어떻게 구체적으로 전개되는지 살펴보도록 한다.

1) 소녀의 탄생과 '반공주의 가부장제'의 창출

한국 사회에서 새로운 움직임은 戰前 1~2년 사이에 집중적으로 모색되기 시작한다. 1952년의『사상계』의 전신인『사상』의 창간,『진단학보』등의 학술지 창간 등을 비롯해서 많은 잡지들이 창간된다. 이러한 새로운 모색은 전쟁이 소강상태를 보이기 시작한 1951년 중반부터 시작되어 새 사회 건설이라는 모토로 진행되어 왔다. 작가들의 경우도 1952년경부터 새로운 소설을 발표하기 시작하는데, 최정희 역시 예외는 아니었다.

최정희는 전쟁이 끝나 갈 무렵 중『서울신문』에『녹색의 문』을 연재하고(1953.2.25~7.9),『여원』창간호(1955.10)부터 속편인『흑의의 여인』을 1956년 10월까지 연재한다. 단행본 출간시에는 두 작품을『녹색의 문』으로 통합, 통칭한다. 또『희망』에는『광활한 천지』(1956.1~1957.3, 1958년『끝없는 낭만』으로 개제하여 단행본으로 출판)를 발표한다.『녹색의 문』은 '소녀의 탄생'을,『광활한 천지』는 양공주를 문제를 다루고 있다는 점에서 여성문제를 초점화하고 있다. 이전 소설에서 보여 주었던 젠더적 시선을 이어가고 있으며, 그보다 더 혁신적인 것은 당대의 작가들과 다른 시선을 보여 주고 있다는 점이다. 당대의 남성작가들이 '소녀', '양공주'를 다루는 방식과 아주 다른 방식을 보여 주며, 양공주 문제를 다룬 당대의 타 여성작가와도 다른 서사를 창출해 보여 주었다.『녹색의 문』은 소녀의 일상 및 사유가 전면적으로 제시된 소설이라는 점에서, '소녀라는 주인공의 탄생'이 이루어진 해방 후 최초, 최대의 소설이며,『끝없는 낭만』은 이전까지 어떤 작가도 보여 주지 못한 '비(非)팜므파탈형, 비(非)위험한 여성형'의 낭만적 사랑 계보의 양공주를 형상화하고 있다는 점에서 당대의 여타 작가와 차별된다.

전후 인구의 도시 집중은 시민 계층을 대두시켰는데, 여성들 또한 이 과정에서 여성시민으로 등장한다. 여성도 시민으로 편입되어 시민의 자질 및 역할기대가 요구되었다. 전후의 여성들은 비록 이등 시민에 국한되었지만, 시민으로서의 자질 즉 여성교양을 착실히 온축하여 시민사회의 일원으로서 편입될 수 있다는 기대치를 온전히 지닐 수 있던 시기였다. 이 시기는 남성 중심적 보편성 하에서 여성자질이라는 긍정적 특수성이 인정되어 남성적 보편성에 편입되거나, 역사적 상대성을 확보할 수 있다는 기대를 지닐 수 있던 시기였다. 여성을 시민으로 인정한다는 것은 여성을 사적 개인이면서도 공적 개인으로 인식한다는 것을 의미한다. 식민지 시대에도 자유주의 여성론이 대두된 적이 있었으나 실제 현실에서 여성을 사적 개인이면서도 공적 개인으로 인식하고 호명한 것은 전후에 이르러서이다.

하지만 전후 여성시민의 개념은 남성젠더와 여성젠더에게 각각 다르게 수용되었으며, 사회적 책무를 담당한 계층을 여대생과 직장여성으로 보는 계층별 인식 및 신세대 / 구세대로 분리하는 세대별 이중성을 드러내었다. 남성젠더의 시선이 긍정적 특수성을 인정하는 가운데 지배전략의 이중성을 드러냈다면, 여성젠더는 역사적 상대성을 주장하면서 여성의 열등성을 조장하는 관점을 거부하였다.

이 과정에서 공통점도 발견되었는데, 계층별 세대별로 예비시민계층의 육성 및 성장 발전을 촉구한 점이다. 특히 전쟁 말기 이후 창간되기 시작한 잡지들의 독자층 확보와 관련한 세대 호명 방식은 '예비 여성시민으로서의 소녀'의 탄생과 관련된다.

근대 초기가 '소년 · 청년의 탄생' 및 '어린이의 탄생'으로 일컬어진다면, 전후 1950년대는 '소녀(상)의 탄생'과 연관된다.[22] 근대 초기의 소년, 청년, 어린이의 개념에 소녀, 여자 어린이의 개념은 배제되어 있었다. '청년여자'라는 개념은 있었지만, 청년여자는 소녀 또는 여자 어린이, 여학생과 다른 개념이다. 사회적 존재로서의 소녀란 어린이와 (성인) 여성 사이의 시간대에 놓인 존재로서, 취학기에서부터 여학교 졸업까지의 연령대의 여성을 일컫는다. 소녀는 남성과는 물론 다르고, 여성 내에서도 '여학생', 또 일반 '여성'과도 구분된다. 연령대로서 어른/어린이의 사이, 성별로서는 남성/여성의 분리에 근거한다. 소녀라는 개념은 여성을 미래로부터 역으로 절취해 분리하는 것이다. 즉 성인 여성을 전제한 후 그 이전 단계로서의 여성을 규정하는 개념이다. 미래로부터의 절취·분리는 범주의 특수화 및 가치부여와 연관되어 있다.

근대 이전에는 기대수명이 짧고 결혼이 빨라서 소년·소녀의 기간이 정립되어 있지 않았고 아이에서 바로 어른으로 넘어가는 것에 가까웠다. 소녀란 건국 후 폭발적인 여학생층의 증가와 관련된 범주설정 및 가치부여와 연관된다. 즉 소녀는 1920~30년대 여학생 집단의 '허구적 집단'과 달리 '실체적 집단'에 의거한 새로운 범주였다. 1920~30년대에 형성된 여학생층은 특수계층으로서, '소녀 공동체'라기보다 신지식층에 해당하는 '여학생 공동체'(엄미옥, 81~138쪽)에 해당된다. 1930년대의 여성의 문맹률이 89.5%였다는 사실은 당시의 여학생층을 상위 10%내의 특수계층으로 규정하게 하며, 이들의 존재 근거는 대중적·실체적 집단인 '소녀'가 아니라 특수 엘리트 계층인 '여학생'이었다.

'소녀'라는 개념의 온착이 이루어질 수 있었던 배경은 '특수계층'으로서의 여학생 계층이 아닌, '대중'으로서의 여학생 계층이 폭넓게 확산된 시민사회가 전제되어 있다. 1950년 초등학교 의무교육령은 여성에게 대중적인 교육기회의 확대를 도래케 하였다. 즉 소녀(상)의 탄생은 취학 여학생의 증가에 따른 세대별 구분 짓기와 밀접히 연관되어 있다. 1949년 교육법이 제정, 공포되고 1950년 의무교육 6개년 계획이 실시된 후 취학률은 1945년 64%이던 것이 1948년에는 74.8%, 1959년에는 99%에 달하게 되었다. 특히 초등학교 단계의 의무교육화는 여성들을 위한 평등한 교육기회의 확대를 가져 오는데 일익을 담당했다. 하지만 교육과정 시간배당기준령이 제정 공포되면서(1954) 시간배당기준의 남녀 차이 및 가정 기술의 남녀 차이 등 여전히 이분법적 성별 역할 고정론이 지대한 영향을 미치고 있었다.

당시에 발간된 잡지만 하더라도 소년을 중심으로 한『소년세계』(1952.7 창간)와 중고등학생을 중심으로 한『학원』(1952.11 창간)으로 세분화되었으며, 종합여성지로는 여고생 이상을 주 독자층으로 설정한『여성계』가 있다. 이들 잡지들은 이미 세대별·계층별 세분화를 전제로 창간된 것이었다. 1955년 창간된『여원』이 여대생 및 중상층 여성을 주 독자층으로 설정하고 있다는 점에서 당시 잡지계의 독자대상 계층의식은 이미 세대별 계층별 세분화를 전제로 하고 있었음을 알 수 있다. 이에 반해『여성계』는 '여고생 이상'의 독자를 대상으로 하다가 1955년경부터『여원』과 관점을 일치시키기 시작한다. 즉『여성계』는 창간 당시 '여고생 이상'

을 '성인 여성'으로 간주하는 관점을 갖고 있었다.

1950년대는 이처럼 소녀 범주와 성인 여성 범주가 혼용되어, 여고생은 양 계층에서 모두 포괄하고 있었다. 하지만 1960년대 중반에 이르면 여고생은 '하이틴' 범주로 세분화된다. 소녀의 탄생은 이와 같이 여성의 교육 기회의 확대로 인한 계층의 성장 및 세대별 계층별 인식에 근거하며, 예비 여성시민으로서의 자리매김 하에 가능한 개념규정이다. 즉 이들은 1920~30년대의 여학생과 같이 활자를 매개로 한 '오토메 공동체'[23]가 아니며, 일반적 젠더 범주·연령 범주와 관련된 계층 분류라 할 수 있다.

전쟁이 끝날 무렵부터 한국의 서사는 '소녀'를 포착하여 그녀들의 감성과 규범, 사랑들을 제시하기 시작한다.[24] 소녀의 일상이 포착되고 소녀의 규범이 제시되기 시작한다. 여기에서는 소녀의 탄생과 관련한 소녀층의 감각과 사랑을 검토함과 동시에 예비 여성시민으로서의 소녀의 필요성, 그에 적용되는 규범 및 소녀와 낭만적 사랑과의 관계 등을 고찰하고자 한다.

'성·사랑·결혼의 통합'으로 정의되는 낭만적 사랑은 긍정적이건 부정적이건 전후의 또 하나의 '화두'로서 새 사회 건설의 주요 기제여서, 소녀의 탄생과 함께 반드시 고찰해야 할 대상이다. 낭만적 사랑이 단순히 '사적 감정' 또는 '사회적 현상'에 그치는 것이 아니라면, 낭만적 사랑 또한 보편성과 특수성을 지닐 수밖에 없다. 하지만 낭만적 사랑에 관한 기존의 연구들은 특수성보다 보편성에 착목하여 이루어졌다. 사랑 이야기는 역사를 구성하고 담론적 질서를 창출하는 일종의 중심기제로 작동한다는 점에서, 낭만적 사랑의 특수성이 형성되는 방식 및 아비투스 형성과정은 반드시 천착할 필요가 있다.

전후 최대의 여성종합교양지였던 『여원』은 전후의 반공주의 서사와 밀접한 연관관계를 갖는데, 그 연관관계 중 하나가 낭만적 사랑이다. 『여원』은 이러한 낭만적 사랑의 긍정적·부정적 측면을 동시에 유포한 전후 최고의 여성 잡지로서, 창간호부터 여성의 자아, 문화의식 등을 강조하며 새로운 여성성에 기초한 새로운 여성상을 제시하고자 했다. '낭만적 사랑의 산실' 역할을 가장 적극적으로 이행한 잡지였다. 최정희는 『여원』의 중요 단골 필자였고, 『여원』에서 여성을 작가대상으로 실시한 문학상으로는 처음인 '제1회 한국여류문학상' 수상자로서, 『여원』의 담론형성과 매우 밀접한 연관이 있다. 창간호부터 소설 연재를 맡길 수 있다는 것은 그만큼의 문학적 신뢰가 있었음을 의미한다.

『녹색의 문』은 낭만적 사랑을 초점화한 최정희의 최초의 장편이며, 반공주의와 낭만적 사랑의 한 결합 유형을 제공한다는 점에서 반드시 검토할 필요가 있다. 최정희는 해방 후―전후의 반공주의 서사와 관련하여 논의의 핵에 해당되는 작가이다. 최정희를 빼고 반공주의 서사를 논의할 수 없을 정도이다. 식민지 시기로부터 최정희만큼 이데올로기적 시련을 겪은 작가도 없으며, 그 시련이 '사랑'(남자)과 연관되어 있다는 점에서도 남다르다.

최정희의 해방 후 발표작품은 두 부류로 나누어진다. 하나는

1937년경부터의 덕소시대 때 썼거나 덕소시대를 배경으로 한 작품이며, 다른 하나는 전쟁과 관련한 당대의 이야기들인데, 『녹색의 문』은 후자 계열의 작품으로, 여성작가(여성젠더 시선)의 전쟁인식 및 전쟁을 다루는 방식을 제시하고 있다는 점에서도 눈여겨 볼만하다. 여간첩 김수임—이강국 사건을 다루고 있는 『녹색의 문』은 반공주의 서사 형성과 관련하여 매우 중요한 시사점을 준다.

전후 예비 여성시민으로서의 소녀는 근대 시민사회 구상 및 형성·전개과정과 관련되어 있다. 즉 모—처 이전의 연령대를 설정하여, 현모양처라는 젠더 규범을 분리하고, 세대별로 구분지어 현모양처 규범을 재편하는 것이었다. 현모양처 규범 '이전'의 규범을 세대별로 새롭게 정형화하여 온전한 현모양처에 도달케 하는 여성에 대한 일종의 통치 수사학이었다.

전후의 반공주의 시민사회는 젠더 규범 고정화의 프로세스를 소녀의 탄생과 더불어 설정하였다. 스위트 홈의 이상을 모토로 새로운 가부장제를 창출·안착시키기 위해 소녀상이라는 표상이 요구되었다. 즉 시민사회라는 상상의 공동체는 소녀(상)의 탄생, 소녀 규범의 탄생, 현모양처 규범의 재편과 더불어 형성되었다.

예비 여성 시민으로서의 소녀는 근대 국가 형성과 관련된 순결 규범, 애정 규범, 미적 규범[25]의 대상 및 주체가 된다. 이 세 규범은 완전히 독립적이기 보다 서로 관련되어 작용한다. 애정 규범이란 애정에 관한 규범적 언설을 뜻하는 바, 장래에 현모양처가 될 소녀의 심성을 '애정' 깊이 교화하는 것을 의도하고 있다. 근대 국가 초기의 여성에 대한 애정 규범은 국민 국가의 기초가 되는 새로운 국민을 만들기 위한 '어머니'로서의 역할이 우선이었고(어머니 우선성), 여성은 어머니로서 간접적으로 국가에 대한 국민의 의무를 이행하도록 요구되었다.

반면 예비 여성시민으로서의 소녀에게 요구되는 애정 규범은 시민 사회의 기초가 되는 '가정'을 사랑으로써 온전히 유지해야 하는 덕목이었다. 즉 '사랑과 결혼의 결합으로써의 가정' 유지에 필요한 애정 규범을 담지하고 있어야 한다. 낭만적 사랑에 요구되는 3요소 중 '성'은 배제된 채 '사랑'과 '결혼'의 결합이 요구되었다. 소녀들은 여성에 내재해 있는 애정을 깊이 규범적으로 발전시켜 향후 이상적 가정에 요구되는 여성의 자질들을 일찌감치 규범으로 소화하여야 한다. 애정규범은 안/밖이라는 역할분리를 긍정하는 가운데 여성의 재생산 역할에 대한 의무, 감성노동자로서의 여성의 위치를 재삼 강조하는 것이다.

순결규범은 소녀의 신체를 결혼까지 순결한 상태로 보존하기 위해 기능하는 규범을 뜻한다. 소녀는 '사용이 금지된 몸의 주인'으로서, 우량한 국민을 재생산하고 가부장제를 유지하기 위해, 즉 이상적 가정을 완성하기 위해 소녀의 신체를 결혼까지 성적으로 순결하게 유지하는 규범이다. 이 규범은 결혼 후에도 가문의 순종성을 유지하기 위해 계속 작동되었다. 소녀의 순결성은 아내의 무구한 상태로 귀결되는 것으로서 이때 가족은 일종의 혼(魂)의 단일체로 인정된다.

미적 규범이란 용모에 관한 규범을 포함한 신체미 및 느끼고 판단하는 감각적(감각-이성적) 판단 및 지각과 관련된 정신미의 두 가지 규범체계를 의미한다. 단정한 용모는 일종의 순결성을 보장하는 기표로 작동한다. 보고 느끼는 감각뿐 아니라 정서적인 반응까지 규제하는 감각규율은 정신미로 통칭할 수 있다.

여성은 생존경쟁의 장에서 지친 남성을 위로하는 '아름다운' 역할을 수행해야 하는 '마음의 아름다움' '정서적 아름다움'을 지녀야 한다. 이는 여성성의 이상을 '가정을 지키는' '영원한 여성'으로 보는 시각과 맞닿아 있다. 도덕적 선의 존재, 도덕의 수호자로서의 '아름다운 정서적 주체'일 것을 호명하는 것이 미적 규범이다.

애정 규범, 순결 규범, 미적 규범은 성숙한 여성이 되기 전 어린 소녀 시절부터 요구되는 중요한 젠더적 역할로서, 성·사랑·결혼의 통합인 낭만적 사랑은 소녀의 '세 규범의 조화'와 완전히 일치한다. 이 규범들은 성적 차이를 실체화하는 젠더 형이상학으로서 기능하며, 도덕적 규범으로 인식되어 좋음 / 나쁨, 자질 있음 / 없음으로 확대되어 일종의 판단기준이 된다.

『녹색의 문』의 1부는 이러한 예비 여성시민으로서의 소녀(상)의 탄생 및 소녀의 제 규범 과 낭만적 사랑의 연관을 잘 드러내고 있어 흥미롭다. 권농동 하숙집에 기거하는 유보화와 도영혜는 중학교에 다니는 앳된 소녀들이다. 특히 유보화는 소녀기의 특징인 독특한 호기심과 어른 세계에 대한 동경 및 거부, 동성애적 정서 등을 동시에 드러낸다. 이들의 하숙집 생활은 소녀들의 감각과 정서, 일상이 펼쳐지는 무대로서, '소녀라는 시공간'에 해당한다. 소녀들의 동성애적 분위기는 유보화를 중심으로 유보화—도영혜, 유보화—노차순 간에 형성되어 있다.

> 차순은 도영혜 모양으로 꼭 껴안고만 자는 것이 아니라 뺨도 비벼 보고 입도 맞춰 보고 또 가슴도 주물러 보고 하는 것이었다. 처음 얼마 동안은 이러는 것이 좋지 않았다. (…중략…) 그날 밤은 그렇지가 않았다. 저도 차순과 똑같은 짓을 했었다. 그것은 도영혜 한테 껴안기는 것에 비할 것이 아니었다. 도영혜한테 껴안기는 것을 잔잔히 내리는 비에 비긴다면 이것은 사나운 폭풍우와 같은 것이라고나 할까?(13쪽)

이성애가 남성에 의한 여성의 복종과 전유에 의존하는 정치적 체제라면, 소녀들의 동성애는 성별화된 성적 정체성 획득 이전의 개방된 성적 지향을 보여 준다. 소녀들의 행위성은 소녀 공동체의 새로운 가치를 발견케 한다. 즉 남성에 의한 여성의 성적 지배를 모사하지 않을 가능성을 제시한다. 『녹색의 문』에서 유보화들의 소녀들의 동성애는 이성애 단계로의 통과제의적 성격이 강하지만, 개방된 성적 지향은 기존의 '좋은 여자'라는 모델에 도전하는 것으로서 긍정적 의미망을 사상하기 어렵다.

『녹색의 문』은 소녀들의 일상과 함께 이러한 동성애적 성향을 더 이상 확장시키지는 못한다. 오히려 순결 규범과 맞닿도록 장치한다. 이 소설에서 '시공간으로서의 소녀'는 남자와 키스만 해도, 껴안기만 해도 임신하는 줄 아는 성적 무지상태를 드러낸다.

> 절벽에서 떨어지는 것 같은 절망을 느꼈다. 어디서 오는 심리상태인
> 지 자기 자신도 알 수 없었다.
> (아이를 배었으면 어쩌나)
> 하는 공포심이 가져다 준 것인지 모른다.
> 아무튼 유보화는 틀림없이 아이를 밴 것이라고 알았다. 그는 남자
> 와 여자가 껴안기만 해도 아이를 배는 것이라고 알고 있었다.(44쪽)

김영서가 갑자기 유보화를 껴안은 후 유보화의 심리상태를 드
러낸 글이다. 유보화는 성적 무지 때문에 노차순을 비롯해 하숙집
아주머니 등에게 웃음을 선사한다. 하숙집 아주머니가 생물학 책
을 가져다 설명해 준 후 유보화는 성적 무지 상태에서 벗어나고,
이후 유보화는 학생 머리를 풀어내려 여성으로의 변모를 시작한
다. 이런 점에서 이 소설은 성장소설 유형으로 분류할 수 있다.

이 소설에서 소녀들의 동성애 및 성적 무지는 남성과의 만남을
전제하는 이전 단계로서의 규범과 관련되어 있다. 성적 무지는
이 소설에서 순결성으로 채색되어 전달된다. 성적 무지는 순결
규범의 상징으로 작동하는데, 이 과정에서 성적 유식은 의도적으
로 거부된다. 동성애 역시 김영서와의 신체적 접촉 이후 단 한 번
도 제시되지 않는다는 점에서, 동성애와 성적 무지는 소녀들의
특권으로 규범화·상징화되어 있다.

한편 소녀들의 감각은 주위를 향해 활짝 열려 있다. '모란꽃'에서 느끼는 강력한 느낌은 후각, 촉각, 표현하고픈 강렬한 성욕 등으로 이어 제시된다. 특히 유보화를 초점화하여 전개되는 소녀의 미적 감각은 '별·숲·푸른 하늘·코러스'로서, 소녀의 은유 또는 환유로 작동한다. '풀 향기' '꽃 냄새' '온갖 싱싱한 냄새' 역시 소녀를 환유하는 기표라 할 수 있다.

> 정말 하늘 높이 둥둥 뜨는 새 모양으로 몸이 털보다 가벼워 오는 것을 깨달았다. 그리고 김새까지 소왈소왈 속삭이기만 하던 숲과 깜박거리는 별들이 온통 소리 높여 코러스를 부르며 저희들 자리를 옮겨 다가오는 것이 아니겠는가. 숲들은 병정처럼 우쭐우쭐. 별들은 솔개가 땅에 내려 앉을 때처럼 나풋나풋 그러면서 그것들은 성가와 같이 우렁차고 경건한 노래를 불렀다.(22쪽)

소녀에 대한 은유·환유는 아름다움과 이어지는데, '생활에 아름답고 심정이 고운 사람이래야 좋은 그림을 그릴 수 있다'고 유보화는 생각한다. 이러한 미의식이야말로 소녀의 미적 규범과 맞닿아 있는 추상적, 젠더화된 미의식이라 할 수 있다. 순진무구함─성적 무지─아름다움으로 이어지는 의미의 연쇄는 소녀의 세 규범에 다름 아니다.

소녀에 대한 이러한 규범들은 자연과의 합일에 만족하도록 오감이 열린 존재로 젠더화되면서 '여성─자연'의 은유를 획득한다. 근대 철학이 신으로부터 지지를 잃은 인간의 진리 인식의 중개자를 감성(여성)에서 찾았다면, 예를 들어 칸트 철학에서 오성의 능동성은 그 자체로 무력하며, 감성(여성)의 수동성의 협동을 얻지 않고 세계를 구성할 수 없는 것처럼, '여성 - 자연'의 은유와 '감성 - 여성'의 일대일 연관은 『녹색의 문』에서 소녀(像)의 탄생을 계기로 확고하게 제시된다. 서양 근대 사상에서 남성의 구원자로서의 여성성의 이상을 '아름다운 영혼', '영원한 여성'이라 부르는 것과 일치한다. 이 점은 정신미로서의 미적 규범에 해당한다. 여기서 소녀의 미적 규범과 순결규범은 이어진다. 흔히 소녀와 연애에서 백합은 '순결'의 상징으로 흰색은 순결 이미지와 결합되어 미적 규범을 형성하고 미적 규범은 신체적 규범이라는 사회체계를 이끌어내는 기제가 된다. 이러한 규범들은 남성 등장인물에게는 적용되지 않고 오직 소녀에게만 적용된다는 점에서 젠더화된 규범이다.

김영서가 말한 바, '고양이 같이' 귀여운 여자, 머리를 땋지 말고 풀어 내린 여자가 '좋은 여자' '멋있는' 여성의 상징으로 제시된다. '좋은 여자'로 분류되는 '머리를 풀어 내린 여자', '고양이 같은 여자'는 신체미와 관련된 미적 규범이다. 이는 서양 문학에서의 미적 규범이 '꽃'으로 드러나는 것과 상이한 차이를 보이는 부분이다. 고양이는 보들레르에서 본 바 여성성의 상징으로 곧잘 제시되어 왔으나 그에 못지않게 상징화된 것 중 하나가 꽃이다.

이러한 미적 규범의 젠더화와 함께 살펴볼 수 있는 것이 여성성, 남성성의 확립이다. "남자는 키가 커야" 하며, "동물원 물소보다 더 큰 소리 칠 수 있는" 힘이 있어야 하고, 또 '푸른 문이 달린 하늘 나라 집의 왕자'로 젠더화된다. 여성은 앞서 언급한 바, '고양이같'이 귀여운 여자, 머리를 땋지 말고 풀어 내린 여자가 '좋은 여자' '멋 있는' 여성의 상징이다. "고양이나, 천사나, 마리아나, 다 통하는 종족들"(34쪽)이라는 김영서의 발언은 "좋은 여자란 아무 것과두 통할 수 있는" 즉 사탄과도 같을 수 있고 천사와도 같을 수 있다는 말은 여성에 대한 추상적 관념화의 세계를 드러내며, 소녀─여성으로의 성장과정에서 현실이라는 맥락을 제거하는 것이다.

유보화는 어른이 되기 싫다고 항변하면서도 남자를 인식하고 느끼면서부터는 어른의 세계를 동경하게 된다.

대체 어른의 세계란 어떤 것일까? 비단 상자를 여는 때처럼 황홀한 것일까? 아버지가 들려 준 마술사의 이야기처럼 신비한 것일까? 혹은 영화에서 본 정글 속처럼 놀라운 것일까? 술만 먹고 산다는 독사처럼 징그럽고 무서운 것일까?(18쪽)

마치 입사식처럼 어른의 세계로 진입하게 되는 것은 '남자의 발견'과 더불어서이다. 즉 남자와 사랑하기 원하면서부터이다. 즉 소녀는 '낭만적 사랑의 준비 단계'로서, 스위트 홈을 창출하고 새로운 가부장제를 안착시키는 시공간으로서, 그에 필요한 순결 규범, 애정 규범, 미적 규범이 내면화되는 단계를 의미한다. 비록 현모양처 규범의 재편과 관련되어 있지만,『녹색의 문』은 소녀의 일상 및 사유가 전면적으로 제시된 소설이라는 점에서, '소녀라는 주인공의 탄생'이 이루어진 해방 후의 최초, 최대의 소설이라 할 수 있다.

소녀가 '낭만적 사랑의 준비 단계'로서 순결 규범, 애정 규범, 미적 규범이 내면화되는 시공간이라면, 낭만적 사랑은 소녀가 여성으로 성장하면서, 사랑의 대상을 그리며 이상적인 결혼을 꿈꾸는 과정 단계에서 좀 더 구체적으로 드러난다. 즉 애정의 '객체'로서의 소녀에서 사랑의 '주체'로 거듭나는 과정과 좀 더 직접적으로 연관되어 있다.

『녹색의 문』은 붉은 연애자 또는 성적 욕망에 충실한 여자를 거부한다. 김영서를 사랑하면서 소녀에서 여성으로 성장한 도영혜는 사랑에 목숨 거는 여자, 남자에 목 맨 여자, 사랑 때문에 운동에 투신하는 여자로서 부정적 시선으로 처리된다. 반면 유보화처럼 고양이 같은 여자는 낭만적 사랑의 대상 및 주체로 위치지어지면서(positioning) 긍정적 시선으로 호명된다. 이는 이념(사상성)과 여성성의 결합을 부정적으로 제시하는 것이며, 성적 욕망에 충실한 여자-공산주의자를 악녀로 배치하는 것이다.

여성의 성적 주체 및 운동적 주체의 배제, 이념(사상성)과 여성성의 부정적 결합으로 규정되는 낭만적 사랑의 애정규범은 여성성의 호명 및 배치에서 전후의 반공주의 서사의 특징과 관련된다. 스트라이크 주동자이며, 일본 제국주의의 식민지 교육정책 및 언어 정책에 반기를 들며 여성 민족주의자로서의 영웅적 면모를 드러낸 바 있는 도영혜를 악녀로 등장시키고, 다시 스파이—매국노—빨갱이—비국민의 은유를 만들어 가는 과정은 당대 사회의 반공주의화와 호몰로지(homology)이다. 이는 1930년대 프로소설에서 여성의 연애 욕망을 긍정적으로 형상화하면서 '즐거운 당위'로서의 계급운동에 투철했던 여성을 제시했던 것과 아주 다른 양상이다.

　도영혜는 김영서를 사랑하면서 스트라이크를 주동하고, 식민지 정책에 반기를 드는 민족주의적 여성 영웅의 면모를 과시한다. 이는 '즐거운 당위'로서의 도영혜의 모습이다. 하지만 후반부 『흑의의 여인』에서의 도영혜는 김영서에게 버림받은 후 될 대로 되라 식의 내팽겨진 삶을 살게 된다. 오직 김영서란 남자에게 버림받은 이유 그 하나 때문이라고 『흑의의 여인』은 도영혜를 설명한다. 여기서 '흑의'란 낭만적 사랑의 훼손을 상징한다. 남성에게서 진정한 사랑을 꿈꿀 수 없으며, '여자의 수난은 남자로 인해서 발생된다'(93쪽)는 것이다. 소녀가 꿈꾸던 낭만적 사랑은 더 이상 꿈꿀 수도, 현실적으로도 불가능함을 일컫는다.

　도영혜만 흑의의 기표인 것은 아니다. 이성배에게 겁탈당한 후 실의에 빠져 음독자살을 시도한 유보화 역시 중요한 흑의의 기표이다. 아버지의 별세 소식에 접해 동경에서 귀국한 후, 사촌동생이 유보화의 집 가산을 정리하여 만주로 도주한 탓에 더 이상 학비 마련할 길이 없자 망연자실하던 차, 유보화는 자신의 동경 짐을 가지고 온 이성배에게 겁탈 당하게 된다. 사랑하는 김영서를 다시 볼 수 없게 된 몸이라 판단한 유보화는 자신이 도영혜보다 더 비참하고 불쌍한 여자가 되었다면서 음독자살을 시도한다.

결국 흑의란 도영혜, 유보화라는 두 여주인공이 더 이상 낭만적 사랑을 꿈꿀 수 없음을 환유한다. 1부 곳곳에서 반복되는 바, '녹색의 문'이란 '하늘에 문 달린 집 보리밭처럼 푸른 문 안에 살고 있는 어느 나라 왕자같은……그런 남자와 연애를 하는 것'으로서, '낭만적 사랑으로의 길'을 의미 한다. 낭만적 사랑의 상징인 '녹색의 문'이 '흑의'로 종결됨으로써 소녀들이 꿈꾸던 낭만적 사랑도 종결된다.

유보화와 도영혜는 낭만적 사랑이 요구하는 순결 규범, 미적 규범을 담당할 수 없는 신체적 조건이 되었다. 유보화는 순결 규범을, 도영혜는 순결 규범 및 애정 규범을 상실하였다. 유보화는 이성배에게 겁탈 당함으로써, 도영혜는 자신의 성욕을 주체하지 못해 남자에게 몸을 던짐으로써 애정 규범 및 순결 규범을 결여한 몸이 된다. 소녀의 주체적 성욕은 권장사항이 아니었으며, 아무리 사랑한다 해도 남자에게 먼저 성을 요구해서는 안 된다는 것이 당시의 낭만적 사랑의 애정 규범 및 순결 규범이었다.[26]

결국 도영혜는 남자들을 전전하다가 이강국으로 추정되는 '××동맹의 주요 간부' 성완수와 함께 '조국 바로세우기'에 동참하게 된다. 도영혜는 '잘못하면 자본주의 x국의 속국이 될지 모른다고, 민주주의 국가 건설에 매진해야 한다'고 강조한다.

도영혜의 주장을 들은 유보화는 "어쩐지 쓸쓸해졌다. 모두가 멀어져 가는 것만 같아서"라고 함으로써 정치적 맥락을 삭제한다. 뿐만 아니라 성완수가 월북하자 이제 도영혜가 좌익계열에서 벗어나올 수 있는 것이고, 다시 자신과 가까워질 수 있다고 기대하면서, "해방통에 도는 사람들이 많다"(148쪽)고 언급한다. 유보화로 초점화된 서술자의 시선에 의하면, '공산주의자는 미친 사람들'이고 '공산주의자는 진정한 친구가 될 수 없다.'

도영혜의 삶과 사랑은 '악녀—스파이—매국노—빨갱이—비국민—미친사람—비친구'의 의미고리를 형성한다. 김영서를 향한 사랑은 무분별한 사랑, 맹목적 사랑으로 개념화되어 애정 규범을 무시한 부정적인 것이 되고, 도영혜는 전후 남한 사회가 요구하는 현모양처에서 배제된다. 소설은 도영혜의 무분별한 사랑을 반복적으로 지시하면서, 남자들에게 내쳐지는 것이 '아이 때문'(92쪽)이고, "아이 새끼 때문에 인생 망쳤다"(166쪽)고 반복적으로 의미화한다. 이러한 과정 속에서 도영혜는 모성 기피의 인물로 부각되며, 새 사회 건설에 있어 사회적 요구를 수용·담당하기에 부적절한 '악녀'로 배치되고 호명된다. '포도주가 석가·예수'(84쪽)라고 생각하며 '섹스의 황홀감'(85쪽)을 강조하는 도영혜는 건전한 시선으로 처리하기에는 성적으로, 정치적으로 너무 주체적이다. 따라서 악녀의 범주로 배치된다. 도영혜를 통해 '식민지 시기 민족주의 운동—계급운동'의 반공주의로의 이행 과정이 새로운 악녀의 탄생과 어떻게 맞물리는지를 잘 확인할 수 있다. 자본주의를 부정하는 '빨갱이−여성'은 '국민' 또는 '시민'으로 호명될 수 없다.

도영혜와 반대편에서 검토해 보아야 할 인물이 김영서이다. 김영서야말로 뚜렷한 이유 없이 '전향'한다. 1부 「녹색의 문」에서 열렬한 민족주의자, 투쟁가였던 김영서는 스트라이크 등의 운동 및 활동으로 일본 식민지 당국에 의해 체포되어 옥고를 치른 것이 한두 번이 아니다. 말 그대로 밥 먹듯이 체포−구금−방면을 반복한다. 그러던 그가 필연적 계기 없이 전향하여 전후 사회의 지도자급 인사인 검사로 변모한다. 필연적 계기 없는 전향은 아이러니컬하게도, '자연스러운 과정'으로 재현되어 반공 이데올로기를 지배 이데올로기로 만드는 역할을 담당한다.

그런데 김영서의 전향은 남성젠더 시선의 반공주의 소설에서 여성 인물을 뚜렷한 이유 없이 자신의 신념을 쉽게 포기하는 것으로 그렸던 것과는 다른 양상이다. 『녹색의 문』은 남성 인물 김영서로 하여금 이러한 역할을 담당하도록 한다는 점에서 남성젠더 시선의 반공주의 서사와 다르다.

2부 『흑의의 여인』에서 묘사되는 김영서는, 사랑하지도 않는 여자를 취한 이유로 도덕적으로 괴로워하던 1부의 그 김영서가 아니다. 유보화가 김영서를 사랑하게 되면서 그를 '아폴로'라고 부르겠다고 하자 자신은 아폴로가 아니고 '더러운 인간' '똥개'라 자책하면서 반성하던 김영서가 아니다. 필연적 계기 없이 김영서는 전후 반공주의 사회의 유력인사로, 빨갱이를 때려잡는 '검사'로 급작스럽게 등장한다. 승국이가 자신의 아들이란 이야기를 듣고도 조금도 거리낌 없을 정도로 변해 있다. "똥개밖에 될 수 없는데 비극이 있다"고 되뇌지만, 이로써 모든 것이 해명되는 것은 아니다.

김영서는 학병 동맹에 있다가 갈라져 나와 현재의 애국자, 사상가가 되었고(139쪽), 임시정부 요인 환국 때 김영서가 끼어 있다고 함으로써 학병 동맹－임시정부의 연관관계를 알려 준다. 도영혜는 임시정부 요인들을 "그 캐캐묵은 것들"(147쪽) "김영서 같이 씩씩한 남자가 왜 그 따위야"(148쪽)이라고 야유하지만, 김영서의 전향은 아버지가 고위 관리와 함께 동경을 방문하여 경북 출신 유학생들의 학병 지원 알선처가 됨으로써 어느 정도 예고되긴 하였다. 학병을 권유하러 친일파들이 대거 동경에 왔고, 아버지가 그 역할을 적극적으로 담당하는 인물로 소개됨으로써 김영서 집안－친일파－해방 후 고위 관료의 형성 및 결탁 관계를 확인시킨다.

김영서는 도영혜 사건의 담당 검사가 됨으로써, 민족주의자에서 빨갱이 단죄의 임무를 맡은 반공주의자로 변신한다. 즉 해방 후 남한의 사회 구성체는 친일파－식민지 관료의 결탁과 깊은 관련이 있음을 웅변적으로 제시하는데, 이 과정에서 이 소설은 과거의 반일 투쟁, 아이의 엄마라는 항목은 모두 삭제된 채 오직 '빨갱이－여간첩－비국민'의 상징만 살아남는 반공주의 서사가 된다.

여성의 성적 주체 및 운동적 주체의 배제, 이념(사상성)과 여성성의 부정적 결합으로 규정되는 낭만적 사랑의 애정규범은 이처럼 낭만적 사랑과 반공주의의 속화된 결합을 보여준다. 유보화와 도영혜를 통해 울려 퍼지는 애정 규범과 순결 규범은 여성의 섹슈얼리티가 반공주의와 낭만적 사랑의 결합 하에서 얼마나 잘 관리되고 있는지를 확인시키며, '반공주의적 가부장제'의 작동 방식을 읽게 한다.

반공주의적 가부장제란 가부장제의 기본틀을 유지하면서 남성성－여성성의 작동방식 및 부모－가정의 조건에 반공주의적 시선이 개입되는 형태를 말한다. 공산주의자의 연애가 부정되고, 공산주의자는 이상적 가정을 형성할 수 있는 좋은 여성 또는 남성이 아니다. 즉 공산주의자인 부모는 이상적 가정을 형성할 수 있는 조건에서 배제된다. 또한 공산주의자의 연애는 기본적으로 애정 규범 및 순결 규범을 온전하게 보존하지 못한 '결여형태'의 것으로서 부정되어야 할 대상이며, 특히 여성의 경우 좋은 여자도, 좋은 어머니도, 좋은 아내도 될 수 없다는 논리를 배치한다. 반공주의 가부장제의 작동 속에서 붉은 연애, 주체적 연애, 성적 욕망에 사로잡힌 여성은 부정적 진리태를 형성하는 반공주의의 표상이 된다.

이것이 바로 '시선'에 의해 살해되는 서사의 내용들이다. 반공주의는 근대 국가 형성 뿐 아니라 서사 형성 메커니즘과 관련하여 하나의 중핵이다. 소설은 형상화된 인물 방식을 통해 그 어떤 언설보다도 이데올로기를 전파하는 훌륭한 매체이다. 반공주의 서사는 이처럼 제도로서의 문학(서사)으로 자리매김 되며 거의 특권적인 효과와 영향력을 과시한다.

『흑의의 여인』은 더 이상 낭만적 사랑을 꿈꿀 수 없게 된 두 여주인공의 '소녀 이후'의 삶을 보여 준다. 도영혜는 2절에서도 언급한 바 공산주의자가 되고, 체포되어 사랑했던 사람에게 심문받는 신세가 되지만, 유보화는 이성배의 '사랑'으로 다시 새로운 사람으로 거듭나게 된다. 그토록 증오했던 이성배이지만 자신을 진정 사랑했음을 알게 되고, 또 시장에서 아들 진석의 옷을 고르면서 스스로도 반성하게 된다. 또 해방이 되고 이성배의 집이 친일 부역자 집안이라고 군중들이 들이닥쳐 몰매 맞은 후 죽음에 이르게 되었을 때 이성배의 재혼하지 말아달라는 부탁의 말을 듣고 사랑에 대해, 삶에 대해 긍정적인 시선을 찾게 된다.

> 당신한테 평소에 곰곰이 굴지 못한 일을 용서해 주세요. 당신을 세상에 살지 못하게 한 것도 나요, 당신을 세상에 사는 동안에 슬프게, 고독하게 만든 것도 나에요. 그 대신 나는 당신의 유언대로 석아를 잘 기르겠어요. 그리고 나는 당신의 아내로서 평생을 마치겠어요.(144쪽)

이처럼 유보화가 건강성을 회복하는 것은 반성적 주체로서 이성배에 대한 사랑을 다시 확인하면서이다. 유보화는 이 소설에서 유일한 반성적 주체이다. 유보화의 긍정성은 모성과 여성성의 결합 및 반성적 주체에서 획득되었다.

긍정성을 회복한 유보화는 도영혜 사건에 증인으로 출석하게 된다. 서슬이 시퍼런 빨갱이 재판에 아무도 도움주려 하지 않는 살벌한 현실에서 유보화는 도영혜를 적극 변호하여 15년 구형을 7년 언도로 낮추는데 결정적인 역할을 한다. 변호의 요지는, 성완수를 돈 있는 사람으로 알았지 공산주의자인 줄은 몰랐다는 것, 사랑한 남자를 믿고 따른 것이었다는 것, 성완수에게 버림받았다는 것(그냥 버리고 떠났음), 연락이 없었다는 것, 아이 아버지에게 버림받지 않았다면 좋은 아내, 좋은 어머니, 선량한 백성으로 살아 왔을 것(177~178쪽)이라는 것이었다.

변호의 요지에서 드러나는 바 그동안의 공산주의 이념을 부정하고 오직 사랑이었다는 것,[27] 그에게서도 버림받았다는 것이다. 여기서 여성은 성적, 정신적, 정치적 주체성을 버리고, 오직 사랑의 대상으로만 위치지어진다. 정치적 희생자인 도영혜를 철두철미 사랑의 희생자로 만드는 과정, 반공주의 서사는 이처럼 여성에 대한 성적·정치적 주체성의 부정 및 사랑의 '대상'으로서의 위치짓기와 연관된다.

그런데 『녹색의 문』에서 눈여겨보아야 할 부분은 반공주의 서사 형성에서 균열을 만들어내고 있다는 점이다. 즉 여성에 대한 변호가 여성에 의해 이루어졌고, 그것이 여성의 일과 관련된다는 점이다. 유보화는 도영혜와의 논쟁에서, 여자들에게도 사상이 있고, '이리 저리 아무렇게나 사는 것이 아'님을(167쪽), 그것이 여성의 자존심이며 교양(167쪽)임을 언표하는 데서 유보화의 주체적인 면모는 빛난다.

즉 『흑의의 여인』은 흑의라는 낭만적 사랑의 부정성(毁損)을 극복한 유보화가 사랑의 긍정성을 회복하면서, 여성의 자매애를 기초로 다시 태어나면서 주체성을 회복하는 과정이다. 그것은 남녀 간의 낭만적 사랑을 넘어서는 것이며, 여성의 '일의 발견'으로 귀결된다. 이 소설에서 여성의 일은 여성에 의한 자매애(사랑) 및 가르치는 것의 숭고함을 아는 것이다. 도불하는 서남령 선생의 말을 빌려, "일을 하라", "공허할 때 하는 일처럼 일다운 일은 없다"고 언표한다. 여성의 정체성은 일과 더불어 존재하고, 그 일은 여성 자매애와 연관됨을 이 소설은 주장한다.

여기서 여성의 일은 가사노동 및 자녀양육이라는 근대 가부장제가 여성의 노동참여를 제한하는 것과는 다른 방향이다. 오히려 이러한 제한으로부터의 해방을 의미하는 것으로서, '일하는 여성' 정체성을 획득케 해준다. 가부장제에 얽매인 종속적인 성격의 노동이 아니라 여성의 개인적 정체성을 확인시키는 의미로서의 일을 뜻한다. 『녹색의 문』은 반공주의 서사로서의 부정성만 있는 것이 아니고, 여성의 일의 발견, 자매애의 발견을 통해 반공주의 서사 형성의 균열을 확보하며, '즐거운 당위'의 전후의 대안을 제시하는 것이다. 이 소설의 중요한 수확이다.

사실 다른 시선으로 관찰하면 도영혜는 일관성을 지니고 있는 민족적 영웅이다. 일제 시기에서부터 일관되게 나라를 위한 투쟁에 앞서 왔기 때문이다.

"너두 인제 가정에서 나와 활동해라. 삼십 육년 간이나 빼앗겼던 조국을 찾지 않았느냐? 빼앗겼던 조국을 찾았으니 바루 잡아 세워야 한단 말이다. 잘못하면 자본주의 *국의 속국이 되고 말지 몰라. 지금 우리가 맹렬한 투쟁을 하지 않으면 자본주의 *국의 주구 노릇밖에 하지 못한단 말이다. 우리는 진정한 의미에서의 민주주의 국가를 건설해 나가야 한다."

(…중략…) 도영혜는 연방 '동지규합'이니 '동지획득'이니 하는 따위의 술어를 사용해 가며 유보화에게 자기와 같은 노선을 걷도록 강요하는 것이었다. 도영혜가 김영서의 영향을 받아 일본 제국주의를 타도한다고 동맹휴학을 책동하던 여학교 때의 일이 눈 앞에 떠올랐다. 그 때의 도영혜도 이와 비슷했던 것이다. (136~137쪽)

도영혜는 식민지 시기 민족운동에 앞장서던 때와 사실 달라진 것이 없다. 민족과 조국을 위해 투쟁하던 그때와 조금도 다르지 않다. 물론 서술자의 시선은 다르다. 도영혜의 이러한 일관된 사상과 운동역량이 오로지 남성에게서 비롯되었고 여성 주체적인 것은 아님을 은근히 폭로하고 있다. 따라서 서술자의 시선은 도영혜를 결코 두둔하지 않고 있다. 오히려 그녀를 악녀로 몰아가지만, 악녀에 대한 변론이 또 다른 여성에게서 이루어짐을 제시한다는 점에서 눈여겨보아야 한다. 즉 반공주의 서사의 기본 틀을 제시한 후 그 속에서 자매애와 여성의 일의 발견을 준비하고 있는 것이다. 반공주의 서사 속으로 모든 진리태가 흡입되는 것이 아니라 젠더 차이에 의한 새로운 대안이 제시되고 있는 것이다.

여성의 일의 발견과 자매애의 발견은 반공주의와 여성성의 결합 양상의 중요한 한 유형을 제공해 준다. 남성들은 반공주의의 신봉자로 전향하였지만 여성성의 확장은 반공주의를 새롭게 해석하게 하여, 여성의 일의 발견과 자매애로의 확대를 이끌어 냈다. 즉 반공주의의 우위성이 성차를 통해 이루어지는 방식에 균열을 내고 있다. 유보화는 반공주의의 단순한 인간애에 기초하지도, 남성의 보호자로 각인시켜 영원히 권력의 타자로 머물게 하는 성 권력의 배치로 기능하지도 않는다. 『녹색의 문』에서 여성은 단순히 남성의 타자가 아니다. 이것이 여성젠더 시선의 반공주의 서사의 한 특징으로서, 소녀의 탄생—낭만적 사랑—반공주의 서사의 한 계보를 창출하는 지점이다.

2) '아프레 걸 프로젝트'와 반공주의 · 옥시덴탈리즘의 결합

아프레 걸 프로젝트란 전후의 새 사회 건설과 관련하여 '새로운 여성상'을 욕망, 구성하는 일종의 젠더장치라 할 수 있다. 전후의 사회는 아프레 걸 프로젝트를 통해 새 사회 건설에 요구되는 여성상을 촉구하는 한편, 다른 한편으로는 무너진 젠더질서를 재구축하기 위해 무질서 및 위기담론을 통해 여성을 관리 통제하고자 하였다.

아프레 걸이란 아프레 게르(Apres-guerre), 즉 전후를 나타내는 프랑스 말이다. 처음에는 '새로움'이라는 긍정적 의미망을 지닌

'전후파'로 불리다가, 부도덕함과 육체 해방자라는 불건전하고 부정적인 여성을 지칭하는 아프레 걸로 전화되었다. 초기에는 '남녀 모두'를 가리키는 말이었으나 그 후 '여성'만을 지칭하는 용어로 내포가 변화되고, 초기의 교양·명랑·활발·신세대 등의 내포에서 사치·향락·허영으로, 계층별로는 지식여성을 주로 일컫다가 망가진 육체·훼손된 여성으로 특징(속성)을 지칭하는 말로 내포가 변한다.[28]

아프레 걸이 어떤 시선 및 어떤 기표로 재현되느냐에 따라 담론의 층위 및 의미망은 상당히 달라진다. 사치, 향락, 허영의 기표로 재현되는 경우와 새로운 경제적 주체로 재현되는 경우는 아주 다르다. 또 성적 주체로 재현될 수도 있다. 어떻게 재현되느냐에 따라, 전후 사회의 내적 억압 기능을 수행하는 민족주의의 지탱수단으로서 일종의 자기 전유(self-appropriation) 과정으로 해석될 수도 있고, 억압으로부터의 해방과 관련된, 일종의 저항의 지점으로 해석될 수도 있다.[29]

아프레 걸의 내포가 복잡한 것은 아프레 걸의 유형이 다양하기 때문이다.[30] 중산층·부유층 형의 아프레 걸도 있으며, 양공주형도 있다. 중산층·부유층 형은 자신의 성적 욕망에 충실한 속성을 드러내며, 이는 양공주 형과 상당히 다른 계보를 형성한다. 양공주 형에도 경제적 어려움을 해결하고자 어쩔 수 없이 양공주가 된 '생계형'과 이와 본질적으로 다른 '낭만적 사랑형'이 있다.

여기에서는 위와 같은 아프레 걸의 계보 중 '양공주—낭만적 사랑' 계보를 대상으로, 전후 반공주의 서사 형성과의 연관성을 검토하고자 한다. 반공주의 서사란 서사의 기본 이념이 반공주의적인 것을 의미한다. 반공주의 서사를 문제 삼는 이유는 해방 후-전후부터 남한 사회를 장악했던 실질적인 가치체계와 밀접히 연관되어 있기 때문이다. 반공이라는 의미는 단순히 '공산주의에 반대한다'는 1차적 의미에 그치지 않는다. 국민 / 비국민(빨갱이)의 구별짓기·경계짓기가 내포되어 있으며, 내면화된 정신·심리구조 뿐 아니라 문학적 제도로도 실체화되어 있다. 소위 국민 / 비국민의 정체성 뿐 아니라 남성 / 여성의 젠더화, 좋은 여자 / 나쁜 여자 등 개인 정체성 및 집단 정체성과도 관련된다.

아프레 걸의 재현 방식은 서사의 목적 및 방법과 연관된다. 서사는 기본적으로 '시선의 체계'라는 점에서, 시선의 '차이'는 서사 구성에서 아주 중요하다. 서사는 일종의 담론이기 때문에 서사의 담론 형성 방식을 검토하는 일은 문학사 서술 뿐 아니라 당대 사회 구성의 문제와도 중차대하게 관련된다. 또 젠더의 차이가 서사에 어떤 차이를 드러내는지도 검토해 볼 필요가 있다. 서사에서 젠더별 시선의 차이를 가늠하는 일은 젠더가 서사원리로 기능, 작동하는지의 여부를 판별해 주기 때문에 이 역시 반드시 검토해야 할 사안 중 하나이다.

이 과정에서 어떤 특정 계보를, 즉 양공주 계보에서 양공주를 희생자로 보느냐, 주체의 가능성으로 보느냐 하는 차이도 매우 다른 담론을 산출한다. 양공주가 단지 동원의 대상에 불과하였는지의 여부는 당대 사회의 시선 및 양공주 집단(계층)의 존재방식을 규명하는 요인이 될 수 있다.

양공주는 군사주의와 제국주의의 희생자로 인식되어 왔으나 몇몇 여성작가의 서사에서는 다른 양상을 보여 준다. '차이'를 재현할 때, 양공주의 내면에 깃들어 있는 저항의 차원들을 섬세하게 검토해 볼 필요도 있다. 이미 김현숙이 주장한 바, 양공주는 성 노동자로서, 스스로 자신의 역사를 만들어 가는 다양한 주체(『위험한 여성』, 225쪽) 중 하나일 수 있다. 억압적 질서 속에 있지만 자신의 능동성과 주체성, 경험 등에서 사물을 보는 자율적 태도를 지닌 주체일 수 있다. 양공주를 비롯한 아프레 걸에 대한 이러한 재해석은 '차이'를 재현하는 하나의 중요한 미시적 실천이 될 수 있다. '차이'의 방법은 탈식민의 가능성 및 다문화주의적 이해의 가능성 등 그 어떤 가능성도 사상시키지 않는, 진정한 해방의 방법 중 하나일 수 있다는 점에서 여전히 유효성이 있다.

그간 남성 중심적 담론 속에서 민족=여성(성)이라는 등식이 은유의 방식으로 다양하게 재생산되어 왔다면, 차이를 재해석하는 시선의 재편성 및 담론의 재편성은 기존의 민족=여성(성) 담론에 균열을 내며 저항하는 지점을 포착해 줄 수 있다. 여성은 단순히 저개발, 야만의 표상만도 아니며, 남성 주체의 오이디푸스 궤적을 단순히 모방하는 것도 아니다. 여성의 경험에 입각하여 차이를 주조하는 시선의 차이는 민족주의 기획에 균열을 내며 민족국가의 정체성 형성에 전복과 저항의 가능성을 제시해 줄 수 있다.

여기서는 '여고생—양공주—낭만적 사랑'의 계보에 해당하는 『끝없는 낭만』을 대상으로 양공주—아프레 걸의 낭만적 사랑 및 다문화 가족의 연관을 해명함으로써 근대 여성 주체성 형성과정에서 양공주—아프레 걸 계보가 지닌 의미망을 검토해 보고자 한다. 또한 아프레 걸의 새로운 계보로서 이 소설이 반공주의 서사 형성과 연관되는 방식을 천착함으로써 전후 반공주의 서사의 자기 구성 방식을 검토해 보고자 한다. 전후의 근대성이 남성성 및 여성성과 결합하는 다양한 양상을 통해 당시의 민족적·사회적 욕망과 '차이'가 관계 맺는 방식을 살펴볼 것이다.

『끝없는 낭만』은 우선 비(非)팜므파탈로서의 양공주를 통해 낭만적 사랑의 좌절을 묘사하고 있다. 이 소설은 기지촌이 형성되기 이전, 즉 국가장치(외교)의 하나로 기지촌이 운영되기 이전인 1952년경의 양공주의 생산과정 및 그에 대한 사회의 시선, 그리고 양공주들의 욕망과 의식구조 등을 담아 낸 매우 독특한 소설이다.

기지촌이 남한과 미국 두 정부에서 '후원되고 규제되는 체계'(캐서린 문, 『동맹속의 섹스』, 20쪽)로서 양국의 우호적인 관계를 진전시키고, 남한 사람들의 자유를 위해 열심히 싸우는 미군들을 즐겁게 해 주는 '특수 엔터테인먼트'로 조직·관리되어 왔다면, 이 소설은 기지촌이 형성되기 이전 단계의 양공주를 통해, 한국전쟁 동안 군기지를 좇아 성 노동에 종사했던 양공주와는 다른 또 하나의 양공주를 통해 남한 사회의 욕망과 작동방식을 제시한다.

양공주의 문제를 낭만적 사랑과 연관 지어 언급한 경우는 담론에도, 소설에도 최정희 이전에는 없었다. 그런 점에서 이 소설은 어떤 다른 소설보다도 문제적이다. 『끝없는 낭만』은 낭만적 사랑 유형의 양공주를 형상화하고 있다는 점에서 새로운 체계로 분류할 수 있다. 낭만적 사랑형이란 남한 여성이 미국인(외국인)을 '사랑'한 결과(성 노동이 아니라) 양공주 또는 양부인으로 호명되면서도 합법적으로 결혼하기를 욕망하는 경우를 말한다. 이러한 유형은 한국소설사에서 이전에는 형상화된 바 없다.

양공주는 그간 경제적 어려움을 타개하고자 나선 생계형으로, 또는 불순한 존재로서 비난과 낙인의 상징으로, 민족적 수치심으로, 육체적 쾌락을 추구하는 요부 또는 남성 유혹자로서의 팜므파탈로, 또는 군사주의와 제국주의의 희생자로 재현되어 왔다. 그런데 이 소설은 남한 문학사에서 볼 수 없었던 새로운 유형의 양공주를 통해 전후 여성의 근대성 및 사랑의 방식을 문제 삼는다.

『끝없는 낭만』은 미군과의 사랑 때문에 양공주로 불려지고, 사회적 시선 때문에 결국 살해되고 마는 인텔리 여성의 비극을 그리고 있다. 1950~70년대의 매춘 여성들이 거의 대다수 초등학교도 마치지 못했다는 통계에 의거할 때, 인텔리 여성인 이차래를 통해 양공주의 문제를 제시하는 이 소설은 기존의 양공주와 다른 차원의 문제를 제기한다. 『녹색의 문』에서 소녀의 탄생과 반공주의 서사의 연관성을 제시한 바 있는 최정희는 이 소설에서 인텔리 여고생-양공주화-낭만적 사랑을 제시하며, 반공주의 서사의 자기 구성방식 및 옥시덴탈리즘이 남한 사회에서 작동하는 방식 및 특징에 대해 언급한다. 여고생이 미군과 만나 사랑-결혼-좌절하는, '소녀 이후'를 다루고 있다는 점에서 『녹색의 문』의 '이후'를 제시한다.

여주인공 이차래의 시선으로 그려지는 이 소설은 마치 일대기처럼 차래의 할빈에서의 출생부터 죽음까지를 다룬다. 차래의 아버지는 고향 친구 배형식과 함께 서양 사람이 경영하는 목장에서 일하다가 해방이 되자 조국에서 '네 활개를 치고 살아보자'며 귀국한다. 차래는 배형식의 아들 곤과 부모들의 뜻에 따라 약혼한다.

곤이 대학교 2학년, 차래가 여고 4학년 되던 때 한국전쟁이 터지고, 월남하지 못한 곤의 아버지는 '독립운동 혐의'로 북한 감옥에 투옥된다. 곤은 아버지를 구하겠다고 군에 입대한다. 어머니가 미군부대의 빨래를 하게 되면서 차래는 캐리 조지라는 미군과 알게 된다. 캐리 조지와의 만남은 차래를 양공주로 호명되게 한다. 차래는 사회의 시선 때문에 헤어질 것을 선포하지만 결국 사랑을 이기지 못하여 국제결혼을 한다. 아들까지 낳지만 본국으로 전근해 떠난 캐리를 기다리지 못하고 버림받게 될까봐 초조해 하다가, 양공주라 업신여기는 사회적 시선과 아버지의 아편중독, 어머니의 경제적 의존성 등으로 괴로워한다. 죽을 줄만 알았던 곤이 돌아오고, 혼혈아 아들 토니를 결코 같은 민족으로 볼 수 없다는 곤의 반복되는 언설에 끌려 토니를 영아원에 넘긴다. 비슷한 처지의 양공주인 정순자와 함께 술을 마시고 푸념하다가 정순자가 타놓은 독약을 마시고 시체로 발견된다. 정순자는 성 노동자로 일하다 미군과 동거하게 된 유형으로서 차래와는 처한 입장 및 유형이 다르지만, 양공주로 호명된다는 점에서는 동일하다.

사실 엄밀히 말해 차래는 양공주가 아니다. 양공주란 명칭은 외국 군인을 상대로 성 노동에 종사하는 여성을 일컫는다. '상품이면서 동시에 판매자, 그리고 임금노동자의 전형'(수잔 벅 모스, 240쪽)인 창녀 중에서도 양공주는 가장 경멸적으로 사용된 명칭이다. 성 노동자가 아니라는 점에서 차래는 양공주가 아니다. 하지만 당시에 '인종적 결혼을 한 한국여성들' 또한 양공주로 간주되었다는 점에서 '의사(pseudo) 양공주'로서 넓은 범위의 양공주에 속한다. 미군의 합법적 아내가 된 차래는 민족 공동체의 상징도 팜므파탈도 아니며, 따라서 양공주들의 일상적 특징이라고 언급되는 '첨단 지위(cusp)'도 없다. 이것이 다른 양공주와 차래의 '차이'이며, 양공주-낭만적 사랑 계보의 특징이다. '첨단 지위'란 양공주와 비양공주 사이의 경계선을 의미하는 것으로서, 양공주들의 서구식 의상, 머리 화장 스타일의 모방, 콩글리시 발음 등을 일컫는다. 예를 들어 『은마는 오지 않는다』에서 양공주가 된 영희는 양갈보의 외모와 행동으로 동네 주민들을 놀라게 하면서 비난을 받게 된다. "장딴지 맨살 뿐 아니라 엉덩이의 둥근 형태를 그대로 노출시킨 짧은 블루 블랙 치마, …… 소매 없는 밝은 색상의 블라우스, 독특한 파마 머리는 ……" 등등이 그것이다. 합법적 결혼을 한 차래는 상품이 아니기 때문에 이러한 첨단지위가 필요치 않았다.

하지만 인종주의적 민족주의적 시선은 '미군과 관계된 여성'이라는 점만으로 차래를 양공주로 호명한다. 창녀가 아니면서 창녀 취급을 받는 상황 속에서, 아이를 포기하는 모성 포기(거부)를 드러내고 죽음으로 귀결되는 결말을 맞는다.

캐리 조지는 멋진 남성으로 형상화되어 있다. 우선 캘리포니아에서도 몇 째 안가는 재산가인 유명한 의사의 아들(53쪽)로서 좋은 가문 출신인데다, '하늘 빛보다 더 푸르고 더 활활 타는 눈'빛의(31쪽), 교양 있고 멋진 미국 청년이다. 차래의 어머니도 캐리가 양갈보 집을 찾아 다니는 미군하곤 다르(64쪽)고, '훌륭한 군인으로 동료들에게 모범'이 되고 있(64쪽)다고 언급한다. 뿐만 아니라 캐리는 차래에게도 환상적인 구원자였다. 캐리는 차래와 사귀면서 집도 사주고, 아버지를 xx군단 소속부대에 취직도 시켜 주었으며, 또 아편중독으로 고통 받게 되자 입원시켜 치료케 하는 등 차래 집안에는 더할 나위 없는 구원자로 형상화되어 있다.

『끝없는 낭만』은 이처럼 미군과의 낭만적 사랑이 충분히 가능하다는 전제에서 출발한다. 양공주를 '구매 가능한 대상으로만 상상'하는 당대 사회의 인종적, 민족적, 계층적 편견을 넘어 낭만적 사랑을 모색하고 있다는 점에서 여타의 소설이 제시하지 못했던 작가의 재해석 욕망을 읽을 수 있다.

성·사랑·결혼의 통합으로 정의되는 낭만적 사랑[31]에서 이 소설은 '사랑—결혼' 중심의 유형을 보여 준다. 거개의 아프레 걸 소설이 '성' 중심적 계보에 속한다면, 『끝없는 낭만』은 그와 달리 대상을 미군으로 상정하여 낭만적 사랑을 꿈꾸게 하고, 국제결혼의 가능성 및 다원주의적 문화 이해의 가능성까지 제시한다.

차래는 남성 유혹자라는 팜므파탈의 성격을 전혀 지니고 있지 않다. 즉 1950년대의 팜므파탈이 기표하는 '두려움과 선망'의 이중적 대상이 아니다. 창녀는 누구나 살 수 있는 구매의 대상이지만 신식민 제국 남성의 여성이라는 점에서 피식민 남성에게 두려움과 선망이라는 이중적 표상이다. 따라서 여타의 양공주 소설 또는 「지옥화」 등의 양공주 영화가 기표하는 '위험한 여성'의 유형이 아니다. 차래는 성의 노예로서 수치 · 불결의 대명사인 도덕적 타락자도 아니며, 돈의 노예도 아니다. 1970년대 이후 제시되는 반미의식의 형상도 아니고, 오직 낭만적 사랑의 주체일 뿐이다. 부모의 층위에서는 가족의 생계 부양이라는 의미가 추가되어 있지만, 당사자인 차래에게는 '생계'가 아니라 '사랑'이었다.

> 그러나 이제 캐리 조오지의 말을 듣고 나니 정말 그의 말과 같이 생명과 바꾸는 한이 있더라도 우리의 애정을 결혼에까지 이끌어 가야 하겠다는 결심같은 것이 가슴 복판을 차지하고 들앉는 것이었어요. ……
> 밥을 못 먹는 한이 있더라도 굶으면서라도 사랑하는 사람하고 결혼해야 할 것 같아 난 내가 캐리 조오지를 무척 사랑하고 사모하고 보고 싶어 하고 잇다는 것을 알았어. 내가 앓지 않고선 백일 수 없도록 그를 사랑하고 사모하고 보고 싶어하고 있었다는 걸 알았어. (190~191쪽)

…… 그와 나와의 결혼은 벌써 일찍부터 마련됐던지 모른다. 내 운 명인지도 모른다.(192쪽)

정신적·육체적으로 타락한 아프레 걸로서 부정적 시선의 대상이었던 아프레 걸과 달리, 차래는 비–팜므파탈로서, 사랑의 주체로서 부정한 여성의 표상들과는 일정한 거리가 있다. '비– 팜므파탈', '비–위험한 여성'으로 위치짓는(positioning) 것은 이 소설이 당대 사회의 무질서 및 위기를 '여성'을 통해 재구축하려는 젠더정치의 시선을 갖고 있지 않다는 뜻이다.

하지만 인종적, 민족적 편견 때문에 차래는 수난에 봉착한다. 차래가 캐리를 만난 후부터 '절벽 위에 서 있는 것 같은' '낭떠러지에 떨어질 것만 같은' 두려움에 휩싸이는 것도 남한 사회의 인종적 편견이 차래에게 내면화된 반증이라 할 수 있다. 첫 만남 자체가 '짚차에 치마가 찢기는'(30쪽) 예리한 시추에이션으로 시작되듯 차래의 낭만적 사랑은 사회적 거부의 시선에 부딪친다.

차래 역시 초기에는 '수만명의 한국여성에게 '양갈보'라는 명칭을 덮어 씌워 준 외군의 한 사람'(205쪽)이기에 캐리를 미워하였다. 이젠 Y대학 정치학과에 입학하여 대학생이 된 친구 상매도 '연애의 신성성'이 '미군–한국 여성에겐 없다'고 잘라 말한다. 배곤 역시 누구의 잘못도 아니라고 하지만, 다른 양갈보들도 다 '사랑' 때문이라고 하지 '허영', 또는 '호화로운 생활을 하고 싶어서' 라고 하지는 않는다면서 차래를 부정한다.

하지만 차래는 이러한 사회적 시선에 항변하면서 저항한다. '딸라가 탐나서'라거나 '호화로운 생활'이 좋아서 등의 허영 충족이 아니며, '신성한 국제결혼이지 향락이 아니'라고 한다(288~289쪽). 차래의 항변은 사랑의 진정성을 인정해 달라는 요구인 동시에 인종적 편견을 넘어서는 다문화적 가치에 대한 인정투쟁으로 해석될 수 있다. 이는 당대의 편견에 저항하는 계기를 마련해 준다는 점에서 여타 양공주 소설과 다른 지점을 확보한다. 이것이 비팜므파탈－양공주가 낭만적 사랑을 통해 대항 민족주의적 지점을 확보하는 부분이다.

아프레 걸을 그린 소설들이 대개 아프레 걸의 패배 또는 전통여성의 승리로 귀결되는 서사구조를 취하고 있다면, 즉 아프레 걸은 성적 방종자로 낙인 찍혀 서사의 결말 부분에서 죽음, 이별 등의 처벌을 받는다. 또한 아프레 걸의 상대역으로 전통적인 여성상을 배치하고 그녀를 가치의 승리자로 이끄는 결말을 택한다. 이에 반해 이 소설은 소녀－여고생－양공주－낭만적 사랑을 통해 아프레 걸의 단순 패배를 형상화하지 않는다. 이는 여성젠더 시선의 아프레 걸 소설의 특징이기도 하다. 손소희의 『태양의 계곡』, 강신재의 「해방촌 가는 길」, 한말숙의 「별빛 속의 계절」 등은 아프레 걸의 단순 패배로도, 전통여성의 일방적 승리로도 귀결되지 않는다. 「태양의 계곡」은 '아프레 걸의 패배' 뿐 아니라 '전통여성의 패배'도 '동시에' 담론화하고 있으며, 「해방촌 가는 길」은 경제적 주체로, 「별빛 속의 계절」은 성적 주체로 담론화한다. 『끝없는 낭만』은 '전통 여성의 승리'가 '결여'된 형태이다. 이러한 사실들은 작가의 젠더 또는 서술자의 젠더가 작품의 담론화 방향을 결정짓는 요인일 수 있다는 점을 시사한다.

한편 캐리가 한국에 파견된 것은 무엇보다도 '반공주의와 싸우기' 위해서였다. 이차대전 후의 미국의 군사배치 전략에 의한 것이라기보다 개인적 목적을 갖고 있었다. 이미 북한 사회가 배곤의 아버지를 독립운동 혐의로 투옥했다고 소개함으로써 북한 공산정권의 부당함을 설파한 바 있는 이 소설은, 미국의 한국전 참전(및 캐리의 한국 파견)을 강대국의 국제적 이해관계나 패권주의 등으로 보지 않고 오직 '공산주의와 싸우기 위해서'라고 일갈한다. 배곤의 아버지의 투옥은 북한 정권의 부당성 및 이데올로기의 부당성을 강하게 드러내는 동시에 남한 반공주의의 반북주의도 함께 제공한다. 소설 곳곳에서 '공산당에 굴복하기보다 차라리 주검을 주는 것이 낫다'고 함으로써 반공주의의 심각한 내면화 단계를 노출시킨다. 이는 이 시기가 이미 반공규율 사회적 담론화의 자장 안에 놓여 있음을 읽게 한다.

이 소설에서 반공주의는 1950년대 남성젠더 시선의 소설이 반공주의를 '휴머니즘'으로 그리는 것과 동궤를 이룬다. 선우휘가 『불꽃』에서 반공주의를 휴머니즘으로 해석(한수영, 1993) 하고 있듯이 최정희도 '싸움터 이야기'라는 장에서 배곤과 현영훈의 만남이 이루어지는 상황을 통해 전우애, 인간애로 회상하며 휴머니즘적 해석을 가한다. '불모고지' 전투로 불리는 전쟁터를 회상하며, 현영훈은 적과 전우가 서로 자기 나라로 끌고 가려고 엎치락 뒤치락 하는 전투장면을 언급하면서, 적을 '죽이지 않고 생포하려'는 국군 배곤을 긍정적 시선으로 묘사한다.

『불꽃』 등과 다른 점은 반공주의가 옥시덴탈리즘 시선을 차용하여 배타적 민족주의를 형성한다는 점이다. 옥시덴탈리즘이란 서양이라는 타자를 구성함으로써 이루어지는 담론 행위로써, 미국(서양)에 대한 적대적 편견 또는 반미적(반서양적) 정서를 제시한다. 『끝없는 낭만』은 미군과의 낭만적 사랑을 형상화하고 있으면서도 미국(군)에 대한 적대적 편견으로 가득 차 있다. '미군하구 누가 결혼 해. 그 비굴한 것들 하구', '천하기 짝이 없는 것들'(132쪽) 등의 적대적 편견이 무차별적으로 제시되는데, 미국(군)에 대한 이러한 적대적 정서는 단순히 소박한 민족주의 또는 배타적 민족주의와 연결되어 있는 것이 아니다. 중층적 층위를 가지고 있는 것이다. 전쟁이 끝나갈 무렵 진행되었던 휴전회담에 대해

…… 국회에서도 '정전반대 결의문'을 채택하였고 38선 철폐 정전 반대 국민총궐기대회가 전국 방방곡곡에서 성화처럼 일어나고 있습니다. 남녀노소를 불문하고 (…중략…) 매일같이 '휴전반대' '북진통일'을 절규하는 거족적인 시위운동이 거센 타도처럼 전재되어 가고 있습니다. 그렇건만 판문점에선 우리의 이 결사적인 반대의사를 무시하고 공산측에 유리하도록 휴전회담이 전개되고 있습니다. 미국이 이처럼 굴욕적이며 패배적인 양보를 하고 있습니다. 최악의 경우엔 우리 국군

이 단독으로 북진작전을 결행할지도 모를 일입니다. 이만큼 전 국민이 자위권(自衛權) 행사를 부르짖고 있는 것입니다. (…중략…) 공산당에 굴복하기보다 차라리 주검을 주는 것이 낫겠다 하는 투지를 가지고 우리 학생들은 이 운동에 참가해야 할 것입니다.

…… 미국이 이처럼 굴욕적이며 패배적인 양보를 하고 있다는 대목이 나를 말할 수 없게스리 흥분시켰습니다.

똑바루 말씀한다면 실상 나는 공산당에 가는 분노보다 미군에게 가는 분노가 치밀어 올랐습니다. (123~124쪽)

…… '키 크고 싱겁잖은 게 없다드니 미국 사람들은 키가 커서 뒷심이 없나보지'(126쪽)

…… 비겁한 것들! 비겁한 것들!

……

…… 당신들은 울분도 없고 원통함도 모르느냐(127쪽)

천하기 짝이 없는 것들(132쪽)

위 인용문은 단순히 휴전회담에 대한 반대를 언급하는데 그치지 않는다. '공산당에 가는 분노'보다 '미군에게 가는 분노'가 더 치민다고 하는 것은 단순히 미군에 대한 증오를 표출하는 것이 아니다. 이때의 분노는 미군이 공산당과의 대결을 실행치 않고 휴전회담을 하고 있기 때문이다. 위 발언은 여러 겹으로 읽을 필요가 있는데, 즉 미군에의 분노가 더 큰 것은 미군이 반공주의를 제대로 실행하지 않기 때문이다.

여기서 반공주의는 옥시덴탈리즘의 원인이 된다. 대개 옥시덴탈리즘은 자민족 중심의 배타적 민족주의를 드높이기 위해 활용되어 왔다. 하지만 『끝없는 낭만』에서는 반공주의를 강조하기 위해서 활용되었다. 물론 배타적 민족주의 안에 반공주의가 포함될 수는 있다. 하지만 민족주의를 제시하는 경우와 반공주의를 우선성으로 배치하는 경우는 다르다. 이 소설에서 반공주의는 그 어떤 가치체계보다 우선적으로 작동하는 '반공주의 우선성'을 드러낸다.

한국전쟁기 이후 남한 사회의 혼란스럽고 불안한 중간 상태(limbo-status)를 타기하기 위한 방책으로서 이 소설은 반공주의와 옥시덴탈리즘의 결합을 제시하는 것이다. 반공주의는 이처럼 필요에 따라 다양한 이념들과 접합하면서 자기를 구성하는 담론체였다. 필요라 따라 다른 이념들과 무한 접합할 수 있었던 것은 반공주의가 아무 것이나 담을 수 있는, 마치 '텅 빈' 기호였기 때문에 가능한 것이었다. 어떤 연구자는 반공주의의 이러한 특징을 '무내용성'(조희연, 124쪽)이라 지적한 바 있다.

여타의 아프레 걸 소설들이 양공주에 대한 혐오감을 통해 배타적 민족주의를 제시하는데 그치고 있다면, 이 소설은 인텔리 여고생−양공주−낭만적 사랑을 통해 반공주의를 설파하고, 그 반공주의를 설파하는 수단으로 옥시덴탈리즘을 활용하고 있다.

1950년대는 반공주의적 담론의 지배화 속에서 친미적 인식과 미국에 대한 혈맹적 인식이 강고하게 자리 잡고 있던 시기였는데, 이 소설은 1950년대 반공주의의 '친미적 성격'보다 '반미적 성격'을 드러내면서 옥시덴탈리즘을 제시한다는 점에서 당대 상황과 조금 다르다.

이러한 반공주의-옥시덴탈리즘의 결합이 당대 남한 사회 구성원의 염원으로 소개된다는 점에서도 문제적이다. 위 인용문은 차래가 다니는 학교의 교장선생님의 훈시로서, 반공주의-옥시덴탈리즘 결합의 역사적 필연성을 당대 사회 구성원의 목소리로 제시한다. 이 장면은 명백하게 '동원 논리'로서의 반공주의를 보여 준다. 또 정치의 장이 아닌 학교라는 장에서 학생 대중의 공감을 얻는 방식으로 제시됨으로써 반공주의가 아래로부터 수용된 이데올로기임을 웅변적으로 보여 준다. 반공주의는 이처럼 위로부터의 이데올로기일 뿐 아니라 아래로부터의 이데올로기이기도 하였다(김정훈·조희연, 125쪽). 이제 반공주의는 생존논리를 넘어 일종의 아비투스임을 드러내는데, 이것이 이 소설의 담론화 양상 중 하나이다.

기지촌 매매춘이, '사회적으로는 불명예이지만 국가 안보라는 목적 아래 미군을 한국에 계속 주둔시키기 위해 참아야 하는 필요악'인 동시에 한국 정치에 대한 미국의 지배, 즉 미국에 대한 남한의 신식민주의적 지위의 영속을 재현하는 것이었다면, 『끝없는 낭만』은 이와 달리 낭만적 사랑-반공주의의 결합을 통해 남한 '내부'에서 반공주의가 이미 '사랑'과 결합된 일종의 사회적 토대로 작동하고 있음을 재현한다. 이런 점에서 『끝없는 낭만』은 '옥시덴탈리즘의 남한적 특수성'을 보여 준다.

한편 이 소설은 옥시덴탈리즘의 또 다른 내포도 제시한다. 현영훈과 배곤을 통해 언표되는 옥시덴탈리즘의 내포는 다음과 같다.

> 천하기 짝이 없는 것들(132쪽)

> 너희들 미국인의 발밑에 고귀한 정신문명이 짓밟히기만 하는 거야. 너희들 발자욱이 나 있는덴 어디라 없이 그렇게 되어 있어. (192쪽)

미국인을 '천하기 짝이 없는 것들'로 보는 시선이나 '미국인들에 의해 정신문명이 짓밟히기만 한다'는 지적은 물질문명 / 정신문명의 대비에서 정신문명을 우위에 두고자 하는 태도이다. 1950년대에는 패권주의적 미국의 내면화에 맞서 민족적 정체성을 환기하고 정신문명의 우월성을 강조함으로써 동양(및 한국)을 재구성하려는 일종의 담론행위가 지향된 바 있는데, 물질 / 정신의 이분법에 갇혀 '물질의 힘없이 새로운 문화란 불가능하다'(장세진)는 인식 때문에 지배담론이 되지는 못하였다.

여기에 남한 / 북한을 우 / 열로 인식하고자 하는 시선이 첨가된다. 이 소설에는 남한 / 북한이 문명 / 야만의 표상으로 제시되어 있다. 상해에서 독립운동을 한 배곤의 아버지가 투옥되는 사건을 통해, 북한 사회를 '야만'으로 규정하고 아버지를 구하기 위해 남한 군에 입대하는 배곤을 통해 북한의 '야만'에 대립되는 개념으로 '남한'을 설정한 후, '부모 형제'의 논리를 도입하여 희생의 논리를 일종의 사회통합의 논리로 삼는다. 즉 가족주의를 매개로 국가와 사회를 민족 공동체의 근간으로 상상하는 것이다. 이는 현영훈과 캐리의 대화에서, 국가의 문제를 '개인'의 탓으로 삼지 말라는 캐리의 주장과 매우 다르다. '개인'의 이익을 위해 국가·민족을 좀 먹는 것이어서는 안 된다(289쪽)는 배곤의 항변은 '개인'보다 '국가·민족의 우선성'을 보이는 것이다. 이처럼 남한 ─남성─배곤에게 '개인'은 '민족 공동체'를 위해 희생되거나 배제되어야 하는 것이었다.

한편 이 소설의 '귀국─수난' 플롯이 반공주의 우선성의 옥시덴탈리즘 서사와 어떤 연결고리를 갖는가도 살펴 볼 필요가 있다. 대부분의 귀환 플롯이 '귀환'으로 종결된다면, 이 소설은 '귀환 이후'를 다룬다. 『끝없는 낭만』에서 귀국은 곧 '수난'을 의미한다. 배곤의 아버지는 상해에서의 독립운동 경력 때문에 북한 정권에 의해 투옥되었고, 어머니는 남편이 투옥된 후 심장마비로 죽는다. 배곤의 군 입대 역시 아버지의 투옥 소식에 접한 배 곤이 아버지를 구출하려는 목적에서였으므로, 또 그 군 입대가 결국 차래의 양공주화를 이루는 간접적 계기였다는 점에서 배곤의 아버지의 투옥은 심각한 의미망을 형성한다.

차래의 가족에게도 귀국은 수난을 의미한다. 아버지는 해방이 되자 이제 맘 놓고 살아 보자며 귀국하지만, 그렇지 못한 사회현실에 아편중독이 된다. 차래는 이미 언급한 바, 오직 낭만적 사랑을 꿈꾼 죄 때문에 양공주로 취급받고, 그 현실에 절망하다가 같은 처지의 정순자와 함께 시신으로 발견된다. 이처럼 귀국은 '축복' '희망' '행복' '회생' '기회'가 아니라 '죽음' '질병' '이별' '양공주화' 등등의 '수난'을 의미한다.

이러한 플롯의 의미는 눈 여겨 볼 필요가 있다. 여타의 소설이 보통 '여성의 수난'을 수단으로 국난 극복 또는 남성성의 회복(강화), 민족주의적 정체성 확보에 나섰다면 이 소설은 '여성의 수난'보다 '귀국=수난'을 강조한다. 이 소설에서 '해방'은 남한의 공식역사가 기술하는 바, '연합군, 특히 미국이 가져다 준 선물'이 아니었다. 해방이 '수난의 원인'으로 설정되어 있다는 점에서 이 소설은 남한의 공식적 역사 기술에 도전한다. 죽음, 아편중독, 투옥, 충격사, 양공주화 등은 해방된 조국이라는 '자기 땅'에서 '여전히' (해방 전과 다를 것 없이) '유배될 수밖에 없는' 존재들이 있음을 폭로해 줌과 동시에, 자본도 역량도 재산도 갖지 않은 하층민들에게 해방(귀국)은 수난일뿐이라는 사실을 확인시킨다. 즉 조국은 등장인물들과 같은 보통 사람들을 국가의 주체로 호명하지 않는다는 사실을 일러 준다. 독립운동자, 서양놈의 종살이를 한 자들은 해방된 조국의 주체가 아니다. 이 말은 오직 '반공주의자'만이 해방된 조국의 주체가 될 수 있다는 말과 다르지 않다. '반공'이 아니라면 독립운동 경력도 소용이 없다. 이는 임정계열, 공산주의 계열 모두를 축출하고 이승만 계열로 재편되는 해방 후 남한 사회의 정치 전개과정과 상동적이다.

이처럼 이 소설에서 '귀국—수난' 플롯은 반공주의 우선성을 드러내기 위한 장치였으며, 옥시덴탈리즘 역시 반공주의에 복무하는 범주 내로 제한되어 활용되었다. 이 소설에서 반공주의는 민족주의, 자본주의 등의 모든 이념 및 사상에 선행하는 가장 강력한 규율장치로 기능한다.

다른 한편으로, 이 소설은 차래—캐리의 가족을 통해 다문화 가족을 문제 삼는 측면도 있다. 다문화 가족은 인종, 민족, 젠더, 계급이 경합하는 장이라는 점에서 이 소설에서 이들 각 범주들이 어떻게 충돌, 포섭, 배제, 경합하는지를 검토하는 것은 매우 의미 있는 작업이다.

차래가 캐리와 가족이 될 수 있었던 것은 영어를 구사할 수 있기 때문이었다. 차래네 식구들은 식민지 시기 할빈에서 '서양놈의 종살이' 하면서 영어 구사 능력을 확보하게 된다. 차래와 차래 아버지 모두 영어를 구사할 줄 알았고, 차래의 어머니도 기본적인 소통은 되는 상태였다. 바로 이 '영어'가 차래와 캐리를 연결시키는 가장 일차적이고 직접적인 계기였다. 따라서 『끝없는 낭만』에서 영어는 중요한 문화자본으로 기능한다.

하지만 영어 자본은 아이러니컬하게도 양공주가 되는 길을 제공한다. 영어 때문에 신분 상승 또는 부의 창출 등으로 작용한 것이 아니라 오히려 양공주로 호명되게 한다. 즉 자본의 소유가 '주체의 조건'이 아닌 '타자의 조건'으로 기능하는 것이다. 영어 자본이 차래(및 가족)를 특권층의 일원으로 분류하는 하위계층적 풍토를 만들어내지 못하고, 양공주로 호명함으로써 사회의 가치체계를 교란시킨다. 이러한 재현의 시선은 영어 자본에 대한 균열을 만들어낸다. 영어 자본이 부정적으로 재해석됨으로써 기존의 긍정성을 교란시킨다. 이런 점에서 영어 자본은 양가적이다.

한국전쟁을 통해 세계적 차원의 냉전은 한반도 내로 내화함과 동시에 세계화(박명림, 128쪽) 되었고, 이로써 한반도의 분단체제는 세계 냉전체제의 하위체제로서의 성격을 명확히 갖게 된다. 상위 / 하위, 중심 / 주변의 개념은 주체 / 타자의 관계를 생산해낸다. 글로벌 주체 / 타자란 이차대전 이후 세계 냉전체제 / 한반도 분단체제 관계에서 발생하는 주체 / 타자의 관계를 의미한다. 세계 냉전체제의 중심이 미국(소련)이라는 점에서 미국(소련)의 헤게모니가 관철될 수 있도록 그것을 내화하고 재생산 하는 주체가 글로벌 주체이며, 글로벌 주체로부터 대상화되고 소외된 것이 글로벌 타자이다.[32]

글로벌 주체의 조건인 '영어 자본'을 소유하였지만 그것이 오히려 '주체 형성'에 기여하기보다 '타자 생산'에 기여하도록 장치한 것이 이 소설의 또 하나의 특징이다. 이는 1950년대의 '영어 자본의 남한적 특수성'을 읽게 한다. '글로벌 주체'의 조건을 '글로벌 타자'의 조건으로 환치하는 지점에서 글로벌 체제에 대한 저항 및 균열을 드러낸다.

한편 글로벌 타자—여성이 '모성 포기'와 연관되는 점도 특이하다. 차래는 낭만적 사랑의 결과 미군과 합법적으로 결혼하였지만, 캐리가 본국으로 송환되고 죽은 줄 알았던 배곤이 전쟁터에서 돌아온 후 가치관의 혼란을 겪게 된다. 특히 아메라시안(Amerasian, 미국인과 아시아인 사이에 태어난 자녀를 일컫는 말)인 토니를 둘러싸고 벌어지는 배 곤—이차래의 갈등은 차래로 하여금 자신이 '글로벌 타자'임과 동시에 한국 내의 남성 / 여성 구조가 반영된 '이중 타자'임을 깨닫게 한다.

당신 조상의 어느 한 분과도 같지 않고 당신과도 같지 않고 조국 땅 안에 사는 우리 민족의 어느 한 사람과도 같지 않은—백색 피부와 옴팍 들어간 눈과 우뚝히 높은 코를 가진 아이를 차래씨가 안고 앉은 것을 보았기 때문입니다. 그러한 아이를 안고 앉은 당신은 정녕코 불행한 여인임에 틀림 없다는 단안을 내리게 되었던 것입니다. 차래씨 지금이라도 늦지 않으니 어린 아이를 '죠오지' 뭐라는 사람에게 맡겨 버리십시오. 당신이 낳고 당신이 안고 앉았으나 당신하고는 머언 거리에 놓여 있는 아이입니다. 백색 피부 밑을 흐르는 그 아이의 피는 저 멀리 바다 건너 미국 민족들의 피와 같을 뿐입니다. 불행한 차래씨의 뒤주배는 내가 하리다 …… (298~299쪽)

그런데 웬일일까요? '토니'라는 이름이 몹시 귀에 거슬리는 것이 아니겠습니까? …… 처음 당하는 사실입니다. '토니'의 피부가 백색인

것, 눈이 옴팍 들어간 것, 코가 우뚝히 높은 것을 보아 오면서도 '토니'
가 우리 조상의 어느 한분과도 같지 아니하고 나와도 같지 아니 ……
한 것은 모르고 있었던 것입니다. …… 나는 결국 "아니다"라는 소리
를 웨치며 '토니'를 방바닥에 동뎅이치듯 내려 놓치고야 말았습니다.

토니의 검은 머리털과 검은 눈동자가 갑자기 무섭고 징그러웠던 것
입니다. …… 갑자기 토니가 무섭고 징그러워진 것은 순전히 배곤의
편지를 읽은 영향일 것입니다.(301~302쪽)

차래는 배곤의 언설을 들은 후 토니를 '물건짝' 취급(302쪽) 하
다가 성남 영아원에 맡겨 버린다. 차래의 이와 같은 변화는 배곤
이라는 민족주의자의 논리를 추수한 결과이다.

배곤은 전후 사회의 위기를 양공주 및 혼혈아 때문이라 담론화
하면서, 민족 가치의 복원, 혈연주의의 복원을 꾀한다. 이 때 차
래의 다문화 민족은 민족, 인종, 젠더가 경합하는 장이 되는데,
여기서는 계급 범주가 경합 양상에서 제외되어 있다.

하지만 엄밀히 말해서 한국전쟁 및 전후의 위기는 '차래'로 상
징되는 인텔리—남한—여성의 책임이 아니다. 배곤의 다문화 가
족 거부는 차래의 낭만적 사랑을 부정하고 인종, 민족, 젠더의 차
이를 확대시킬 뿐 아니라 남한의 남성 사회책임자를 일종의 '규
범'으로 제시하는 것이다. 이런 점에서 이 소설의 결말이 배곤의
'새로운 길 찾기'로 설정되는 것은 우연이 아니다.

캐리의 가족 개념은 '친밀감'의 장이었다. '공산주의와 싸우기'

위해 한국에 왔지만, '선량한 가족과 친하는 일'은 신이 내게 맡겨준 일이라 말하는데, 이에 반해 배곤의 가족 개념은 철저하게 혈연주의적, 민족주의적, 인종주의적 배타성을 근거로 한 차별화의 장이었다. 반면 차래의 부모에게 가족은 생계수단으로서 일종의 노동계급을 유지시키는 수단으로 활용되어, 젠더와 계급이 경합하는 장이었다.

　배곤의 가족 개념은, 남성들의 사회책임자 역할이 바로 '부권'의 주요한 물적 토대임을 확인시켜 준다. 이 부분에서 '국가·사회의 약화' 문제가 '젠더' 문제로 환치됨을 볼 수 있다. 전후 남성들의 좌절과 분노를 가족, 여성에게 전가시키는 담론정치이며, 이때 남성에게는 전 계급이 모두 포함되어 있었다. 즉 배곤은 남성 위기 담론을 통해 민족 문제, 인종 문제를 젠더화하고 있다. 민족 문제의 젠더화, 인종 문제의 젠더화에서 핵심논리는 '남성 사회책임자' 원칙이며, 이 원칙이 작동하지 못하는 현실에서 민족·인종의 열등성은 젠더갈등으로 담론화되는 가족정치의 장이 된다.

　배곤의 이러한 젠더정치에 균열을 가하는 것은 바로 상매이다. 상매는 여러 가지로 중요한 역할을 하는데, 다문화적 가치를 인정하고 다원성을 가장 적극적으로 설파한 것은 상매였다. 상매는 일찍이 미군과 사귀는 여성을 탐탁지 않아 했지만, 차래와 캐리의 관계가 진정 사랑하는 관계라는 것을 알고는 긍정적으로, 합법적인 것으로 받아들인다. 또한 토니를 보고도 배곤과 달리 반응한다. 배곤은 토니를 '불유쾌한 사실'로 치부하는데 반해, 상매는 오히려 '이상형'이라고 말한다.

> 차래야 아기가 아주 이상형이야. 꼭 존것만 골라가면 닮았구나. 너
> 한텐 안된 말인지 모르지만 서양인의 그 노랑머리 노랑 눈이 우리 동양
> 인에게 어떤 거리감을 줬다고 봐. 말하자면 피부가 너무 흰데 머리털까
> 지 노랗고 거기다 눈마저 노랗니까 서양인 한테서 뇌린내가 난다고들
> 그러는 것 같아. …… 그리고 동양인의 가장 결함이 사지가 늘씬 늘씬
> 하지 못하고 가깝스럽게 바투 붙은 점인데 이 바투 붙은 가깝스런 체구
> 에다 새까만 머리털과 새까만 눈을 가졌기 때문에 잘못하면 매앵해 보
> 이기 쉬운데, 우리 조카놈은 늘씬한 키에다 새까만 눈과 머리털을 가졌
> 으니 매앵해 보일 염려도 없고, 후각으로나 시각으로나 누구의 비위를
> 거슬려 줄 일이 없을 게니 얼마나 이상형이냐 말이다.(278~279쪽)

동양인과 서양인의 신체적 장점을 절충해 단점을 보완하려는
상매의 다문화적 시선은 반공주의 우선성의 배타적 민족주의가
지닌 윤리적 폭력을 비판한다. 그럼으로써 글로벌 여성-타자화
시선을 거부하는 동시에 타자의 타자성을 벗어나는 저항의 지점
을 드러낸다. 타자인 여성은 주체들의 윤리적 폭력을 비판함으
로써, '불리워지는 여성'이라는 '위치성'으로부터 벗어남과 동시
에 자신을 설명하는 방법을 획득하게 된다.

5. 4·19 이후

1) 전향자의 역사 다시쓰기
　　　─친일분자의 4·19 전유와 '독변변수로서의 젠더' 제거

전향(轉向)이란 가지고 있던 사상이나 신념을 그것과 배치되는 방향으로 입장을 변경하는 경우를 일컫는다. 우리의 경우 전향은 주로 사회주의자가 사회주의를 포기하는 것으로 받아들여졌으나, 이 외에도 전향은 진보적 합리주의 사상(이념)을 포기하는 경우와, 가장 넓게는 사상적 변화 일반을 뜻하는 세 가지의 경우로 대변된다. 1928년 치안유지법으로 일본의 대내적 총동원 체제가 구축된 후 1931년 만주사변, 1937년 중일전쟁, 1941년 태평양전쟁을 거치면서 식민지 조선 또한 거대한 회오리 속으로 재편된다. 특히 1934~5년의 신건설사 사건은 카프해체와 더불어 '전향'의 문제를 이 땅에 본격적으로 노출시키게 된다. 치안유지법이 '사상'을 국가 및 사회 차원에서 관리하는 것이라면 전향은 개인의 사회적 전망 뿐 아니라 욕망이라는 내면의 문제까지를 동반한다. 전향이 '반성'과 '배신', '반민족적' 등의 수사를 필연적으로 동반하게 되는 것은 바로 그 때문이며, 여기서 전향은 문학과 조우하는 지점이 될 수 있다. '행동하는 인물'을 다루는 소설 장르야말

로 전향의 이러한 내면을 기술하는데 적격이기 때문이다.

그런데 해방 전 전향과 해방 후 전향은 그 의미가 다르다. 해방 전 전향이 주로 카프 회원들을 상대로 한 비공식적 성격이 주를 이루었다면, 해방 후 전향은 크게 두 가지로 대분된다. 하나는 대한민국 수립 전후부터 전쟁 발발까지를 중심으로 남한 내부에서 반공주의 사회 건설 차원에서 이루어진 전향이고, 다른 하나는 북한에서 월남한 경우로서 해방 직후부터 1950년대를 지나 현재까지도 지속적으로 생산되고 있는, 소위 '월남 모티브'로서의 전향이다. 후자의 경우 '사상'의 문제와는 좀 거리가 있을 수 있으므로 '사상'보다는 '북한 거주' 사유가 더 근본적이어서 '사회주의 사상의 포기' 또는 '혐오'가 아닌 경우도 많다. 여기에서는 해방 전－해방 후의 첫 번째 유형을 중심으로 검토하기로 한다. 해방 후 전향의 첫 번째 유형은 해방 전 전향과 달리 전향자의 이념적 스펙트럼도 다양해서 사회주의자 외에 중간파, 아나키스트, 민족주의자까지 포함되어 있었으며, 1930년대와 달리 전향기간, 자수기간 등의 독려 기간을 설정하여[33] 공개적으로 진행되었다.[34] 또 전향자들은 국민보도연맹에 일괄 가입 되는 절차를 치르고 있었다. 해방 전 전향이 향후 민족 향배에 대한 모종의 이념적 가능성을 상대적으로 온존하고 있었던 반면, 해방 후 전향은 반공 정부수립 후 감시－동원 시스템의 본격적 가동과 맥을 같이 하여 진행된, 닫힌 가능성의 영역이었다. 또 해방 전 전향이 '전시국가에 적극적으로 참여함으로써 계급·민족문제를 해결할 수 있다는 국가주의 논리'에 대한 환상[35]이라는 의미를 지닐 수 있었다면, 해방 후 전향은 여러 층위가 복합적으로 얽혀 있는 헤게모니의 장과 연결되어 있었다. 따라서 해방 후 전향은 단순히 공산주의 사상의 포기로 이해해서는 그 실체에 접근하기 어려우며, 겉으로 내건 의미와 달리 좌/우익의 대칭성 또한 상당히 희석되어 있었다. 즉 해방 후 전향은 문학인 내에서도 그 진정성을 의심받을 정도로,[36] 사상성보다 신분보장, 생계, 취업 등의 기타의 사유가 압도적으로 많았다.

따라서 전향의 문제는 기존 연구와 달리 배반, 반민족적 행위 또는 개인의 변절 등의 단일한 접근법으로부터 벗어날 필요가 있다. 1930년대 사회주의자의 전향도 코민테른과의 관계, 중국 공산당, 일본 사상계의 움직임 등 국제관계 속에서 파악할 필요가 있으며, 사회주의 이념도 한국 근현대 사상사라는 큰 틀에서 바라볼 필요가 있다. 또 그 속에는 전통과 근대, 전체주의와 개인주의의 문제, 일국주의와 국제주의의 문제 등이 내포되어 있다. 해방 후 남북한 사회에 미친 영향관계도 섬세하게 파악할 필요가 있다. 해방 후 전향의 문제 또한 국제관계라는 큰 틀에서 조망해야 하며, 특히 제2차 세계대전 후의 미국의 반공주의·냉전 드라이브, 중국의 공산화, 신식민지 구성, 개인적 자유와 삶의 단위의 문제, 탈근대성의 문제 등과 아울러 검토될 필요가 있다.

전향문학연구도 새롭게 진척되어야 한다는 점에서는 마찬가지이다. 소설과 관련하여 볼 때 해방 전 전향은 룸펜 지식인 소설, 후

일담 소설이라는 일종의 새로운 문학경향으로 표출된 바 있지만, 해방 후 전향은 거의 드러나지 않은 상태이다. 문학인들은 전향을 표명한 후에도 위장전향의 의심을 받는 가운데 '전향문필가 집필 금지조치'(1949.11~1950.2), '전향문필가 원고심사제'(1950.2), '원고사전검열조치'(1950.4) 등의 법적 통제를 받는 등 문학활동에 강력한 구속을 받게 되었고, 1950년대와 1960년대의 냉전-반공-군부 독재를 거치면서 전향문제는 이 사회에서 잊고 싶고, 지우고 싶은 기억으로 자리매김 된다. 따라서 해방 후(특히 1949년 이후)에는 전향을 초점화한 소설은 거의 없었고, 이에 대한 연구 또한 거의 이루어지지 않았다. 대부분의 소설에서 전향은 선/악 이분법 속에서 '당연한 것' '어쩔 수 없는 것'으로 서술되어 있으며, '당위'로 해석하는 것에 대해 비판이 제기된 경우도 거의 없었다. 하지만 전향 문제는 남한의 사회구성 문제, 정치적·사회적 주체형성의 문제를 포함하고 있으며, 탈근대, 탈식민의 문제와도 연결되어 있다는 점에서도 깊이 있게 천착되어야 한다.

최정희는 해방 전-후 모두 전향을 경험하였을 뿐 아니라, 전향과 관련한 내용을 소설로 형상화하여 전향자의 역사다시쓰기에 적극적으로 대응한 매우 이례적인 경우에 속한다. 1장에서도 언급한 바와 같이, 최정희의 1차 전향은 특히 자신의 처녀작 및 기독교 사회주의의 영향관계를 언급하는데서 확인된다. 1936년에는 자신의 처녀작이 「정당한 스파이」라고 언급한 바 있으나 (「여류작가좌담」, 『삼천리』, 1936.2, 227쪽), 1948년 정부수립 후에는

「나의 문학생활자서」를 통해 「흉가」로 적극 수정한다.

신건설사 사건으로 감옥에 투옥되었다 석방된 후 최정희는 '삼맥' 시리즈를 발표하며 다른 지향성을 보이는데, 정부 수립 후 「흉가」(1937)를 데뷔작이라고 거듭 천명하므로 유사계열인 삼맥 시리즈도 '해방 전 전향(1차 전향)'의 소산임을 알려 준다. 그러다 해방 후에는 「풍류 잡히는 마을」, 「점례」, 「우물치는 풍경」 등을 통해 지주-소작인 문제와 반미 문제를 초점화한다. 이는 해방 전 전향이 의사전향 또는 위장전향일 가능성을 시사한다. 그러다가 전쟁이 발발하자 종군작가단 활동을 통해 다시 전향한다. 이는 2차 전향이라 할 수 있다. 2차 전향은 북한출신-프로예술운동 전력-친일활동-월북 가족이 있는 이산의 작가가 반공주의 사회에서 살아남을 수 있는 한 방법이었을 수 있다. 최정희의 여동생 부부는 월북하였으며, 남동생은 월남하지 않았음이 자전소설인 「탄금의 서」를 비롯한 여러 소설 및 수필에서 확인된다. 하지만 그렇다고 해서 그의 친일경력 및 박정희 정권과의 유착이 면죄되는 것은 아니다. 앞에서도 언급한 바, 최정희는 1962년 1월 1일 『조선일보』 1일 기자로서 박정희와 면담을 하였으며, 이승만 귀국 반대, 공화당 선거 참관기, 수복 지구 예찬 등 정권에 향일성을 보이면서 줄곧 문·언 권력의 핵심에 위치하려 하였다.

신건설사 사건 이전의 초기 소설들은 사회주의적 성향을 나름대로 보여 주었다. 해방 직후의 소설들도 전망 제시와 관련하여 분명한 한계를 노출하고 있지만 빈-부의 대립, 농민-노동자의 고단한 생활상과 그들의 분노, 지주-농민의 대립을 보여준다. 특히 정치적 여성주체의 형성과 관련해 본다면 해방 직후의 소설은 물론 심지어 친일소설까지 긍정적으로 평가할 수 있는 부분이 있다. 또 1950년대에는 소녀의 탄생, 양공주의 문제 등 여성문제를 천착하여 민족과 양립 불가능한 것으로 인식되는 젠더의 문제를 검토하여 제국주의 국가와 다른 한국적 특수성의 양상을 나름대로 보여준 바 있다.

반공주의가 정착해 가는 단계에서 남한의 작가들이 전향자의 문제를 처리하는 방식, 그에 드러난 주체형성 여부 등은 반드시 검토되어야 할 사안이다. 그럼에도 남한 문학사에서 이러한 주체형성 문제가 직접적으로 언급, 형상화된 사례는 거의 없다. 본격적으로 비판의 대상이 된 경우도 거의 없다. 비록 그것이 남한사회의 복잡성, 주체의 부정성, 생존의 문제 등을 포함한 뜨거운 감자라 해도 의미화를 지연시킬 수는 없다. 남한의 문학사는, 그간 역사학계에서 지적한 바, 단독정부가 친일세력을 기반으로 하였다[37]는 사실을 '입증'하는 동시에 그 세력들이 남한 사회에서 자신들의 정체성을 어떻게 구성하고자 도모했는지 밝힐 필요가 있다.

1964년에 출간된 『인간사』는 전향의 문제를 초점화하여, 한국전쟁 이후 남한 사회에서 주체형성 문제가 어떤 방식으로 처리될 수 있는가를 본격적으로 드러내고 있다는 점에서 주목할 만하다. 여기서는 『인간사』를 중심으로 해방 전-후의 전향문제를 비교하면서, 특히 해방 후 전향소설의 성격 및 반공주의 사회의 주체

형성 방식을 검토할 것이다. 또 이에 근대극복 및 분단극복의 문제가 어떻게 연결되는지도 고찰하고자 한다.

1964년 여원사 제정 제1회 한국여류장편소설 당선작이기도 한 이 소설은 흔히 4·19의 성과로 언급되나 과연 그러한지 꼼꼼히 짚어 볼 필요가 있다. 이 소설은 1960년 8월부터 『사상계』에 연재되기 시작하여 12월에 중단된 후 『신사조』로 바꾸어 1963년 11월부터 1964년 4월에 걸쳐 마무리되었다. 연재 중단 사건이 전향의 문제와 연결되어 있다는 점에서 눈여겨볼 필요가 있다.

사상계 연재 중단과 이 소설의 전 / 후반부의 차이는 밀접한 관계가 있다. 최정희는 『사상계』 연재 중단과 관련하여 강력한 항의문을 『조선일보』에 기고(「연재소설 『인간사』의 중단을 두고」, 『조선일보』, 1961.1.12)한다. 그 내용은 『사상계』 측의 일방적인 마무리 요구에 대한 작가의 항의 및 그간 원고가 늦어진데 대한 개인적인 변명으로 요약된다. 『사상계』에서 먼저 전작 장편을 청탁해 왔으나 만만치 않은 소재일 뿐 아니라 빈혈로 고생하던 때라 끌어 오다가 연재로 바꾸었다는 것으로 시작하여, 첫 회는 100장, 그 다음 회부터는 평균 150장씩 보내다가 빈혈과 이사문제, 큰 아이의 입원 등이 겹쳐 12월치는 44매밖에 보내지 못했다 한다. 잡지사는 성의가 없다고 꾸짖은 후 61년 2월호를 청탁하면서 완(完)자를 써서 보내달라는 청탁서를 보내왔는데, 이에 최정희는 "쓰는 사람을 버러지만도 못 여기느냐" "소설의 완(完)은 내가 알 일이지 잡지사측에서 알 일이냐" "잡지만 하면 다 되는 건 줄 알고 함부로 구느냐"는 등 격앙된 목소리로 항의하였다. 사장이 소설을 끊으라 했다는 것이고, 최정희는 "이 오만 횡포 앞에 대가리를 빳빳이 들어 보이겠다는 생각밖에 없다"고 흥분하였다.

『조선일보』는 최정희의 항의문을 게재하면서 잡지사측의 해명과 주요섭, 김팔봉, 박화성 세 작가의 의견도 함께 게재하였다. 주요섭은 아예 청탁을 말든지 해야지 기성작가를 푸대접하는 것은 도의적으로 옳지 못한 일이라 하였고, 김팔봉은 양비론의 입장에서 타협했어야 한다고 하였다. 박화성은 잡지사가 청탁서에 완(完)자를 써서 강제로 끝을 맺게 한다는 것은 잘못이라고 하였다. 잡지사 측의 해명은, 원래 계획은 1959년 12월에 전작 장편으로 싣기로 원고료까지 지불되었으나, 원고가 안 되어 수차례 연기하다가 5회로 연재하기로 합의하였으나, 다시 작가가 7회로 연장해 달라고 하였고 1961년 2월로 끝내기로 약속하였다고 하였다. 잡지사측은 마지막 원고가 44매인 것에, "꽁트라면 몰라도 월간잡지의 연재소설의 한 회분으로 40매 정도를 실을 수는 없다"면서, 부득이하게 1월호에는 못 싣고 2월호로 마무리하자는 것이었다고 하였다. "잡지로서는 잡지로서의 계획이 있고", "잡지도 하나의 기업이기 때문에 어느 한 작가의 사정 때문에 연재소설을 무한정으로 게재할 수는 없는 것"이라 해명하였다.

당시 최정희는 『사상계』의 심사위원으로 활동하고 있었다. 그럼에도 잡지사가 이렇게 강경하게 나오게 된 것은 이 연재물의 내용과 깊은 관련이 있다고 판단된다. 사상계의 전반부(1~3부)는 학생운동 주동자였던 주인공 강문오의 사랑놀음이 주 내용이다. 이러한 내용이 『사상계』의 성격(이념)에 부합한다고, 특히 4·19 후의 시대정신에 부합한다고 판단할리 없어 보인다. 따라서 후 반부의 정치서사는 잡지사의 "오만 횡포 앞에 대가리를 빳빳이 들어 보이겠다"는 각오 아래 추후 덧붙여진 것으로 보인다. 원래 5회였고, 연장하여 7회가 되는 전체 구도로 판단할 때 4부까지의 해방 후의 내용은 소설 중단 후 대폭 추가된 것으로 보인다. 원래 는 한국전쟁 시기까지 기획되었던 것 같고, 전쟁부터 4·19까지 는 위의 사정으로 추가된 것으로 보는 것이 온당할 듯하다. 전반 부보다 후반부가 분량이 더 긴데, 그 긴 내용을 단 2회(6~7회)로 처 리하기는 어려워 보이기 때문이다. 참고로 3부는 총 5장으로 구 성되어 있으며, 『사상계』 12월호에는 3장까지만 실려 있다. 3장 까지로는 이야기의 종결성이 부족하다. 나머지 4~5장은 『신사 조』로 이월되어 3부가 완결된다. 이러한 내용으로 볼 때 『인간 사』가 '4·19 이후의 성과'라는 해석은 재고를 요한다.

사건의 전말을 놓고 이 소설을 다시 검토해 보자. 총9회로 되 어 있으며, 내용상 전·후반으로 나누어진다. 최정희는 『인간 사』의 집필 동기에 대해

『인간사』를 쓰고자 한 마음은 1.4 후퇴 당시 대구에 피난 갔을 때 알고 지내던 사람이 북으로부터 내려와 지난날 사랑하던 여자에 대해 물었고, 나도 자신이 알고 있는 그의 동지 한 사람에 대한 안부를 물

었다. 이야기를 나누는 사이, 모두 한 덩어리가 되어 오직 하나의 적(일제)을 두고 싸우던 그들이 이제 온통 다 부서져서 골육끼리 적이 되고만 뼈아픈 현실 앞에 동맹이 치운 것을 알게 되었다.

라고 함으로써 분단문제를 형상화한 것처럼 되어 있다. 이때 만났다는 사람은 임화이다. 「옛벗 지하련 보오」라는 글에서 최정희는 문학가동맹 정문 앞에서 임화를 만나 그의 아내이자 자신의 친구인 현욱(지하련)의 안부를 물었는데, 여러 가지 주저로운 생각 때문에 사사로운 것을 묻지 못한데 대한 서글프고 허전한 마음을 털어 놓은 바 있다(『젊은 날의 증언』, 42~44쪽). 최정희는 이 글에서 남과 북으로 갈라져 서로 오가지 못하는 현실을 매우 안타까워하며, 뜻을 같이 하는 사람들끼리라도 한데 뭉쳐 장벽을 뚫어 보자고 하였다.[38] 이 글이 쓰여진 것은 1961년 4월이며, 4·19 후 남북 문인회담과 관련하여 일련의 사전 작업을 위한 포석으로 쓰여진 글이라 해석할 여지도 있다. 신사조사에서 나온 『인간사』의 발문에서도 이는 비슷하게 확인된다.

하지만 『인간사』는 최정희의 말대로 '골육끼리 적이 되고만 뼈아픈 현실'을 보여 주는, 분단문학적 시각을 갖고 있는 작품이라 보기 어렵다. 우선 줄거리를 보자. 이 소설은 일제의 사상통제로 사회주의운동에서 이탈한 후 사랑놀음으로 전전하다가 친일파가 된 식민지의 룸펜 지식인들이 해방 후 남한 사회에서 주체로 정체성을 확립해 가는 과정을 통해 그들의 전향의 역사적 필연성과 반공주의 사회에서의 이 땅 역사의 주체화를 꾀하는 소설이다.

전반부는 강문오가 감옥에서 나온 후 오직 마채희를 차지하기 위해 고군분투하는 애정서사로 되어 있으며, 후반부는 해방 후부터 4·19까지를 중심으로 이들 전향자들이 역사 현실 앞에서 어떻게 주체화되는가를 그리고 있어 정치서사에 가깝다. 일제 시대로부터 해방, 한국전쟁을 거쳐 4·19까지 거의 30년간의 한국사를 다루고 있다. 학생운동에 참여한 학생들이 겪었던 한국사의 측면을 날줄로 하고, 그들의 개인사를 씨줄로 하여 거대한 파노라마를 구성해 놓고 있다. 한편으로는 『녹색의 문』에서 다루었던 소녀의 탄생과 초기작에서 다루었던 혁명과 사랑의 문제를 포함하여, 전향의 역사적 필연성, 완전한 여성─완전한 인간의 개념, 새로운 사회 만들기의 문제 등이 총망라되어 있다.

마채균, 허윤, 성철수, 김용석 등은 민족해방을 위해 청년동지회에 가입한다. 청년동지회는 동경에 본부를 둔 좌익운동 단체로서 허윤이 조선지부 총책이다. "인류평등은 약소민족의 해방으로부터 이루어진다"고 주장하고 있어 이때의 사회주의운동이 민족운동의 성격을 띠는 것으로 해석되어 있다.

하지만 전반부에서 강문오는 식민지 지식인의 전락을 통해 간접적으로라도 '식민지 비판'이라는 의미망을 거의 산출해 내지 못하고 있다. 제국주의, 식민주의에 대한 비판은 거의 드러나지 않으며, 오히려 오경배를 시작으로 전향을 꾀하며, 사회주의운동 및 독립국가 건설의 불필요, 일본제국에의 협력을 강조한다.

조국을 위해 투쟁을 한다 …… 안 돼 …… 마른 나무에서 물짜기야
…… 그 투쟁 뒤에 온 게 뭐란 말인가? 우리는 그대로 부자유한 것 뿐
이야. 그대루 피압박민족일 뿐이야. 실오리만한 자유두 얻지 못했다.
한강에 돌던지기나 마찬가지야 …… (57~58쪽)

대세가 기울어졌어. …… 우린 이제 일본놈이 돼야만 되게 됐단 말
이야. 어떻게 좀 더 고민없이 일본놈이 되느냐 하는 것이 숙제야. 우리
민족 전체가 제각기 일본사람 되는 연습을 잘하구 못하구에 행 불행이
달린 것 같아. (145쪽)

자네만 앓은 게 아니구 …… 나두 앓았단 말이야. 우리 다같이 앓은
거야 (…중략…) 사상적인 열병말이야 …… 우리는 똑같이 열병적인
사회주윌 했단 말이야. 기분적이란 말두 맞겠군 …… 그래 맞어. 우리
는 주의와 사상을 열병적으로 앓았단 말이야. (…중략…)
기분적 사회주의 …… 그래 기분적이지 …… 열병적 사회주의지
…… (170쪽)

소설이 윤리의 문제를 다루는 장르라면 위와 같은 오경배와 강
문오를 어떤 방식으로 처리하느냐는 매우 중요하다. 작가는 오경
배와 강문오를 일단 분리한다. 오경배의 변절은 호의호식하려는
본능의, 이른바 '사적 질주'의 범주로 위치시킨다. 반면 강문오는
금아와 민 등의 생활비 때문이라고 처리함으로써 오경배의 사적

질주와는 다르게 위치시킨다. 하지만 이들이 민족과 국가 대신 선택한 '새 생활'이란 결국 사회주의의 이념과 사상을 버리고 친일의 길로 들어서는 것을 의미한다. 민족주의 운동 및 독립국가 건설을 '기분적 사회주의', '열병적 사회주의'로 폄하하고 '독립'의 불필요함까지 드러내면서 '협력과 저항' 중 '친일'의 길을 선택한다.

오경배의 친일의 길은 대동민우회 등에서 드러나는 '제 3의 길'과도 무관하다. 당시 협력에 가담했던 문학인들 중에는 조선인의 민족문제를 다민족 대국가라는 블록화 모델 속에서 해소하고자 염원하면서 국가가 자본주의를 통제하면, 반(反)자본주의적이며 평등한 공동체를 만들 수 있을 것이라는 환상을 가진 사람들이 있었다. 특히 사회주의 신봉자 중에는 이러한 환상에 침윤된 사례가 상당수 있었다. 이들의 내선일체는 단순히 일본과의 '동화'가 아닌 '대국가의 결성과정'으로 인식되었는데(정성필), 오경배와 강문오는 이러한 부류에도 속하지 못하였다. 그들은 민족과 국가 대신 '잘 살고 싶은 본능'과 '가족과 단란하게 살고 싶은' 가족주의를 선택한다.

이 소설의 문제는 이들을 부정적으로 처리하지 않는데 있다. 친일의 문제를 개인적 차원에서 접근하지 않고, 사회 · 민족의 차원에서 검토해야 한다고 말하면서 이들을 두둔한다. 오경배는 사회주의 민족주의 등의 이념과 상관없이 인간적 측면에서 경제적으로 온갖 보살핌을 마다 않는 의리 있는 인물로 그리고 있으며, 강문오는 4 · 19의 주체로까지 부상시킨다. 오경배는 강문오

마채희 뿐 아니라 병약한 허윤, 일본 감옥으로부터 풀려 난 마채균까지 자신의 옛 동지들을 끝까지 경제적으로 책임진다. 그럼으로써 투철한 사회주의자 마채균으로부터 "사상도 주의도, 이 정을 토대로 한 위에 쌓아 올려야 한다"는 상찬을 끌어낸다.

친일행위를 '호구지책'으로 변명하면서 '정 사상'으로 포장하고, 정을 이념과 사상의 토대로, 가장 기초적이고 인간적인 것으로 위치시킨다. 게다가 투철한 사회주의자들로부터 '무한 포용' '용서'의 논리를 이끌어냄으로써 전향 및 친일행위를 긍정적으로 '의미화' '정당화' 하였다. 따라서 오경배의 변절도, 강문오의 배반과 채희와의 불륜도 모두 '용서'된다. 물론 모든 등장인물들이 다 변절한 것은 아니다. 마채균은 끝까지 사회주의 사상을 버리지 않았으며, 해방 후 하용빈과 함께 월북한 후 국군에게 잡혀 처형된다. 그는 군 수사기관으로부터 '훌륭한 빨갱이'라는 평판을 듣는다. 하지만 오경배와 강문오는 6·25가 터지자 적색분자 색출에 혈안이 되어 옛 동지를 배반하는 일까지 하게 된다. 반공정권의 명에 따라 이들은 양민학살 행위까지 서슴지 않게 된다.

구덩이 앞에 둘씩 묶여 앉힌 그들 힘으로 파진 것인지도 몰랐다. 그들은 이제 곧 그 구덩이 속으로 들어가려는 참이었다. 뒤로 묶인 팔 때문인지 자세를 바로 가질 수도 없이 쭈그리고 앉아 있는 것이었다(…중략…) 어느 새 엠 원이 그 소리와 소리 속을 탕탕 쏘았다. 그들은 소리를 채 못 지르고 픽픽 쓰러졌다. 그들은 깊고 또 긴 구덩이 속으로 마치 흙덩이나 돌덩이 모양으로 떨어져 들어갔다. 떨어져 들어간 그들 위에 곧 흙이 덮였다 (…중략…) 마지막으로 덮은 맨 위의 흙은 밟아야 했다. 되살아날 것을 우려함이었다. 문오와 오경배도 들어섰다. 사람의 몸뚱이가 발밑에 물끄덩물끄덩 밟히는 것이 감각되어 왔다. 끼륵끼륵 소리가 들려 왔다. 채 죽지 않았다는 소리임에 틀림없었다. (318~319쪽)

이러한 양민학살 행위에도 불구하고 오경배와 강문오는 마채균 이하, 그 어느 누구에게도 비난받지 않으며, 오히려 '훌륭한 보살핌'의 대명사로 전환되어 있다. 반면 사회주의 사상을 온전히 유지했던 허 윤은 이북으로부터 거물급 국제스파이로 몰려 처형당하고, 하용빈마저 처형당하는 운명을 맞는다.

사회주의자들의 죽음은 역사적 필연이라는 것, 오경배와 강문오의 전향은 역사적 필연이라는 점을 설파한다. 친일은 역사적으로 불가항력이었으며, 개인의 책임으로 돌릴 수 없는 시대적 몫이 있다고 항변하는 것이다. 전향자 및 친일자에게 면죄부를 부여하고 시대의 죄로, 사회 · 국가의 죄로 책임을 전가하면서 개인은 무죄라고 말하고 있는 것이다. 이는 채만식이 「민족의 죄인」에서 설파하였던 바, 개인의 탓이 아니라 '망국민족의 본성'에 원인을 돌리는 '민족적 자기 비판론'[39]보다도 저급하다. 해방 직후 문학계는 국가건설 과제에 직면하여 일제 식민지 기간 동안의 친일파 문제를 처리하면서 광범위하게 자기비판을 행한 바 있는데, 오경배의 친일행위를 무한 포용의 논리로 용서하며 인도주의적으로 처리하는 이 소설은 「민족의 죄인」보다도 문제적이다.

오경배의 반민족 행위를 '정 사상'으로 포장하는 부분은 반공주의가 자신의 이념을 '휴머니즘'으로 구성했던 것과 유사하다. 사실 반공주의는 '공산주의에 반대'한다기보다 특정 정권에 반대하는 그 모든 것에 대한 '단죄'의 의미가 강하였다. 반공주의의 이러한 포용력은 아무 것도 없이 '텅 빈' 기호여서 '그 어떤 것도 담아낼 수 있는'의 뜻으로서 '무내용성'(조희연)이라 언급된 바 있다. 단독정부 수립 후의 반공주의 사회가 친일 세력을 주요 토대로 삼고 있음은 앞에서도 언급한 바, 오경배를 반공주의 사회의 주체로 만들려는 기도는 전후 반공주의 사회가 왜 휴머니즘을 필요로 하게 되었는지, 어떠한 과정을 거쳐 형성되게 되었는지를 상세히 알려 준다.

더욱이 오경배는 허윤·마채균·하용빈의 위패를 모시는 행위까지 감행함으로써 사회적 갈등 및 사상을 '통합'하는 존재로까지 격상된다. 오경배는 위패 앞에서 서로 뭉치자고 서약한다. 여기서 이들은 '빨갱이 잡기'에서 '썩어빠진 대한민국 바로 세우기'로 전환한다. 오경배야말로 이 사회를 통합하는, 통합할 수 있는 주체임을 역설하는 것이며, 작가는 친일─전향자에게 그러한 임부를 부여하였다. 더구나 이 소설은 친일분자로 하여금 4·19의 주체가 되게 함으로써, 4·19를 전유한다. 홍기, 금아, 민, 문수들은 사회개혁에 대한 강한 투쟁의지를 불사르며 시위를 벌이기로 한다. 강문오 또한 그들을 찾아 나서다가 스크럼을 짜며 데

모대에 가담하는데, 총상을 입어 죽어가는 문오를 통해 작가는 전향자의 소원이 통일임을 역설한다. 죽음에 이르러서도 "길 좌우편엔 넝쿨풀들이 쭉쭉 뻗어 올라가고 있"다고 묘사함으로써 문오의 4·19 정신이 앞으로도 넝쿨처럼 끊임없이 자랄 것임을 암시한다. 이 장면에서, 남한 사회의 주체는 '친일 전향자-반공' 세력임이 확인된다. 새로운 사회 만들기 주체의 젠더는 유일한 여주인공 채희를 배제함으로써 '여성'이 아닌 '남성', '구세대'가 아닌 홍이, 금아, 민 등의 '신세대'로 설정되는 것이다.

위에서 검토한 바, 이 소설은 4·19의 성과라 볼 수 없다. 기분적 사회주의자-친일분자들이 자신들의 '부정적 기원'을 없애고, 이 땅의 주체임을 재정의 하려는 불순한 의도를 드러낼 뿐 민주주의에 대한 성찰을 거의 보여주고 있지 않다. 1980년대 중반까지 4·19의 전유화가 남한 지배세력의 염원이었다는 점에서 이 소설은 남한 사회를 일정하게 반영한다고 할 수 있다.

한편 오경배의 전향이 '더 잘 살기 위한 것' '본능'과 연결되어 있다면 강문오의 전향은 '구복(口腹)'의 문제와 연결되어 있다. 구복의 문제란 무엇인가. 1930년대 전향소설이 형상화한 바, 구복의 문제는 룸펜 인텔리겐차를 포함하여 인텔리겐차들의 가장 허약한, 취약점이었다. 민족운동·사회운동이 사상과 이념을 기반으로 하고 있다면, 근대 사회에서 이들 이상으로 개인적 삶의 토대를 이루는 것이 구복의 문제임을 1930년대 후반의 전향소설은 잘 보여 준다. 즉 1930년대 후반의 전향소설들은 '삶의 단위'로서의 '민족국가' 외에 '개인'적 영역이 있음을 설파하면서 민족국가로부터 개인적 삶을 분리해 내었다. 1930년대 전반 이전의 소설이 개인적 삶과 민족적 삶의 분리를 보지 못하였다면, 전향소설은 이 둘의 분리 가능성 및 분리된 삶 속에서의 지식인의 역할에 대해 묻고 있다. 국가라는 정치단위를 지탱하고 있는 사회주의 이념 및 민족주의 이념을 최우선으로, 또는 그 이념을 유지하기 위한 민족적 결속 등을 최우선 과제로 위치 짓지 않는 것이다. 전향소설 또는 전향문학이 하나의 범주로 자리매김 될 수 있는 것도 바로 이 때문이다. 가라타니 고진은 전향을 기점으로 문학으로 회귀하여, 즉 다이쇼적 사소설이 문단의 주류가 된 현상으로 읽으면서, 이를 문학사에서 정치 / 문학, 외면 / 내면의 이분법이 발현된 현상으로 분석한 바 있다.[40]

1930년대 후반 전향소설이 이처럼 정치의 압박 하에 있던 '문학의 구출'이라는 주제를 함유하고 있다면, 해방 후 전향은 문학의 구출이라기보다 반공주의 사회에서의 역사다시쓰기와 연관된다. 구복의 문제에 대해서는 그 어떤 이념이나 사상도, 그 어떤 주의자도 비난할 수 없다는 것이 이 소설이 주장하는 바이며, 이념으로 대치된 역사 현실은 그 어느 쪽도 '생존'의 문제 앞에서 정당화될 수 없다는 논리를 제시한다. 신념 / 배신의 차원을 벗어나는 문제일 뿐만 아니라, 개인적 단죄의 차원도 뛰어 넘는, 사회적 책임의 차원이라는 것이 이 소설의 취지이다.

개인적 삶이 항시 민족적 삶, 국가적 삶에 결박되어야 하는 것은 아니다. 온갖 국가주의의 횡포를 목격하면 오히려 '국민을 그만두는 방법'을 꾀해야 한다는 것이 탈근대론자들의 주장이기 때문이다. 이 소설은 반민족 행위 여부를 따지기 전에 기본적인 '살 권리'가 있으며, 민족 / 반민족 여부는 그 후에나 가능하다는 논리를 펼쳐 보인다. 이는 당대의 모든 조선 민중이 겪어야 했던 문제로서, 정도의 차이는 있을 수 있으나 개인적 단죄의 대상은 아니라는 의미가 숨어 있다. 즉 전향은 역사적으로 불가항력적이었다는 것이다.

1930년대 후반의 전향소설이 룸펜 지식인의 일상을 형상화하는데 그치면서 전향의 '사유'를 거의 드러내지 않고 있다면, 『인간사』는 전향에 대한 변명을 넘어 전향의 정당성 및 역사적 불가항력성까지 언급한다. 이때 '구복의 윤리'는 전향의 정당성 및 역사적 불가항력성을 항변하는 강력한 무기가 된다. 소설의 전반부는 강문오의 무력함, 사랑놀음 등을 통해 전향자 지식인의 사생활을 보여 주지만, 여기서의 개인적 국면은 1930년대 후반의 전향소설과 달리 '일상'이 아니라 '사랑놀음'에 불과하다.

후반부에서도 1930년대 전향소설과 다른 양상이 펼쳐진다. 내면의 형상화는 후퇴하면서, 전반부에서 보였던 지식인의 패배감 등이 일체 사라진다. '패자의 부재'야말로 『인간사』의 특징 가운데 하나이다. '패자의 부재'는 '반성의 부재'와 동의어이다. 전향자의 역사 다시쓰기에 걸맞게 배신 테마는 괄호 속에 넣고 시대의 몫으로 돌리면서 적극적으로 구복의 문제와 반공주의 사회에서의 살아남기를 감행한다. 앞에서 보았듯 양민학살은 오로지 반공주의 사회에서 자신의 생존과만 결부되어 '묵인'하고 '감행'해야 하는, 좋든 싫든 해내야 하는 할당량으로 해석된다. 삶의 단위로서의 민족, 국가 등은 사라지고 대신 그 자리에 '개인의 사적 욕망'이 들어서 있다.

그런데 구복의 윤리가 '생활'을 그려내면서 '돌봄의 아버지'라는 새로운 모습을 제시하는 부분은 눈여겨 볼만하다. 이광수의 시대에 아버지는 '부재'이거나 '텅 빈 기호'였다. 소위 '고아의식'으로 대표되는 식민지 조선의 근대성은 언제 '아버지'를 호명함으로써 고아의식을 일소하게 되는가. 해방 전의 경우 그것은 '아버지 노릇'이라기보다 '가장의 노릇'이었다. 해방 전 전향소설은 '아버지'를 호명하는데 실패하였다. '아버지 노릇'도 '가장의 노릇'도 제대로 펼치지 못하였다. 오히려 이도 저도 불가능한 식민지의 '그릇된' 현실을 간접적으로 드러냈을 뿐이다. 반면 이 소설은 '아버지'를 호명하여 그 위치를 일정하게 부여하고 가족 연관에서 '아버지 노릇'이 무엇인지를 보여 준다.

강문오는 채희가 버리고 간 자신의 아들 민 뿐 아니라 허윤―채희의 딸 금아까지 돌본다. 민과 금아에게 문오는 부성을 확인시키면서 그들을 키워낸다. 오경배의 문화연맹 취직제의를 거절하지 못했던 것도 아이들을 돌보는 아버지의 역할을 수행해 내기 위해서였다. 아이들과 함께 야구장에도 가고 나팔 불기 놀이도 함께 하는 등 '아버지 노릇'을 본격적으로 보여 준다. 우리 소설사에서 일상적 공간에서 이렇게 함께 '놀아 주며' '돌봐 주는' 아버지를 그린 소설이 있었는가.

이 소설은 전통적인 가족형태의 변화 및 아버지 역할의 변화를 그려 내면서, 부계 중심의 혈연구조를 벗어난 가족의 다양성도 보여 준다. 강문오는 자신의 아들 민뿐만 아니라 채희가 허윤과의 사이에서 낳은 금아까지 돌봄으로써 전통적인 가족형태를 변화시킨다. 또 생계부양자라는 가장의 역할은 물론 그간 여성에게 부과되었던 양육과 돌봄의 역할까지 감당한다. 중세적 아버지가 가문—혈통으로 인식되는 아버지였고, 근대 초기의 아버지가 안/밖의 이분법 속에서 가정경제를 책임지지도 못하고 나라도 제대로 지키지 못했던 가장에 그쳤다면, 이 소설은 아이들과 정서적 유대까지 함께 하는, 일상적 차원에서의 돌봄의 아버지를 보여 준다. 가정경제를 책임지는 자로만 그려지는 아버지는 안/밖 이분법이 낳은 아버지의 '소외'를 드러낸다. 돌봄의 아버지는 이러한 소외로부터 벗어나 가족 구성원으로서 서로 나누고 소통하며 양육에 가담하는 아버지라는 점에서 긍정적으로 평가할 수 있다. 근대에서도 '아버지다움'이나 아버지 역할에 대한 사회적 규정은 어머니에 대한 규정보다 모호하고 추상적이었던 것이 사실이다. "아버지는 오랜 역사를 가지고 있으나 아버지를 연구하는 역사가는 거의 없었다." '아버지' 의미의 재발견을 이끌어내고 있다는 점이 이 소설을 긍정적으로 평가할 수 있는 최대치의 지점이다. 전체적으로 가장권을 강화하면서, 가부장적 가족질서가

부계중심으로 재편되고 있지만, 사회·국가·가족과의 관계망에서 가족을 최우선으로 하는 인식이 드러나지 않는다는 점에서 가족중심주의는 아니다. 강문오의 가족은 모두 4·19에 동참함으로써 새로운 사회 만들기에 나서고 있어 사회(국가) / 가족이라는 이분법을 보이지 않는다. 가장권의 강화, 부계중심의 가족질서의 재편은 한국전쟁 이후 당대 사회가 남성성 중심의 담론화 기획을 펼쳤던 것과 상동적이다.

그간 최정희 소설의 특징이 젠더 우선성 속에서 계급, 민족, 인종 등 범주와의 관련성을 재편해 새로운 내용을 보여 주는 것이었다면 최정희 문학 30년의 결산이라 평가되는 『인간사』는 그간의 '최정희적 경향'을 단 번에 되돌려 놓는다. 앞서도 언급했듯이 최정희적 경향이란 젠더 우선성의 여성주의 서사를 의미한다. 『인간사』의 여주인공 채희는 전반부에서 아내의 역할도, 어머니의 역할도 모두 거부하는 '역할 거부자(role rejector)'로서 오로지 사랑밖에 모르는 무책임한 여자로 형상화되어 있다.

동경 시절 허윤의 아내가 된 것도 허윤이 지도자였기 때문이다. 동경 시절에도 채희는 남성들과 같이 '운동'을 한 것이 아니라 '식모 일'에 가까운 일종의 집안 살림을 맡았었다. 운동 조직 내의 성별 분리를 드러내는 한 사례이지만,[41] 실제로 '사상적으로도 백지'여서 청년동지회 일엔 흥미조차 느끼지 않는 여자(107쪽)로 그려져 있다. 어디까지나 운동의 '바깥 존재'였을 뿐이다. 채희는 '사상이니 주의니 떠드는 사람들은 성산이 없'는 사람이라 일소하면서 처음에는 허 윤의 아내로서, 허윤이 병들어 지도자로서의 아우라가 사라지자 지주의 아들 강문오에게 접근한다. 또 감옥에서는 사회주의자 하용빈의 영웅적 형상에 압도되어 그에게 사식을 넣어주는 등 접근하다가 거절당하기도 한다. 강문오의 집에서 더 이상 재정적 지원을 받지 못하게 되자 백화점 레코드부에 다시 취직하여 '매일 이백장 씩 레코드를 사주는' 코가 큰 남자를 따라 아이들까지 버리고 잠적한다. '돈'의 이름을 대신한 '사랑'의 노예로 전락한 것이다. 자신도 '칼멘의 피가 흐르는지' 모른다고 할 정도이다.

채희의 특징은 불륜에 대한 죄책감이나 아이들에 대한 미안함 등이 전혀 없다는 것이다. 오직 자신의 개인적 삶밖에 고려하지 않는 이기적인 여자로 그려져 있다. 채희가 레코드 아저씨를 따라 떠나자 문오는 '아내도 어머니도 아니'라고 함으로써 채희를 부정한다. 중국 신경지역으로 떠났다가 해방 후 경북의 한 읍으로 돌아온 채희는 알콜중독자 남편과의 사이에서 낳은 병신 자식 셋을 거느리고 어렵게 살아가고 있음이 밝혀진다. 소설 중반부에 채희가 등장하지 않는 것은 정치서사로 성격이 바뀌는 후반부에서 그 역할이 없기 때문이다. 아이들을 버린 죄는 병든 자식을 셋이나 길러야 하는 '어머니의 몫'으로 할당된다. 이는 역할 거부자에게 내리는 일종의 '처벌'이다. 소설 후반부에서 채희는 버린 아이들이 '여자'를 몰아냈으며, 어머니의 심정으로 산다고 함으로써 여성성을 완전히 탈각하고 오직 모성으로 남는다. 이런 채희를 문오는 '완전한 여성', '완전한 어른'으로 칭송하지만, 채희 자신은 '싱거운 찌꺼기만 남은 인간'이라며 부정적으로 말한다. '완전한 어른' 개념의 젠더화가 이루어지고 있으며, 젠더화의 주체가 남성이고 여성은 죄인으로서 이러한 처벌을 피할 수 없는 처지라는 점에서 전후의 젠더정치화의 일단을 읽을 수 있다.

초기 프로소설로부터 삼맥 시리즈를 거쳐 해방 후의 「풍류 잡히는 마을」, 1950년대의 『녹색의 문』『끝없는 낭만』에 이르기까지 '젠더 우선성의 여성주의 서사'를 선보이며 젠더 우선성이 민족, 국가, 사회, 인종 범주와 어떻게 결합되는지 나름대로 개성있게 보여 주었다면, 최정희 문학 30년의 결산이라 언급되는 『인간사』에 이르면 여성성은 모성성에 자리를 내주고 후퇴하게 되는 것이다.

초기작 「정당한 스파이」, 「푸른 지평의 쌍곡」, 「룸펜의 신경선」 등에서 최정희는 계급 층위에서도 여성의 성적 욕망을 배제하지 않았으며, 계급투쟁이라는 대의에 개인의 연애를 종속시키거나 말살시키는 관점에서 벗어나 있었다. 즉 계급운동과 여성의 욕망을 연결시켜 '해방'의 문제를 천착하려 하였다. 계급해방과 여성해방을 분리시키지 않고 동시적으로 모색하려 하였고, 여성성을 계급성에 일방적으로 종속시키거나 전유하지 않았다. 그것이 최정희의 소설에서 계급성과 여성성이 결합하는 방식이었다. 이러한 양상은 1930년대 다른 작가의 경향소설에서 연애가 계급운동에 전유되었던 것과 상당히 다른 방식으로서, 프로소설의 이분법적 도식성을 극복해 주었다.

삼맥 시리즈 등의 1930년대 후반 소설에서도, 모성과 여성성의 대립이 극복되면서 애욕의 긍정적 발현으로서의 '완전한 여성'이 제시되었다. 완전한 여성에서는 모성도 여성성도 포기되지 않았으며, 여성성이 더 우선적인 가치로 강조되었다. 심지어 「2월 15일 밤」, 「환의 병사」, 「여명」, 「야국—초」 등의 친일소설에서도 여성성은 식민지(남성)성의 비도덕성에 대한 비판과 계몽 주체로 부상하는 요인이었다. 가부장적 현실, 남성 중심적 현실에 대한 거부, 비판, 복수의 의미를 강하게 노출하여 오히려 식민주의 또는 가부장성에 대한 저항적 의미까지 산출하였다.

하지만 『인간사』의 채희는 이로부터 현격히 후퇴한 양상을 드러낸다. 채희의 사상성 부재 및 사랑의 노예화, 여성의 주체성 탈각, 여성성의 모성으로의 환원은 이전 시기에 보여 주었던 '최정희적 경향'을 부정, 수정하는 것이다. 여기서는 독립변수로서의 여성젠더가 배제되고 여성성은 모성으로 축소 환원되었다. 이는 군사정부 수립 후 1964년경부터 여성성의 범주가 모성으로 축소·환원되는 당대의 논리와도 일맥상통한다.

최정희적 경향의 부정은 또한 전향자의 역사다시쓰기의 젠더, 반공주의의 젠더가 남성젠더임을 반증해 주는 것이다. 반공주의 사회에서의 주체형성은 '남성젠더 중심'이며 여성젠더는 배제될 수밖에 없음을 의미한다. 유일한 여주인공인 채희를 배제함으로써 4·19라는 새로운 사회 만들기의 주체는 '친일 전향자 남성' 및 금아 등의 '신세대'일 수는 있어도 '여성은 아니'라는 것이 『인간사』가 제시하는 반공주의 사회에서의 주체형성 방식이자 성별 배치였다.

식민지 시기부터 중요한 시기마다 '전향'이라는 이름의 사상적 변화를 통해 '민족'과 '젠더'의 관계를 천착해 왔던 최정희는 한국전쟁 이후 남성성 중심의 반공주의 담론화가 치열하게 진행되는 시기에 이르러 그동안의 '젠더' 범주로 지켜왔던 나름대로의 '비판성'을 상실하게 된 것이다. 여기서 핵심적인 것은 반공주의 - 북한출신 · 월북(및 북한 잔존) 가족이 있는 이산가족이라는 관계망이다. 즉 분단국가라는 '국가(민족)' 범주로 인해 '젠더' 범주가 지닌 비판성을 버려야 했던 것이다. 다시 말하자면 그동안 젠더 범주를 통해 비판성을 지킴으로써 국가(민족)와 젠더의 양립 불가능성을 불식시키려 해 왔다면, 『인간사』에 이르러 그 양립 가능성이 제거되기에 이른 것이다. 분단-반공주의 사회에서 민족(국가)과 젠더가 양립 불가능함을 이 소설은 역설적으로 확인시켜 주며, 분단-반공주의 사회가 왜 탈식민의 문제와 조우할 수밖에 없는지를 명확히 지시해 준다.

2) 젠더의 비판성 소멸—중산층 여성의 여성성

1960년대 중반부터 1970년대를 거쳐 마지막 「화투기」(1980)에 이르기까지 최정희는 젠더가 지닌 비판적 힘을 더 이상 보여주지 못한다. 중산층 여성의 여성성을 묘사한 「여자의 풍경」, 「제2 여자의 풍경」은 여성의 성적 욕망을 긍정적으로 해석한 측면은 인정되지만 젠더가 지닌 비판성을 담지하지는 못한 소설들로서, 최정희적 경향을 일면 유지하는 듯 하면서도 그것을 벗어난 측면이 동시에 드러난다.

「여자의 풍경」의 수정여사는 '바람을 많이 안은 여자' '마음의 등불을 항상 밝히고 있는 여자'이다. 수정여사의 성적 욕망은 그녀가 소설가가 된 것도 남자들의 이목을 끌기 위해서였지 소설가가 된다는 순전한 야망 때문은 아니었다는 데서 확인된다. 수정여사는 늘 남자들 가운데서 그들의 이목을 집중시키고 그들의 사랑을 받아야 존재감이 느껴지는 여성이다. 이는 초기 소설에서부터 1950년대의 『녹색의 문』, 『인간사』 등에서 줄기차게 제시된 바 있는, '영녀계적 사랑'을 꿈꾸는 여성유형이다. 즉 『녹색의 문』의 유보화와 도영혜, 『끝없는 낭만』의 이차래, 『인간사』의 마채회, 『강물은 또 몇천리』의 서강주는 수정여사의 복사판들이다. 작가의 분신이라고 할 수 있는 이러한 여성들은 과대한 에고이스트적 성격을 드러내면서 다소 뻔뻔스럽기도 하고, 근거 없는 자만에다 선민의식에 가까운 모종의 허영을 지니고 있는 나르시시스트들이다. 수정여사 역시 이러한 면들을 모두 지니고 있다. 바람기로 충만한 수정여사는 남자들이 항상 자신을 욕망할 것이고, 또 자신은 그런 남자들을 언제나 자기의 것으로 만들 수 있다고 생각한다. 친구의 애인을 교태어린 '에흠' 소리로 하나로 유혹하여 빼앗아 가졌고, 글을 쓸 때도 언제나 한 남자를 그리워하며 소설을 썼다.

수정여사의 이러한 성적 욕망은 남편인 한태윤 대령에게 제지당하면서 인중에 생채기를 입는 것으로 끝난다. 그러한 점에서 이 소설은 여성의 성적 욕망을 드러내지만 그것의 성취로 이어지지는 못하였다. 젠더가 지닌 비판성이 확인되지 않는 것이다.

「제2 여자의 풍경」은 한 단계 더 나아가 아들의 친구에게 욕정을 느끼는 단계까지 제시한다. 나는 전쟁 통에 아들을 찾아 집에 온 아들의 친구 윤수에게 사랑이라기보다는 욕정 단계의 욕망을 드러낸다. 윤수의 자리를 깔아줄 때 그의 냄새에 정신이 아뜩하기도 하고, 윤수가 나를 부축해 일으키려고 겨드랑이에 손을 넣었을 땐 겨드랑이에서 불길 같은 것이 일고 전신이 공중에 뜨는 것 같은 환촉을 느낀다. 전쟁 통에 남편은 사망하였고, 아들 윤수마저 행망불명 되어 '나'는 마음의 의지처가 없는 상태이긴 하였다. 남편이 살아 있을 땐 이성 간의 욕정이 오히려 지겨웠을 정도였는데 남편이 떠난 후 윤수에게 느낀 욕정은 '안개에 가득 차 숨막히는 순간들'이었다.

하지만 '나'는 강신재의 「표선생 수난기」에서의 아내처럼 행동으로 옮기지는 못한다. 혼자 불태우고 있을 뿐이다. 윤수가 여자 친구가 있다고 하자 질투하고, 졸업식날 결혼식을 치르게 되자 정신없이 넋 나간 상태가 되지만 나는 표현 한 번 하지 못한다. 따라서 윤수는 나의 욕망을 알지도 못한다.

「여자의 풍경」과 「제2 여자의 풍경」은 중년 여성의 사랑과 욕정을 긍정적으로 그려내면서, 그것을 추하게 보지 않는다. 자연스러운 욕망으로 환치하면서 있을 수 있는 삶의 한 단면임을 역설하고 있다. 그런 점에서 중년 또는 노년의 성적 욕망을 소외시키고 사랑을 젊은이들의 것으로 전유하려는 당대의 사랑관에 일침을 놓는, 비판적 시선이 스며있기는 하다. 이러한 시선은 「여자의 풍경」보다 「제2 여자의 풍경」에서 더 강하게 드러난다고 할 수 있다.

최후의 작품인 「화투기」(1980) 역시 오직 화투를 칠 때만 삶의 의의를 느낄 수 있을 정도로 대사회적인 무비판성 속에 침윤된 중산층 여성의 말로를 드러낸다. 화투 치는 행위를 삶의 투쟁성에 빗대고 있어 「탑돌이」 및 죽음을 그린 소설들과 조금 다른 양상을 드러낼 뿐이다. 이 소설에서 화투는 1960년대부터 1970년대까지 「귀뚜라미」, 「205호 병실」 등을 통해 제시되었던 '죽음의 충동'을 넘어 삶에 대한 의욕을 갖게 해 주는 유일한 원동력으로 형상화되어 있다. 계급, 민족, 국가 범주와 관련한 비판적 대상들은 이제 더 이상 삶의 원동력이 되어 주지 못하였다. 작가가 화투에 집착했던 것은 여러 수필, 자전소설에서도 확인되는 바, 이 소설에서도 대사회적 비판 또는 젠더가 지닌 비판성은 드러나지 않는다.

3) 대립물의 포용으로서의 모성과 '거세' '죽음'으로서의 노년

「탑돌이」에 이르면 이러한 무비판적 양상은 더욱 짙어진다. 「탑돌이」(1975)는 젠더가 지닌 비판성보다 그 비판성을 넘어선, 모든 대립물의 포용 단계를 제시한다. 주인공 보련화는 평생 박복한 삶을 살아 온 수난자의 형상을 하고 있다. 17세 때 조부모가 정혼을 약속한 민성환의 자제와 혼인한 후 이상하게도 시댁 식구들은 신랑을 포함해 시부모 모두가 사망하게 된다. 당연히 '있는 대로 잡아 먹는다'는 비난을 피할 수 없게 된다. 단 하나 얻은 자식 형오는 일인 교사를 두들겨 패고 요시찰 인물이 된 후 해방 후 월북해 버린다. 단 하나밖에 없는 손자 '탁'도 6·25 때 의용군으로 나가 생사를 알 수 없는 처지이다. 마음이 스산할 때마다 보련화는 성암사 각일스님을 뵙고 탑돌이를 한다. 삼팔선이 터지라고 빌고 또 빌었으며, 1972년 남북 공동선언이 채택되고는 아들과 손자를 만날 수 있겠다는 기대, 곧 통일이 되리라는 기대에 부풀어 있다. 이산가족의 한을 누구의 탓으로도 돌리지 않고 포용하며, 어머니의 마음으로 기다리고 또 기다릴 뿐이다.

분단문제, 이산가족 문제, 계급문제(아들 형오를 낳던 날 시부는 노비와의 주종관계를 철폐한다) 등이 제시되어 있지만 첨예하게 예각화되지 않고 여러 갈등 및 대립물들의 포용으로 이어진다. 여성성도 모성신화적 의미의 '모든 대립물들의 포용'이란 의미를 제시할 뿐 보련화가 죽게 됨으로써 그 어느 것도 실현되지 않은 채 재산분배 유언으로 종결되고 만다. 1950년대에 '모성이란 이름의 비판적 힘'으로 반공 / 공산주의에 대한 양비론적 시선을 창출했던 「정적일순」에 비해 현격히 후퇴한 지점의 모성을 확인시킨다. 젠더가 지닌 사회비판적 힘을 상실했을 때 최정희의 서사는 갈등 소거라는 파탄을 보일 뿐 별다른 의미망을 생산해 내지 못한다.

이러한 포용적 자세는 1960년대에 이미 제시된 바 있는 죽음의 문제와도 연결된다. 「귀뚜라미」(1963)와 「205호 병실」은 죽음의 문제를 다루고 있다. 「귀뚜라미」가 작가의 나이 57세에 이르러 죽음, 노년의 문제를 본격적으로 마주하기 시작한 작품이라면 「205호 병실」은 죽음에 대한 의미를 물으며 '풍속사로서의 죽음'의 의미에 접근한 소설이다. 이에 비해 앞서 다룬 「탑돌이」와 김환기 화백을 모델로 한 소설 「산」은 모든 대립물들의 포용, 즉 죽음을 수용하는 단계의 내면을 보여준다고 할 수 있다.

최정희 소설 중 유일한 남자 주인공 시점인 「귀뚜라미」는 국민학교 교장직을 정년퇴직한 한준구를 통해 그의 머리 세고 늙어가는 일상과 친구들이 죽어나가면서 자신에게 드리워져 가는 죽음에 대한 공포를 보여 준다. 한준구는 친구 김재위의 장지에 다녀온 후 흰 머리를 뽑던 일도 그만 두고, 모든 것을 허망하다고 생각하면서 늙음이란 서러운 것이라 느낀다. 이러한 서러움들은 '귀뚜라미'가 집안에 날아들어 온 이후 더욱 증폭된다. 속설에 귀뚜라미가 집안에 들어온 지 석 달만이면 추위가 닥친다는 것이다. 추위가 닥친다는 것은 세월이 간다는 뜻, 즉 죽음이 다가온다는 뜻이다. 김재위와 귀뚜라미를 통해 닥친 죽음을 미리 본 한준구는 이러한 두려움 속에서도 옛날 사랑했던 유옥례에 대한 꿈을 꾼다. 동경시절 독서회 모임에서 유일한 여성이었던 유옥례를 떠올리며, 이젠 자신이 늙은이일 따름, 젊어야 남자지, 늙으면 남자도 아니라고 말하면서 회한에 잠긴다. 죽음에 대한 두려움을 잘 드러내고 있으나, 노년 또는 죽음에 대한 재해석은 보이지 않는다. 노년은 일종의 '거세' '소멸'로 의미화되어 있을 뿐 젠더 통합 등이 포용 단계로는 형상화되어 있지 않다.

「귀뚜라미」에서 보였던 죽음에 대한 두려움이 진지하게 그 '의미 묻기'로 진척된 소설이 「205호 병실」이다. 이 소설은 김윤식이 언급한 바, 풍속사로서의 노년성 문학에 해당한다. 64세에 발표된 이 소설은 병원에 입원한 '나'가, 옆방인 205호 별실에 입원한 암환자가 고통 속에서 신음하며 죽어 가는 모습을 보고, 한편으로는 죽음에 대한 두려움을, 다른 한편으로는 수용해야 한다는 내면 속 외침으로 이를 받아들이는 과정을 잘 담아내고 있다. 205호 병실의 환자가 죽어 가는 과정이, 마치 풍속사처럼, 임종을 지키는 과정으로 서술되어 있다. 간호원이 시끄러울 테니 병실을 옮겨 주겠다고 하자 나는 그의 죽음을 지켜보려는 마음에서 거절한다. 가족들이 드리는 기도소리와 찬송 끝에 환자의 신음소리도 더 이상 지속되지 않음을 느낀다. 이 과정에서 주인공 '나'는 이 기도소리로 인해 옛날 어머니가 나에게 베풀어 주었던 기도소리를 기억해 내면서 진한 모성을 떠올리게 된다. '하나님의 은총' 과 '모성', '죽음'이 하나로 통합되는 시간의 추이가 옆 방 환자의 임종을 지키는 과정으로 기술되어 있다. 따라서 이 소설은 젠더 의 비판성 보다는 '그 너머'를 의미화하고 있으며, 「귀뚜라미」와 마찬가지로 노년에 대한 재해석은 엿보이지 않는다.

「산」(1975)에는 김환기 화백의 죽음을 맞아 아들의 죽음을 다시 떠올리며 인간들의 죽음을 무덤덤하게 바라보게 된 주인공의 시 선이 드러나 있다. 유네스코에 근무하던 아들이 뇌일혈로 쓰러 져 미국에 가게 되는데, 뉴욕에 있는 큰 딸 지원의 집에서 머물게 된 나는 마침 그곳에 체류하던 김환기 화백의 아내 향안여사에게 전화를 걸게 된다. '향안여사가 우는 건지 내가 우는 건지 모르는' 아픔 속에서도 나는 두 죽음을 상실감이나 두려움보다는 담담함 으로 감당해낸다. 죽음을 당연한 '인간사' 중의 하나로 받아들이 는 나의 죽음에 대한 태도가 그려져 있다. 『인간사』 후의 소설들 은 이처럼 갈등보다는 갈등해소 또는 무매개적 포용·통일 단계 를 보여 주고 있어 소설로서는 별다른 성과를 보이지 않는다. 죽 음 또는 노년에 대한 재해석이 없기에 더욱 그러하다.

젠더―'서사 원리'이자 탈식민의 '방법'

이상으로 작가의 성장과정 및 작품분석을 통해 '최정희적 경향'의 전개과정 및 특징을 살펴보았다. 최정희적 경향이란 '젠더 우선성'의 여성주의 서사를 말한다. 박화성과 강경애가 '계급 중심성'의 여성소설을 선보였다면, 최정희는 계급, 국가, 민족 등의 범주에서 무엇보다도 '젠더 우선성'에 입각한 작품을 생산했던 작가이다. 이러한 특징은 해방―한국전쟁을 거쳐 4·19 직후까지 지속되었다.

기왕의 연구는 최정희 소설의 내적 연속성을 거의 분석해 내지 못하였으며, 작품을 구체적으로 객관적으로 검토하기보다 친일

작가, 군국모성이라는 일방적 편견에 기대어 안이하게 접근한 경향이 있다. 여기서는 일방적 편견으로부터 거리를 두면서, '젠더 우선성'으로 초기의 경향적 소설로부터 1960년대 중반, 1980년의 마지막 소설인 「화투」까지를 대상으로 검토하였다. 최정희의 전모가 드러난 최초의 연구, 편견으로부터 객관화시킨 연구라는 자부심이 있다.

'감정과 욕망의 아카이브'로서 최정희는 풍부한 개인적 감정과 사회를 향한 비판적 감정, 그리고 인정투쟁으로 점철된 삶을 구가해야 했을 정도의 강한 사회적 욕망들을 여러 작품에서 형상화하였다. 개인적, 사회적, 계급적, 이데올로기적, 계몽 주체적 욕망들과, 여성, 문인, 연극인으로서의 감정들이 상호 교집합 하는 과정에서 '젠더 우선성'은 '대 사회적 비판성'으로 재현되었으며, 젠더가 지닌 이러한 '비판적 힘'들은 서술자의 젠더 또는 1인칭 기법 속에서 더욱 구체화되어 리얼리티를 확보하였다.

젠더가 지닌 비판성은 민족(국가)과 젠더의 '양립 가능성'이 제시되는 지점을 마련해 주기도 하였다. 우에노 치즈코는 『내셔널리티와 젠더』에서 국가(민족)와 젠더의 양립 불가능성을 지적하였지만, 식민지−신식민지 하의 '제2 이등 국민−여성'을 통해, 그리고 반공주의 / 공산주의에 대한 '양비론'적 시선을 유지하는 여성을 통해 그 양립 가능성이 일부 제시되었다.

다시 말하자면 최정희의 소설에서 여성은 단순한 '타자'가 아니라 민족, 국가, 계급, 가족주의, 반공주의, 모성신화, 가부장제,

민족주의, 글로벌 자본 등 소위 '근대'로 운위되는 각종 요소에 균열을 내며 저항하는 일종의 '타자성의 주체'였다. 이는 모두 최정희의 '방법'인 '젠더 우선성'이 제공한 '젠더의 비판성'에서 비롯되었다. 젠더는 그간 민족, 국가, 인종, 계급의 문제에서 주변부, 즉 근대의 특수성으로 인식되어 왔는데, 젠더의 주변부성, 특수성에 기초하여 접근하는 시선은 근대의 제 모순을 지적하는 비판적 힘을 보여 주었다. 또한 이러한 시선은 최정희의 소설로 하여금 당대의 남성작가 또는 여성작가와 다른 작품을 산출케 하는 요인이기도 하였다.

이러한 젠더의 비판성은 최정희 소설이 지닌 '여성젠더 서술자' 또는 '여성젠더 1인칭 시점'에서도 산출되었다. 최정희의 80여 편의 장·단편소설 중 주인공이 여성이 아닌 소설은 「귀뚜라미」 단 한편밖에 없다. 최정희 소설의 이러한 특징은 여성젠더의 '나−서술자'를 통해 신−구 식민성에서 벗어나려는 작가의 전략과 미래에 대한 전망에 의해 채택된 '방법'적 귀결이었다. 젠더의 비판성이 여성젠더의 나−서술자를 통해 가장 확실하게 드러났다는 점에서, 시선의 체계인 서사 장르에서 젠더가 일종의 서사원리로 작용하고 있음도 확인할 수 있었다.

이러한 젠더의 비판성이 소멸되었을 때 최정희의 서사는 더 이상 유지되지 못한 채 파탄으로 이어질 수밖에 없었다. 젠더 우선성을 제거함으로써 더 이상 비판성을 확보할 수 없었던 『인간사』가 4·19를 전유하려는 '기분적 사회주의자−친일분자'의 역사 다시쓰기라는 행위로 전락하게 된 것이라든지, 대립물의 포용으로서의 모성을 그린 「탑돌이」, 그리고 재해석을 이끌어내지 못한 채 '거세' '죽음'으로밖에 '노년'의 의미를 제시하지 못한 「205호 병실」, 「귀뚜라미」 등이 갈등 소거라는 서사의 파탄만 드러낸 채 의미망을 전혀 제시해 주지 못하였던 것은 젠더의 비판성을 상실한 단계의 필연적 결과였다.

비판성을 상실하게 된 원인은 젠더 범주에 내재되어 있는 비판성이 기득권층으로 흡수되어 더 이상 비판적 기능을 상실한데 우선 기인한다. 사회가 변화함에 따라 새롭고 다양하게 제기되는 여성의 모순적 현실에 대한 천착을 포기하고 외면할 때 이는 당연한 귀결이었다. 따라서 후기의 소설이 추상적 통합 형식의 부정적 '모성'의 의미망으로 회귀할 수밖에 없었던 것도 필연적이었다. 전후 여성 문언권력으로 등장한 최정희는 1960년대 중반에 이르러 사회 전 부면과 '연관'된 젠더를 더 이상 공적 차원으로 확장시키지 못하고 사사화된 채 머무르고 만다. 더 이상 계급, 사회, 국가, 사회 범주 등이 젠더와 결합하지 못하고 사적 영역에 머무르게 된 것이다. 즉 '젠더'라는 인식 자체에도 충실하지 못하였고, '젠더 우선성'도 지키지 못하였다. 이것이 '젠더 우선성'으로 근대를 새롭게 해방하고자 한 최정희식 근대 기획의 성과이자 한계이다. 하지만 이는 최정희의 한계라기보다 '계급' 등의 범주를 제대로 형상화할 수 있는 토대가 원천적으로 봉쇄된 해방 후 남한 사회의 문제이기도 하다.

최정희 연구를 통해 검토한 바 '젠더'는 구식민지와 신식민지 시기, 즉 '근대'라는 시기에 일종의 서사 원리이자 탈식민의 '방법'이었으며, 이때 서사원리 및 탈식민적 방법의 '요소'는 젠더가 지닌 '비판성'이었다. 이것이 '근대'라는 시기의 '젠더의 힘'임을 최정희의 서사는 나름대로 유감없이 확인시켜 주었다.

주석

1 이동휘는 러시아에서 10월 혁명이 성공한 것에 고무되어 러시아 혁명에 대한 응호
  와 협조가 곧 조선독립 달성의 길이라 생각하게 되었고, 1918년 한인사회당을 조직
  했다. 대한국민회의 통합과정에서 '통합' 임시정부의 국무총리가 되었으며, 1920년
  고려공산당(상해파)을 조직했고, 1921년 레닌을 만나 조선의 독립 문제를 의논한 바
  있다.

2 최정희가 「근우회」 단천지회에 참여하였는지는 불투명하다. 박죽심은 '단천 여청
  발회식'(『중외일보』, 1927.8.17)이란 기사에 최정희라는 이름이 들어 있는 것을 근
  거로 최정희가 근우회 단천지회에 참여하였다고 보고 있다(「최정희 문학 연구」, 중
  앙대 박사논문, 2~3쪽). 하지만 사회 · 민족주의 양 진영의 '여자 청년회'가 근우회의
  조직기반 중 하나인 것은 분명하나, 근우회 성립 이후의 '여자 청년회' 조직은 오히
  려 근우회로의 통합에 반대하는 단체로 보는 것이 더 적절하다. 또 최초의 지회가 8
  월 전주에 설립되었음을 볼 때(강미애, 「일제 하 근우회 연구」, 이화여대 석사논문,
  1991) '단천 여청'을 근우회 단천지부로 보기 어렵다. 또 위의 기사에 의하면 '단천의
  최정희 집에 모여 발회식을 가졌다'고 되어 있는데, 이때 최정희의 집은 아버지가 떠
  난 후 경제적으로 발회식을 할 만한 여력이 없었고 더구나 최정희는 1923년 이후 서
  울로 올라와 계속 학업을 이어 가는 학생 신분으로 발회식을 주최할 만한 위치에 있
  지 않았다. 다시 고향에 내려가 활동했다는 기록은 그 많은 수필 등에도 전혀 언급되
  어 있지 않다. 물론 최정희는 신건설사 사건 이후 사회주의와 연관된 것이라면 그 어
  느 것도 기록에 남기지 않았다. 김준성 선생님에 대해 언급하기 시작한 것도 1980년
  대 들어서였다(『이야기 여성사』 2). 따라서 단천지회와 연관된 활동 기록이 없다고
  해서 거기에 참여한 바 없다고 할 수는 없다. 또 최정희는 근우회 해소파로서, 선명
  하지 못한 조직은 해체되어야 한다고 주장한 바(「조선여성운동의 발전과정」, 『신여
  성』, 1931.11의 「만국부인」호에 수록), 1932년 초 송계월과의 '여인문예가 크립' 논
  쟁을 벌일 때조차 신간회 등 최정희가 관련된 단체명이 전혀 언급되지 않는다는 점
  으로 위와 같이 속단하기 어렵다. 당시에도 논쟁의 상대자인 송계월은 신간회 소속
  임이 밝혀져 있으나 최정희는 언급되지 않았다. 또 최정희의 사회주의 관련 독서경

험이 도일 이후에 언급(「나의 소녀 시절」, 『동아일보』, 1958. 7. 2; 『젊은 날의 증언』)되고 있다는 점에서 1927년의 신간회 활동은 속단하기 어렵다.

3 김재철, 『조선연극사』, 동문선, 214~215쪽. 이 책은 청진서적(1933), 학예사(1939), 민학총서(1974)본을 현대 활자로 고쳐 다시 간행한 것이다.

4 최정희, 「신흥여성의 기관지 발행」, 『동광』, 1932. 1, 72~73쪽.

5 みそぎ(禊ぎ): 죄·부정을 씻기 위해 냇물·강물로 몸을 씻는 행위를 말한다.

6 범주 우선성이란 우선적으로 작동하는 범주와 부차적으로 작동하는 범주를 함께 검토하는 방법이다. 범주란 어떤 대상을 설명, 분석하는 분석틀인데, 구체적인 사회현실은 민족·계급·젠더 등의 특정 범주 하에서만 작동하는 것이 아니기 때문에 특정 범주 중심성은 온당한 '방법'이 되기 어렵다. 각 범주들은 항상 상호 작동하는데, 범주 우선성이란 여러 범주 가운데 특정 범주가 우선적 가치체계 또는 우선적 담론체계로 운동하며 작동하는 것을 뜻한다. 범주 우선성 개념을 도입할 경우 어떤 범주도 배제되지 않는 가운데 핵심 범주를 밝힐 수 있으며, 핵심 범주 또한 고정화된 것이 아니고 유동적인 것으로 파악할 수 있다. 또 범주들의 상호 협상, 배제, 길항, 충돌의 지점을 각 단계별로 분리하여 접근해 주는 장점도 있다. 범주 중심성은 '차이' 뿐 아니라 자기부정의 계기도 포착하기 어렵게 만든다.

7 첫 번째의 글로는 유수춘, 「조선현대문예사조론」, 『조선일보』, 1933. 1. 3~5; 김팔봉, 「조선문학의 현재의 수준」, 『신동아』, 1934. 1; 서정자, 「최정희 소설 연구 1」, 『한국여성소설과 비평』, 푸른사상, 2001, 359~392쪽이 대표적이다. 두 번째의 글로는 김윤식, 「인형의식의 파멸」, 『한국문학사논저』, 법문사, 1973, 246쪽; 이재선, 『한국현대소설사』, 홍성사, 1979, 441쪽; 심진경, 「최정희 문학의 여성성-여성작가로 산다는 것」, 『한국근대문학연구』 제7권 1호, 2006, 93~120쪽이 대표적이다. 세 번째로는 이상경, 「일제 말기의 여성 동원과 '군국의 어머니'」, 『페미니즘연구』 제2호, 2002, 225쪽이 대표적이다.

8 여성젠더, 남성젠더로 분리하는 이유는 섹스-젠더체계의 중첩성 때문이다. 원래 젠더라는 개념은 생물학적 성(sex) 개념과 다른 '문화적으로 구성된 성' 개념을 부각시키고 차별화하기 위해서였다. 하지만 이 개념의 가장 큰 약점은 중첩성을 간과하고 있다는 점이다. 각 생물학적 성에 남성젠더와 여성젠더가 있을 수 있으며, 또 어떤 때는 경계선 상에만 있을 때도 있기 때문이다. 이러한 중첩성은 '존재' '의식' 뿐 아니라 표현-재현되는 모든 저작물에서 발견되는 부분이다. 여태까지는 이러한 점을 이론화하지 못하였다. 젠더체계 내의 하위범주 구성은 이론적 정교화를 위하여 꼭 진척되어야 할 부분이다.

9 이상경은 임순득의 소설을 '민족현실을 재발견하면서 민족의 해방과 여성의 해방을 함께 추구하는 길로 나아'간 식민지 최대의 여성작가로 극찬(이상경, 「식민지에서

의 여성과 민족의 문제」,『실천문학』, 2003 봄, 54~82쪽)하고 있으나, 필자가 보기에 임순득의 소설은 구체성의 측면에서 문제가 많다.

임순득의 주인공은 거의 '독신'으로서, 구체적인 현실(남성)과 관계를 맺고 있지 않다. 따라서 연애 등의 개인적 · 사회적 사건에 연루될 기회를 미리 차단해 놓고 있다. 임순득의 여주인공들은 따라서 사변적이고 현학적이며 관념성을 띠는 경향이 있으며, 또 애정과 관련하여서는 거의 석녀형에 가깝다고 할 수 있다. 성적 욕망을 거세한 여성의 삶이 자율적인 것인가에 대해서는 좀 더 섬세하게 고찰해야 할 것 같다. 「일요일」의 경우 애인관계는 성립되어 있으나 남자가 투옥된 상황으로, 남녀는 서로 분리되어 있다. 여기서도 사회(남성)와의 대화는 전혀 제시되지 않고, 여주인공의 행동만 일방적으로 제시되어 있다.

「대모」의 '나'는 다른 사람과의 현실에서의 일상적 섞임이 없기 때문에 친한 친구와 함께 있어도 곧 할 '말이 없어져 버린다.' 「대모」의 나는 일상과의 섞임을 일종의 '타협하지 않겠다'는 것으로 받아들인다.

「달밤의 대화」의 순희는 발을 잘못 디뎌 넘어질 뻔 했을 때 순동이란 소년이 내민 손을 잡으며 손에 이상스러운 가슴의 고동을 느끼고, 늑대가 나타나면 어떠냐는 말에 순동이 작대기로 때려서 지켜 주겠다고 하자 인생이란 것이 정말 아름답다는 생각에 눈물이 넘친다. 결국 기차 타려던 것을 포기하고 순동을 서울로 끌어 올려 친구인 K에게 야학을 권하겠다고 다짐한다. 임순득은 평론에서 최정희 소설의 여주인공들의 애정관계가 감상적이고 의존적이라 비난했지만, 자신의 소설 속에서는 동년배도 아닌 소년과 감상적인 애정류를 느끼면서 '다른 사람은 감상이라고 비웃을지 모른다(229)'고 적고 있다.

10 「홍가」 이전의 작품들 중에도 「홍가」 이후의 성향이 그대로 드러난 소설이 여러 편 있다. 「질투」, 「가버린 미례」, 「여인」은 모두 여성의 성적 욕망 및 애욕의 문제, 애정 문제로 인한 시기, 질투, 갈등으로 인해 죽음에 이르는 과정 등이 상세하게 그려져 있다. 자신의 남자를 친구에게 빼앗길까봐 전전긍긍하는 모습이 그려져 있는 「질투」, 착하고 정 많지만 절름발이여서 마음을 준 남성들에게 모두 사랑에 배신당하고 자살한다는 하층민 여성을 그린 「가버린 미례」, 유부남을 사랑하면서도 세상의 비난을 두려워하지 않고 '두 사람만 행복하면 그만'이라는 「여인」의 보이는 여성의 성적 욕망과 애욕이 넓은 의미의 여성해방의 차원에서 생동감 있게 그려지고 있다.

11 게니아는 콜론타이의 소설『삼대의 사랑』에 나오는 여주인공 중 하나이다. 이 소설에는 3대의 여성이 나오는데 게니아는 3대에 속한다. 게니아식 연애란 사랑보다 일의 우월성을 강조하고 이성적이고 냉정한 남녀관계를 추구하며, 남녀관계 이전에 연애와 결혼에서 완전히 자유로운 동지적 결합을 중요시한다. 좀 더 자율적인 삶을 살고자 했던 콜론타이스트들의 상상의 산물로 볼 수 있다.

12 1933년 2월호는 '제2부인 문제 특집」으로 전회복의 「제2부인문제 검토」, 이인 「법률 상으로 본 제2부인의 사회적 지위」 등 총 12편의 글을 싣고 있다.

13 김복순, 「페미니즘 미학의 기본 개념과 방법」, 『여성문학연구』 제15호, 2006, 167~200쪽 참조.

14 임순득, 앞의 글, 55쪽.

15 권명아, 앞의 책; 김재용, 「최정희 - 모성과 국가주의의 결합」, 『협력과 저항』, 소명 출판, 2004, 147쪽.

16 채만식의 「미스터 방」, 염상섭의 「양과자갑」, 이은휘의 「황영감」, 김영수의 「황혼」, 「혈맥」 등 해방 직후의 다른 소설들은 '반미의식' 보다 '반외세의식'으로 범주화하는 것이 바람직하다. 이때의 소설들은 미국 뿐 아니라, 일본, 소련까지 포함한 외세의 문제를 언급하는 경향이 주류였고, '친일문제 청산'이 '반미'보다 양적으로 훨씬 더 많았다고 할 수 있다.

17 정호기, 「국가의 형성과 광장의 정치 - 미군정기의 대중동원과 집합행동」, 『사회와 역사』 제77집, 2008.

18 여성의 역사인식 방법이 남성들의 '거대사 · 정치사 · 경제사 · 사건사 중심'이 아닌, '개인 · 가족 중심'의 '비사건 중심, 일상 중심'의 경향을 띠고 있음은 김복순, 『페미니 즘 미학과 보편성의 문제』, 소명출판, 2005, 103~137쪽 참조.

19 최정희, 「피난 대구문단」, 한국문인협회 편, 『해방문학 20년』, 정음사, 104쪽.

20 오직 신영덕만이 편견 없이 접근하고 있다. 신영덕은 최정희가 전쟁 이후 좌우 이데 올로기에 대해 비판적 태도를 취하면서 여인들의 불행한 삶을 그려내고 있다고 보 았다. 『한국전쟁기 종군작가 연구』, 국학자료원, 85~91쪽.

21 당대의 여러 잡지 중 반공주의를 가장 강력하게 잡지의 사시 및 담론으로 강조한 것 은 『사상계』였다. '공산주의의 침투 및 확산을 방지하기 위해 민주주의를 도입해야 한다'는 담론의 양상과 달리 『사상계』의 1950년대 후반 소설에서는 반공주의 서사 가 거의 드러나지 않았지만, 반공주의를 드러내는 소설의 경우 반공주의는 주로 여 성젠더가 아닌 남성젠더(서술자 또는 주인공)와 연합하고 있었다. 자세한 것은 김복 순, 「낭만적 사랑의 계보와 서사원리로서의 젠더」, 『어문연구』 제151집, 2011 참고.

22 근대 초기 소년의 범주에는 소녀가 배제되어 있었다. 근대 초기의 '소년'의 범주는 근 대 국민국가의 탄생 주체로서, 남성 중심적 개념이었다. 마찬가지로 '어린이의 탄생' 역시 근대 국민국가의 미래의 주체로서 발견되고 위치 지어졌으며, 청년여자라는 명 칭은 있었지만, 각각의 범주에 '소녀', '여자 어린이'는 배제되어 있었다. 그러다가 1910년대 후반부터는 개인으로서의 '여성'의 발견이 이루어진다. 이는 당시의 잡지명 으로도 확인된다. 『소년 한반도』(1906), 『소년』(1908), 『신소년』(1923), 『소년세계』 (1929), 『소년중앙』(1935), 『아이들보이』(1913), 『청춘』(1914), 『청년』(1921), 『어린

이』(1923), 『아이생활』(1926), 『아이동무』(1933), 『아동세계』(1934), 『학우』(1919), 『학생계』(1920), 『학생』(1929), 『신여자』(1920), 『여자계』(1917), 『신여성』(1923), 『여성』(1934) 등 소년・여자・학생・어린이명의 잡지는 있었지만 '소녀' 명칭이 들어간 잡지명은 없었다.

이는 일본과 매우 다른 상황이다. 일본에서는 부인, 여자 명칭의 잡지 외에 『少女界』(1902)를 비롯하여 『少女世界』(1906), 『少女の友』(1908), 『少女俱樂部』(1923) 등 다양한 소녀명칭의 잡지가 발간된다(今田繪里香, 『少女'の 社會史』, 勁草書房, 2007, 1~24쪽). 1900년 전후 일본의 학교수, 여학생 수는 1950년대의 우리나라의 폭발적 여학생 수의 증가와 유사하다. 1903년의 일본의 초등학교 취학률은 88.5%였으며(「日本校况」, 『제국신문』, 1903.4.21; "일본갓흐디는 학교수효가 스만여쳐오 교관수효가 십오만여명이오 학원이 여러 백만명이라"『제국신문』, 1904.12.5 참조), 한국의 1954년의 취학률은 81.5%, 1955년의 취학률은 87%였다(정영수 외, 「한국교육정책나라의넘」, 『연구보고』, RR 85-20, 한국교육개발원, 1985, 95쪽).

23 오토메 공동체란 활자－책에 의해 생각, 마음, 세계 등을 공유하는 집단을 말한다. 카와무라 쿠미니츠(川村邦光), 『オトメの祈り－近代女性イメ'ゾの誕生』, 紀伊國屋書店, 1993, 53~140쪽.

24 황순원의 「소나기」는 1953년 작이며, 1960년대에 선풍적 인기를 끌었던 박계형의 『머무르고 싶었던 순간들』은 1963년작이다. 이 소설은 여고생－여대생의 연애 및 낭만적 사랑을 다루고 있다. 1960년대에 이르면 '소녀'는 '하이틴의 발견'으로 세대(계층)가 좀 더 세분화된다. 하이틴은 '소녀' 범주에서 '여고생' 연령층을 분리한 것으로서, 1960년의 교육문제－아이 중심의 가정의 재편－군사주의의 새로운 주체의 요구가 맞물려 이루어진 것이다. 1960년대 『여원』에는 하이틴을 위한 지면을 확충해 달라는 독자들의 요구가 빗발친다. 자세한 것은 김복순, 「1960년대 소설의 연애 전유 양상과 젠더」, 『대중서사연구』 제19집, 2008, 45면 참고.

25 渡部周子, 『少女'像の 誕生』, 新邁社, 2007, 22~129쪽 및 今田繪里香의 앞의 책 참조. 두 책은 근대 국민국가의 탄생과 관련하여 소녀상의 탄생을 언급하고 있다. 특히 今田繪里香은 소녀의 탄생을 도시 신중간층과 관련지어 설명하고 있다. 따라서 식민지 상태인 우리나라 근대 초기와는 거리가 있다. 각주 17 참조. 소녀 규범에 대해서는 渡部周子, 『少女'像の 誕生』, 新邁社, 2007, 26~30쪽.

26 당시 여성 전반에 요구된 성 규범은 박인수 사건이 웅변적으로 정리해 준다. 남녀 간의 성적 이중 기준이 적용되어 남성은 바람피우고 여성의 성을 유린해도 되지만, 보호할 가치가 없는 여성의 성은 법이 보호할 필요가 없어 죄로 간주하지 않는다는 것이 당시 성적 이중기준의 요지였다. 이임하, 『여성, 전쟁을 넘어 일어서다』 제4장, 서해문집, 2004, 154~173쪽 참조.

27 김수임 – 이강국 사건을 그리고 있는 전숙희의 소설 『사랑이 그녀를 쏘았다』(정우사, 2002)도 이와 유사하다. 모든 맥락을 삭제하며, 오로지 '사랑'만이 있었던 것처럼 형상화하고 있다. 최근 미국의 문서 해제 조치에 따라 드러난 김수임의 실상은 그녀가 정치적 희생양임을 입증해 준다. AP통신은 2008년 8월 17일 "최근 비밀이 해제돼 미 국립문서보관소에서 입수한 1950년대 비밀자료 기록들을 분석한 결과, 지금까지 알려진 '김수임 사건'과는 상당한 차이가 있다"고 보도했다. 요약하자면, "당시 김수임과 동거 관계를 유지했던 베어드 대령은 민감한 군사정보에 대한 접근 권한이 없었다. 따라서 김수임이 북측에 넘겨줄 기밀을 그를 통해 얻어낼 수 없었다. 베어드 대령이 김수임에게 전했다는 남한 주둔 미군의 철수계획에 관한 정보 역시 이미 당시 일본에서 발행된 미군 소식지 '성조지(Stars and stripes)'를 통해 공개된 내용이라 비밀 정보와 거리가 멀다. 또 이강국도 사실상 미 CIA(중앙정보국) 요원으로 일했다. 1956년 미 육군 정보국 비밀자료에 따르면, 이강국은 CIA의 비밀조직인 'JACK(한국공동활동위원회 · Joint Activities Commission Korea)'에 고용된 것으로 나와 있다"고 AP통신은 보도했다. 이강국은 한국전쟁 이후 요약 북한 내 권력투쟁에 휘말리다 '미제(美帝)의 스파이'로 몰려 1955년 처형된 것으로 알려져 있다. 자세한 것은 『한겨레신문』 및 『조선일보』, 『중앙일보』, 2008.8.18 참조.

28 아프레 걸에 대해서는 최미진과 이정희의 앞의 글 외에 김은하, 「전후 근대 근대화와 '아프레 걸' 표상의 의미」, 『여성문학연구』 제16호, 2007, 177~209쪽; 김현주, 「'아프레 걸'의 주체와 방식과 멜로드라마적 상상력의 구조」, 『한국문예비평연구』, 2006, 315~335쪽; 이영미, 「1950년대 대중적 극예술에서의 신파성의 재생산과 해체」, 『한국문학연구』 제34집, 2008, 83~115쪽; 김연숙, 「'양공주'가 재현하는 여성의 몸과 섹슈얼리티」, 『페미니즘 연구』, 2005, 121~156쪽 등이 있다.

29 '시선'의 차이에 의해 아프레 걸에 대한 재현의 차이가 발생한다는 점에 대해서는 김복순, 「낭만적 사랑의 계보와 서사원리로서의 젠더–1950년대 『사상계』와 『여원』을 중심으로」, 『어문연구』 제151집, 2011 참조.

30 최미진은 직업별로 분류하여 양갈보 / 다방 마담 / 직업여성 / 여대생으로 분류하고 있으며, 이영미는 '전후파 여성'으로 명명하면서 중산층형과 양공주형으로 나누고 있다. 최미진, 앞의 글 및 이영미, 앞의 글 참조. 하지만 최미진의 분류는 각 직업별 유형 속에서의 다양한 형상을 고려하지 못한다. 즉 다방 마담을 팜므파탈 유형으로 분류하고 있으나 여대생–팜므파탈도 가능하다는 점에서 직업별 여성을 곧바로 유형으로 설정하는 것은 바람직하지 않다. 또 이영미의 분류는 원래 다른 것(1950년대 신파성)을 논의하는 자리여서 단순 분류를 넘어서지 못하고 있다.

31 낭만적 사랑의 세 계보에 대해서는 김복순, 앞의 글 참조.

32 미국 중심적 세계 냉전체제는 공산주의(사회주의)를 타자화하는 자본주의 체제의

전지구적 전일화 과정을 의미하며, 이 때 주체란 미국 중심적 체제 형성에 능동적, 자율적으로 참여하는 조건을 가졌거나 전유할 수 있는 경우를 일컫는다. 이차 대전 후의 식민 후기에 있어 식민지 / 피식민지는 주체 / 타자의 기본 토대를 형성하고 있으며, 이 때 식민지 / 피식민지= 주체 / 타자의 구도에는 경제적, 정치적, 문화적, 젠더적 차이라는 다양한 다층성이 개재해 있다. 물론 식민지 내에서도 식민성과 피식민성이 개재할 수 있다. 즉 식민지 계열에 포함된 국가의 경우, 미국은 아니지만 미국과 유사한 식민성을 보유할 수 있다. 이 때 식민지 내부의 식민성 / 피식민성의 경계가 형성된다.

33 정부는 1949년 들어 '공산계열개전자 포섭주간', '남로당원 자수주간', '죄익자수 주간', '좌익근멸 주간' 등의 기간을 두고 자발적인 전향을 유도하는 형식을 취하였으며, 이들을 국민보도연맹에 가입시켜 엄격히 관리하고자 하였다. 국민보도연맹은 형식상 전향자들로 구성된 조직이었지만, 실제 구성원들 중에는 좌익사상과 무관한 사람들이 상당수 포함되어 있었다. 국민보도연맹의 경성의 정치사회적 배경과 전개에 대하여는, 김득중 외, 『죽엄으로써 나라를 지키자-1950년대 반공 동원 감시의 시대』제2장, 선인, 2007, 119~176쪽. 이 글의 내용에 의하면 '활동을 염심히 해 취업 기회를 얻겠다'는 생각으로 가입하게 된 경우도 있으며, 심지어 어떤 단체인지도 모른 채 도장 찍으라는 권유를 받고 손도장 하나 잘못 찍어 가입된 경우도 있었다고 한다. 또 마을의 신망 있는 인사가 동행해 종용하면서 양식배급과 여행특혜를 준다는 감언이설에 속아 가입한 사람도 있다고 한다. 국민보도연맹 가입자 수는 1949년 10월에 4만 여명, 1950년 초엔 30만~50만 명에 이르렀다(한지희, 「국민보도연맹의 조직과 학살」, 『역사비평』제35호, 1996 겨울; 김기진, 『끝나지 않은 전쟁 국민보도연맹-부산 경남 지역』, 역사비평사, 2002, 참조). 국민보도연맹은 '자수'와 '밀고' 문화를 만들었는데, 시민사회에 대한 물 샐 틈 없는 옥죔의 시도였다. '법적 근거도 없이' 위로부터의 뿌리 뽑기와 밑으로부터의 충성 동원을 병행하였으며, 자신과 대립하면 무조건 '좌익' '빨갱이'로 몰아 고통당하게 만들었다. 이로써 한국반공주의와 보수주의의 기원이 형성되었다. 박명림, 『한국전쟁의 발발과 기원 2-기원과 원인』, 나남, 1996, 637쪽.

34 예를 들어 염상섭은 친구와의 친분 때문에 잠시 문학가동맹에 가입한 사실과 『신민일보』에 단독정부 수립을 반대하는 논조의 글을 썼다가 전향을 강요받았으며, 손소희는 박영준의 보증으로 문학가동맹에 가입했고 전국문학자대회에 참석한 것 외에 뚜렷한 활동을 한 바 없음에도 전향 대상자로 운위되었다(『한국문단인간사』, 『손소희전집 12』)고 한다. 백철 역시 임화와의 친분으로 조선문학건설본부에 참여해 『문화전선』 편집을 2회 맡았던 것이 전향자 명단에 오른 이유였다고 한다(『문학적 자서전』, 박영사, 1976, 322쪽). 이들 작가들의 말을 액면 그대로 믿을 수는 없으나 사회주

의 사상이 투철하지 않은 많은 사람들이 연루되었던 것만은 확실한 것으로 보인다.

35 종래에는 사회주의자들의 전향과 협력이 주로 일제의 탄압과 회유에 의한 사상의 포기로 설명되어 왔다면, 강제력에 의해서만 발생한 것이 아니라 나름대로의 시대적 환상 속에서 자발적(능동적 협력)으로 이루어지기도 하였다. 대동민우회의 사례는 이를 잘 보여준다. 정성필, 「대동민우회의 결성과정과 전향논리」, 성균관대 석사 논문, 2010.

36 조연현, 「해방문단 5년의 회고 5」, 『신천지』, 1950. 2 참조.

37 서중석, 『이승만과 제1공화국』, 역사비평사, 2007 참조.

38 "우리가 지나온 30여 년간의 역사를 써보려고 하였다. …… 오직 하나의 적과 맞서던 그 인간들이 일제의 사슬에서 풀리면서 뿔뿔이 흩어지고 삼팔선이 가로 놓인 남과 북에, 너는 나의 적이 되고 나는 너의 적이 되어 동포, 한 혈족이 서로 맞서 있으면서 죽고 죽이는 과정을 그려 보려고 했다"

39 채만식, 「민족의 죄인」, 『백민』, 1948. 10, 36쪽.

40 가라타니 고진, 송태욱 역, 『근대 일본의 비평』, 소명출판, 2002.

41 1980년대의 민주화 운동 학생조직 내에서도 여학생들은 남학생과 달리 빨래, 취사와 같은 살림형태의 일을 담당하였다고 한다. 즉 직접적인 운동전선에 투입되기보다 남자 운동자들을 간접적 학생과 돕는 역할을 하였고, 남학생들도 여전사, 여투사형 보다는 운동을 돕는 조력자들을 더 선호하였다고 한다. 권인숙, 「1980년대 학생운동의 군사화와 성별화」, 『대한민국은 군대다』, 청년사, 2005, 55~151쪽.

참고문헌

권명아, 「제국의 판타지와 젠더정치」, 『역사적 파시즘』, 책세상, 2005.

권명아, 『식민지 이후를 사유하다』, 책세상, 2009.

김득중 외, 『죽엄으로써 나라를 지키자－1950년대 반공 동원 감시의 시대』, 선인, 2007.

김명구 외, 『식민지·점령지 하 협력자 집단과 논리 비교』, 선인, 2008.

김복순, 『페미니즘 미학과 보편성의 문제』, 소명출판, 2005.

김복순, 「전후 여성교양의 재배치와 젠더정치」, 『여성문학연구』 제19호, 2007.

김복순, 「'범주 우선성'의 문제와 최정희의 식민지 시기 소설」, 『상허학보』 제23집, 2008.

김복순, 「소녀의 탄생과 반공주의 서사의 계보」, 『근대문학연구』 제23집, 2008.

김복순, 「아프레 걸의 계보와 반공주의 서사의 자기구성 방식」, 『어문연구』 제141호, 2009.

김복순, 「정치적 여성 주체의 탄생과 반미소설의 계보」, 『민족문학사연구』 제40집, 2009.

김복순, 『1960년대 소설의 연애전유 양상과 젠더』, 『대중서사연구』, 제19집, 2008.

김복순, 「낭만적 사랑의 계보와 서사원리로서의 젠더」, 『어문연구』 제151집, 2011.

김복순, 「해방 후 대중성의 재편과 젠더－『1945년 8·15』『효풍』『해방』을 중심으로」, 『여성문학연구』 제26호, 2011.

김복순, 「1950년대 박화성 소설에서의 대중성의 재편과 젠더」, 『대중서사연구』 제26호, 2011.

김상일, 「반제 반봉건 문학론」, 『반미소설선』, 한겨레, 1988.

김연숙, 「'양공주'가 재현하는 여성의 몸과 섹슈얼리티」, 『페미니즘 연구』 제3호, 2003.

김연숙, 「사회주의 사상의 수용과 여성작가의 정체성」, 『어문연구』 제33권 4호, 2005 가을.

김윤태, 「4·19혁명과 민족현실의 발견」, 『민족문학사 강좌』 하, 창작과비평사, 1995.

김윤식 외, 『해방공간의 문학운동과 문학의 현실인식』, 한울, 1989.

김윤식, 「전향론」, 『김윤식선집』 3, 솔, 1996, 2003.

김은하, 「전후 근대 근대화와 '아프레 걸' 표상의 의미」, 『여성문학연구』 제16호, 2007.

김재용, 「최정희-모성과 국가주의의 결합」, 『협력과 저항』, 소명출판, 2004.

김재용, 「냉전적 반공주의와 남한 문학인의 고뇌」, 『역사비평』 37, 1996.

김정훈·조희연, 「지배담론으로서의 빈공주의와 그 변화」, 『한국의 정치사회적 지배담론과 민주주의 동학』, 함께읽는책, 2003.

김진기, 『반공주의와 한국문학의 근대적 동학』 1, 2, 한울, 2008, 2009.

김진웅, 『반미』, 살림, 2003.

김현주, 「'아프레 걸'의 주체화 방식과 멜로드라마적 상상력의 구조」, 『한국문예비평연구』 21호, 2006.

모윤숙, 『회상의 창가에서』, 중앙출판공사, 1972.

민족문학사연구소, 『1960년대 문학연구』, 소명출판, 1998.

박명림, 『한국전쟁의 발발과 기원 2-기원과 원인』, 나남, 1996.

박정애, 「최정희 소설에 나타난 '여성적 글쓰기'의 특성 연구」, 서울대 석사논문, 2003.

박죽심, 「최정희 문학 연구」, 중앙대 대학원 박사학위 논문, 2010.

서정자, 「최정희 소설 연구 1」, 『한국 여성소설과 비평』, 푸른사상, 2001.

서정자, 『한국근대여성소설연구』, 국학자료원, 1999.

서중석, 『이승만과 제1공화국』, 역사비평사, 2007.

신영덕, 「비극적 현실 인식의 의의」, 송하춘 외 편, 『1950년대의 소설가들』, 나남, 1994.

신형기, 『해방기 소설의 구조』, 화다, 1988.

심진경, 「여성작가 친일소설 연구」, 『배달말』, 2003.

심진경, 「최정희 문학의 여성성−여성작가로 산다는 것」, 『한국근대문학연구』 제7권 1호, 2006.

오명석, 「1960~70년대의 문화정책과 민족문화담론」, 『비교문화연구』 제4호, 1998.

엄미옥, 「한국근대 여학생 담론과 그 소설적 재현연구」, 서강대 박사논문, 2007.

이상경, 「일제 말기의 여성 동원과 '군국의 어머니'」, 『페미니즘연구』 제2호, 2002.

이상경, 「식민지에서의 여성과 민족의 문제」, 『실천문학』, 2003 봄.

이선옥, 「평등에 대한 유혹과 민족의 부재」, 『한국소설과 페미니즘』, 예림기획, 2002.

이성욱, 「반미문학의 전개과정과 과제」, 『비평의 길』, 문학동네, 2004.

이영미, 「1950년대 대중적 극예술에서의 신파성의 재생산과 해체」, 『한국문학연구』 제34집, 2008.

이임하, 『여성, 전쟁을 넘어 일어서다』, 서해문집, 2004.

이정식, 「냉전의 전개과정과 한반도 분단의 고착화−스탈린의 한반도 정책, 1945」, 유영익 편, 『수정주의와 한국현대사』, 연세대 출판부, 1998.

이정희, 「전후의 성 담론 연구」, 『담론201』 제8호, 2005.

이철순, 「해방 직후 좌익세력의 대미인식에 관한 연구」, 서울대 석사논문, 1988.

이혜숙, 『미군정기 지배구조와 한국사회』, 선인, 2008.

임순득, 「불효기에 처한 조선여류작가론」, 『여성』, 1940.9.

임위정, 「일제 말기 한국과 타이완 친일문학의 비교연구」, 경남대 대학원, 2008.

임헌영, 「반외세 인식의 문학적 성과」, 『분단시대의 문학』, 태학사, 1992.

장세진, 「상상된 아메리카와 1950년대 한국문학의 자기 표상」, 연세대 박사논문, 2008.

전경옥 외, 『한국여성문화사』 1·2·3, 숙명여대 아시아여성연구소, 2005.

정성필, 「대동민우회의 결성과정과 전향논리」, 성균관대 석사논문, 2010.

정호기, 「국가의 형성과 광장의 정치−미군정기의 대중동원과 집합행동」, 『사회와 역사』 제77집, 2008.

조희연, 『한국의 정치사회적 지배담론과 민주주의의 동학』, 함께읽는책, 2003.

최경희, 「친일문학의 또 다른 층위―젠더와 「야국초」」, 박지향 외 편, 『해방 전후 사의 재인식』 1, 책세상, 2006.

최미진, 「1950년대 신문소설에 나타난 아프레 걸」, 『대중서사연구』 제18호, 2007.

최원식, 「민족문학과 반미문학」, 『창작과 비평』, 1988 겨울.

하정일, 「반미의 세 층위」, 『민족문학사연구』 제36집, 2008.

하정일, 『분단자본주의 시대의 민족문학사론』, 소명출판, 2002.

하정일, 『탈식민의 미학』, 소명출판, 2008.

한국여성문학학회 편, 『『여원』 연구』, 국학자료원, 2008.

한수영, 「월남작가의 작품세계에 나타난 반공 이데올로기와 1950년대 현실인 식」, 『역사비평』 21호, 1993 여름호.

한수영, 「윤리적 인간, 혹은 반공 이데올로기의 기원―선우휘론」, 『실천문학』 제61호, 2001 봄호.

함인희, 「현대 사회 아버지 상의 재발견」, 『가족과 문화』 2, 1997.

가라타니 고진, 송태욱 역, 『근대 일본의 비평』, 소명출판, 2002.

가라타니 고진, 조영일 역, 『네이션과 미학』, 도서출판b, 2009.

가와 가오루, 김미란 역, 「총력전 아래의 여성」, 『실천문학』 제67호, 2002 가을.

가와모토 아야, 「일본 현모양처 사상과 '부인개방론'」, 『역사비평』, 2000 가을.

고마고메 다케시, 오성철 외 역, 『식민지제국 일본의 문화통합』, 역사비평사, 2008.

고사카 시로·야규 마코토, 최재묵·이광래 역, 『근대라는 아포리아』, 이학사, 2008.

루만, 『사회체계이론』 1·2, 한길사, 2007.

리타 펠스키, 『근대성과 페미니즘』, 거름, 1998.

베른트 슈퇴버, 최승완 역, 『냉전이란 무엇인가―극단의 시대』, 역사비평사, 2008.

사오메이 천, 정진배·김정아 역, 『옥시덴탈리즘』, 강, 2001.

수잔 벅 모스, 김정아 역, 『발터 벤야민과 아케이드 프로젝트』, 문학동네, 2004.

쓰루미 슌스케, 최영호 역, 『전향』, 논형, 2005.

우에노 치즈코, 이선이 역, 『내셔널리즘과 젠더』, 박종철출판사, 1999.

이언 바루마·아비샤이 마갤릿, 송충기 역, 『옥시덴탈리즘』, 민음사, 2007.

일레인 김·최정무 편, 박은미 역, 『위험한 여성』, 삼인, 2001.

재크린 살스비, 『낭만적 사랑과 사회』, 민음사, 1985.

캐럴 페이트만, 『남과 여, 은폐된 성적 계약』, 이후, 2001.

캐서린 문, 『동맹 속의 섹스』, 삼인, 2002.

혼다 슈고, 이경훈 역, 「전향문학론」, 「현대문학의 연구」 제4집.

후지타 쇼조, 최종길 역, 「전향의 사상사적 연구」, 논형, 2007.

川村邦光, 『オトメの祈りー近代女性イメヅの誕生』, 紀伊國屋書店, 1993.

今田繪里香, 『'少女'の社會史』, 勁草書房, 2007.

渡部周子, 『'少女'像の誕生』, 新邉社, 2007.

挂秀實, 『帝國'の文學』, 以文社, 2001.

荻野美穂, 「ジェンダー論、その軌跡と射程」, 『歴史を問う』, 岩波書店, 2004.

石井洋二郎, 『差異と慾望』, 藤原書店, 1993, 2005.

J. W. Scott, "Gender : A Useful Category of Historical Analysis", *Feminism & History*, Oxford, 1996, 2003.

Fiona F. Barbara (ets), "Local Feminism, global Futures", *Globalization*, Routledge, 2003.

Judith Butler, *Giving an Account of Oneself*, 佐藤嘉幸·清水知子 역, 『自分自身を説明すること』, 月曜社, 2008.

Werner Hamacher, *Heterautonomien : One 2 Many Multiculturalisms*, 『他自律』, 月曜社, 2007.

연구 목록

강신해, 「최정희 소설에 나타난 여성인물의 자아의식 연구」, 영남대 석사논문,
　　2006.

강현아, 「최정희 소설에 나타난 풍속성 연구」, 영남대 석사논문, 1992.

곽종원, 「최정희론」, 『문예』, 1949.8.

고　은, 「한 여류작가의 잔류생활」, 『1950년대』, 청아, 1989.

구인환, 「한국여류소설의 문체」, 『아세아여성연구』, 숙명여대 아세아여성연구
　　소, 1972.

권기성, 「최정희의 『인간사』 연구」, 한양대 석사논문, 1996.

기자, 「서울시 문화상－문학상 최정희씨」, 『조선일보』, 1959.5.20.

기자, 「일요방문 ; 최정희」, 『조선일보』, 1960.6.11.

김광섭, 「여류 작가에 대한 공개장－인간 최정희 여사」, 『조광』, 1939.3.

김금란, 「장애령과 최정희의 소설에서의 여성비극의식 비교연구」, 서울여대 석
　　사논문, 2011.

김경원, 「최정희－역사적 격랑 속에서 여성의 좌표 찾기」, 『역사비평』 36호,
　　1996.

김기림, 「여류문인 단평촌평」, 『신가정』, 1934.

김기만, 「민족시인에서 친일 납북까지 숨겨졌던 가족사」, 『신동아』, 1994.12.

김남천, 「여류문학저조문제」, 『여성』, 1940.6.

김남천, 「창작계 동태와 업적」, 『조광』, 1940.12.

김동리, 「여류 작가의 회고와 전망」, 『문화』, 1947.7.

김문집, 「여류작가의 성적 귀환」, 『비평문학』, 청색지, 1938.

김문희, 「최정희 소설 연구」, 이화여대 석사논문, 1997.

김민정, 「최정희 소설 연구」, 이화여대 석사논문, 1997.

김복순, 「범주 우선성의 문제와 최정희의 식민지 시기 소설」, 『상허학보』 23집, 2008.

김복순, 「소녀의 탄생과 반공주의 서사의 계보」, 『근대문학연구』 18집, 2008.

김복순, 「정치적 여성주체의 탄생과 반미소설의 계보」, 『민족문학사연구』 40호, 2009.

김복순, 「아프레 걸의 계보와 반공주의 서사의 자기구성 방식」, 『여문연구』 141호, 2009.

김복순, 「전향자의 역사 다시쓰기」, 『여성문학연구』 24집, 2010.

김소영, 「최정희 초기소설 연구」, 계명대 석사논문, 1994.

김아란, 「고독하신 어머니」, 『여원』, 1964.10.

김영식 편, 『작고 문인 48인의 육필 서한집』, 민연, 2001.

김양선, 「일제 말기 여성작가들의 친일담론 연구」, 『어문연구』, 2005. 가을.

김양선, 「반공주의의 전략적 수용과 여성문단」, 『어문학』 101호, 2008.

김양선, 「근대여성작가의 지식 / 지성 생산에 대한 계보학적 탐색」, 『여성문학연구』 24호, 2010.

김연숙, 「사회주의 사상의 수용과 여성작가의 정체성」, 『어문연구』 33권 4호, 2005.

김연숙, 「저널리즘과 여성작가의 탄생」, 『여성문학』 14집, 2005.

김영식, 『아버지 파인 김동환』, 국학자료원, 1994.

김영식, 「작고문인 48인의 육필서한집」, 민연, 2001.

김영주, 「아버지, 이제 당신을 용서합니다」, 『신동아, 1994.12.

김옥엽, 「최정희와 김유영」, 연애결혼 비화 특집, 『신여성』, 1933.1.

김윤경, 「최정희 소설의 여성인물 연구―해방 전 소설을 중심으로」, 동국대 석사논문, 2005.

김윤식, 「모녀가 완성한 어떤 소설의 미학」, 『문학사상』, 1989.9.

김잔디, 「최정희 소설연구」, 숙명여대 석사논문, 1995.

김재용, 「최정희―모성과 국가주의의 결합」, 『협력과 저항』, 소명출판, 2004.

김정숙, 「최정희의 해방기 소설과 『녹색의 문』에 나타난 현실인식의 변화」, 『비평문학』 34집, 2009.

김주리, 「비체화한 모성의 우울증과 육친애 – 최정희의 「지맥」과 「천맥」고」, 『인문연구』 55집, 2008.

김주리, 「1940년대 '향린원'에 대한 두 개의 시선」, 『현대소설연구』 41, 2009.

김주현, 「한국 현대 소설의 여성의식 변화 연구 – 최정희 지하련 소설을 중심으로」, 중앙대 석사논문, 1998.

김지원, 「한 아버지, 두 어머니를 위한 기도」, 『신동아』, 1994.12.

김지은, 「최정희 소설의 여성적 글쓰기 연구」, 신라대 석사논문, 2009.

김지화, 「최정희 삼부작에 나타난 여성성」, 충남대 석사논문, 2011.

김팔봉, 「조선문학의 현재의 수준」, 『신동아』, 1934.1.

김팔봉, 「구각에서의 탈출 – 조선의 여성작가 제씨에게」, 『신가정』, 1935.1.

김혜정, 「최정희의 「천맥」에 나타난 여성성」, 『개신어문연구』 9호, 1992.

김효임, 「최정희 소설에 나타난 여성인물 연구」, 숙명여대 석사논문, 1995.

김재용, 「최정희, 모성과 국가주의의 결합」, 『친일문학의 내적 논리』, 역락, 2003.

노수진, 「최정희 소설에 나타난 여성인물의 정체성에 관한 연구」, 부산대 석사논문, 1997.

노애경, 「최정희 소설의 모성의식 연구」, 동아대 석사논문, 2001.

노천명, 「최정희론」, 『주간서울』, 1949.12.

민병휘, 「여류 문사에 대하야」, 『비판』, 1933.3.

박금주, 「최정희 소설연구」, 배재대 석사논문, 1991.

박금주, 「한국 근대여성소설의 타자적 여성성 연구 – 강경애, 백신애, 최정희 단편소설을 중심으로」, 한남대 박사논문, 2002.

박정애, 「최정희 소설에 나타난 여성적 글쓰기의 특성 연구」, 서울대 석사논문, 1998.

박정애, 「동원되는 여성작가」, 『여성문학연구』 10호, 2003.

박정애, 「여류의 기원과 정체성」, 인하대 박사논문, 2005.

박죽심, 「최정희 문학연구」, 중앙대 박사논문, 2010.

방민호, 「1930년대 후반 최정희 소설의 내성화 양상」, 『주변에서 글쓰기』, 민음사, 2006.

방민호, 「1930년대 후반 최정희 소설에 나타난 여성의 의미」, 『현대소설연구』 30

집, 2006.

백 철, 「1933년도 신문소설계 연재소설과 신인작가시대」, 『신동아』, 1933.12.

삼천리 편집부, 「문예에 정진하는 김유영 부인 최정희 여사」, 『삼천리』, 1935.1.

삼천리 편집부, 「여류 문인 최정희」, 『삼천리』, 1935.3.

삼천리 편집부, 「캅프 사건」, 『삼천리』, 1936.1.

삼천리 편집부, 「최정희 여사」, 『삼천리』, 1936.6.

서동수, 『한국여성작가연구―최정희, 김지원』, 한국학술정보, 2010.

서여진, 「해방 후 최정희 소설 연구」, 서울대 석사논문, 2010.

서영은, 「생의 태풍속을 무구한 노로」, 『문학사상』, 1983.8.

서영은, 『강물의 끝』(최정희 자전소설), 문학사상사, 1984.

서영인, 「순응적 여성성과 국가주의」, 『현대소설연구』 25집, 2005.

서영인, 「근대적 가족제도와 일제말기 여성담론」, 『현대소설연구』 33집, 2007.

서정자, 「최정희 소설 연구―습작기 작품과 「흉가」를 중심으로」, 『원우논총』,
　　　숙명여대, 1986.8.

서정자, 「최정희 소설 연구 1」, 『한국여성소설과 비평』, 푸른사상, 2001.

서정자, 「일제 강점기 한국 여류소설 연구」, 숙명여대 박사논문, 1987.

승인배, 「근황 여류작가 최정희씨」, 『조선일보』, 1986.3.14.

신동욱, 「최정희 작품에 나타나 여성과 인간의식」, 『청파문학』, 1980.

신영희, 「태평양 전쟁기 최정희의 군국모성에 대한 고찰」, 경성대 석사논문,
　　　2004.

신영희, 「식민지 조선에서의 징병제와 군국모성」, 『대동문화연구』, 2007.

신은주, 「최정희 단편소설 연구」, 경원대 석사논문, 2002.

심진경, 「여성작가 친일소설 연구」, 『배달말』 32집, 2003.

심진경, 「문단의 '여류'와 '여류문단'」, 『상허학보』 13, 2004.

심진경, 「최정희 문학의 여성성」, 『근대문학연구』 7권 1호, 2006.

심진경, 「여성문학은 어떻게 만들어졌는가」, 『한국근대문학연구』 19, 2009.

안숙영, 「최정희 소설연구」, 충남대 석사논문, 1987.

엄미옥, 「한국전쟁기 여성 종군작가 소설 연구」, 『한국근대문학연구』 21집,
　　　2010.

유남옥, 「최정희 노년기 소설 연구」, 『어문논총』 7호, 1997.

유수춘, 「조선현대문예사조론」, 『조선일보』, 1933.1.3~1.5.

윤수경, 「최정희 소설에 나타난 불안양상연구」, 이화여대 석사논문, 2010.

윤옥희, 「1930년대 여성작가 소설연구－박화성, 강경애, 최정희, 백신애, 이선희를 중심으로」, 성균관대 박사논문, 1997.

윤인미, 「최정희 소설 연구」, 대구대 석사논문, 1998.

이동하, 「역사의 세계와 문학의 세계－최정희『인간사』」, 『현대문학』, 1982.6.

이무영, 「여류작가 개평」, 『신가정』, 1934.2.

이미리, 「최정희론」, 숙명여대 석사논문, 1980.

이병순, 「최정희 소설에 나타난 모성 연구」, 『여성문학연구』 13호, 2005.

이병순, 「현실추수와 낭만적 서정의 세계－해방기 최정희 소설 연구」, 『현대소설연구』 26집, 2005.

이병순, 「최정희 소설에 나타난 전쟁의 의미」, 『한국사상과 문화』 50집, 2009.

이병순, 「한국전쟁기 여성문인들의 반공서사연구－모윤숙과 최정희를 중심으로」, 『현대문학의 연구』 41집, 2010.

이상경, 「일제말기의 여성동원과 군국의 어머니」, 『페미니즘 연구』 2, 2002.

이상경, 「식민지에서의 여성과 민족의 문제」, 『실천문학』, 2003 봄호.

이상신, 「최정희의『풍류잡히는 마을』에 나타난 쪽제비와 닭의 표상」, 『장안논총』 13집 1호, 1993.

이선옥, 「평등에 대한 유혹」, 『실천문학』, 2002.

이선옥, 「여성해방의 기대와 전쟁 동원의 논리」, 『친일문학의 내적 논리』, 역락, 2003.

이슬, 「최정희 소설에 나타난 모성의식 연구」, 한국외국어대 석사논문, 2008.

이연옥, 「최정희의『인간사』에 나타난 작중인물 연구」, 공주대 석사논문, 2001.

이영아, 「최정희의「천맥」에 나타난 국민 형성 과정」, 『국어국문학』 149호, 2008.

이은상, 「서」, 『현대조선 여류문학선집』, 조선일보 출판부, 1937.

이우희, 「최정희 소설연구－현실인식과 시간기법을 중심으로」, 경희대 석사논문, 1996.

이유식, 「최정희론」, 『세종어문학회』 5~6집, 1988.

이육사, 「최정희여사에게 보낸 편지」, 1954.1.

이혜숙, 최정희 소설의 여성의식 연구」, 대전대 석사논문, 2004.

이혜정, 「억울한 여류작가」, 『신가정』, 1934.2.

이헌구, 「관북 만주 출신 작가의 '향토문화'를 말하는 좌담회」, 『삼천리』, 1940.9.

이호숙, 「결백한 도전과 수용」, 『페미니즘과 소설비평』 근대편, 한길사, 1995.

일 기자, 「비판의 비판─조선여성운동의 발전과정을 읽고─최정희 씨의 蒙을 啓함」, 『비판』 1권 8호, 1931.12.

임금복, 「최정희 소설에 나타난 지식인 연구」, 『돈암어문학』 4호, 1991.

임선애, 「최정희 소설연구」, 『국문학연구』 13호, 1990.

임순득, 「불효기에 처한 조선여류작가론」, 『예성』, 1940.9.

임헌영, 「1940년대 문단비사─삼천리사와 최정희」, 『대한매일』, 2001.8.10.

임화, 「상반기의 창작평」, 『조광』, 1940.8.

장미경·김순전, 「최정희의 일본어 소설에 나타난 여성 지식인 고찰」, 『일본어문학』 42호, 2009.

장미경·김순전, 「여성작가 소설에서 본 내선일체 장치─최정희의 「환의 병사」와 장덕조의 「행로」를 중심으로」, 『일본어교육』 51집, 2010.

정규웅, 『글 동네에서 생긴 일』, 문학세계사, 1999.

정미숙, 「최정희 소설의 공간 분석」, 부산대 석사논문, 1990.

정수희, 「1930년대 여성작가의 여성의식 연구─박화성 강경애 최정희 소설을 중심으로」, 한국외대 석사논문, 2006.

정순진, 「모성과 여성의 갈등─최정희의 「지맥」, 「인맥」, 「천맥」을 중심으로」, 『한국언어문학』 32집, 1994.

정영자, 「최정희 소설 연구」, 『수련어문논집』 제13집, 1986.

정영자, 「최정희 소설 연구」, 『한국문예비평연구』 3호, 1998.

정은아, 「장애령과 최정희 소설의 비교연구」, 고려대 석사논문, 2006.

조소현, 「최정희 소설연구─여성인물의 애정양상을 중심으로」, 고려대 석사논문, 2009.

조순애, 「현대소설의 페미니즘 연구─최정희 소설을 중심으로」, 서강대 석사논문, 1983.

조연현, 「삼맥의 윤리 - 최정희론」, 『평화일보』, 1947.8.24~26.

조연현, 「『풍류 잡히는 마을』을 읽고」, 『문예』, 1949.10.

조연현, 「최정희」, 『한국현대작가연구』, 새문사, 1981.

조순애, 「현대소설의 페미니즘 연구 - 최정희 소설을 중심으로」, 서강대 석사논
　　　문, 1983.

최정아, 「최정희의 『녹색의 문』에 나타난 여성 정체성 탐구 양상」, 『현대소설연
　　　구』 44호, 2010.

최경희, 「친일문학의 또 다른 층위 - 젠더와 「야국초」」, 『해방전후사의 재인식』
　　　1, 책세상, 2006.

최정희, 「최정희 소설에 나타난 모성의식 연구」, 성신여대 석사논문, 2002.

최태응, 『작가의 서한』 1, 신문화사, 1947.10.

취운생, 「조선신문잡지의 부인기자열전」, 『신여성』, 1932.3.

코주부, 「미모와 객기의 작가 최정희 씨」(인터뷰), 『여원』, 1957.12.

하신애, 「최정희 문학의 모성 주체 연구」, 연세대 석사논문, 2009.

한경숙, 「최정희 소설 연구」, 연세대 석사논문, 1990.

한진수, 「최정희 문학에 나타난 여인상 고찰」, 조선대 석사논문, 1985.

한해남, 「최정희 소설의 여성의식 연구 - 남녀결합양상을 중심으로」, 영남대 석
　　　사논문, 2005.

허유진, 「1930년대 여성소설 연구 - 박화성 백신애 최정희 이선희를 중심으로」,
　　　경원대 석사논문, 1995.

허　윤, 「1930년대 여성장편 소설의 모성담론 연구」, 이화여대 석사논문, 2006.

홍기삼, 「최정희와 그 문학」, 『최정희선집』, 어문각, 1978.

홍구, 「여류작가군상」, 『삼천리』, 1933.3.

홍사중, 「최정희론 - 『인간사』를 중심으로」, 『문학춘추』, 1964.4.

황수남, 「최정희 소설에 나타난 '구원'의 양상 - 「흉가」, 「정적기」를 중심으로」,
　　　『한국문학논총』 27집, 2000.

황수남, 「최정희 소설연구」, 충남대 박사논문, 2001.

황수남, 「최정희, 김채원 소설의 모티브 연구」, 『비평문학』 19호, 2004.

황수진, 「최정희론」, 『겨레어문학』 21호, 1997.

황현숙, 「최정희 소설에 나타난 여성세계와 의식고찰」, 『향란문학』, 1982.2.

홍 구, 「여성작가 군상」, 『삼천리』, 1933.3.

홍순애, 「국민문학에 나타나 파시즘 양상 연구—최정희의 「야국초」」, 『한민족 문화학회』, 2004.

한흑구, 「파인과 최정희」, 『현대문학』, 1971.9.

山田佳子, 「최정희 소설에 나타난 여성의 성과 삶에 관한 연구」, 연세대 석사논 문, 1998.

山田佳子, 「習作期の崔貞熙」, 『朝鮮学報』, 2005.

천이두, 「원숙과 패기」, 『문학과 지성』 24호, 1976.6.

작품 목록

「정당한 스파이」, 『삼천리』, 1931.10.

「니나의 세토막 기록」, 『신여성』, 1931.12.

「명일의 식대」, 『시대공론』, 1932.1.

「룸펜의 신경선」, 『영화시대』, 1932.3~4.

「푸른 지평의 쌍곡」, 『삼천리』, 1932.5.

「아름다운 비극」, 『신여성』, 1932.8.

「비정도시」, 『만국부인』, 1932.10.

「남포ㅅ등」, 『문학타임즈』, 1933.2.

「젊은 어머니」, 『신가정』, 1933.3~7.

「토마토철학」, 『동아일보』, 1933.7.23.

「다난보」, 『매일신보』, 1933.10.10~11.23(38회)

「질투」, 『신여성』, 1934.1.

「가버린 미례」, 『중앙』, 1934.2.

「성좌」, 『형상』, 1934.9.

「낙동강」, 『삼천리』, 1934.11~1935.2.

「여인」, 『중앙』, 1934.12.

「日陰」, 『大阪每日新聞』(조선판), 1936.4.2~5.1.

「흉가」, 『조광』, 1937.4.

「정적기」, 『삼천리문학』, 1938.1.

「산제」, 『동아일보』, 1938.4.8~15.

「길」, 『동아일보』, 1938.5.24.

「곡상」, 『조선일보』, 1938.7.8~22.

「지맥」, 『문장』, 1939.9.

「幻影」, 『문장』, 1939.10.(1955.8 『신태양』에 「肖像」으로 재수록됨)

「느티나무 아래」, 『여성』, 1940.3.

「인맥(별의 전설)」, 『문장』, 1940.4.

「밤차」, 『가정지우』, 1940.4~6.

「사랑하는 까닭에(번역)」, 『삼천리』, 1940.6.

「적야」, 『문장』, 1940.9.

「천맥」, 『삼천리』, 1941.1~4.

「환상의 병사」, 『국민총력』, 1941.2.

「백야기」, 『춘추』, 1941.7.

「정적기」(일본어), 『문화전선』, 1941.7.

「2월 15일 밤」, 『신시대』, 1942.4.

「여명」, 『야담』, 1942.5.

「장미의 집」, 『대동아』, 1942.7.

「야국일초」, 『국민문학』, 1942.11.

「푸른 하늘」, 『경성일보』, 1942.12.12.

「군국모 성창」, 『半島の光』, 1944.6~7.

「징용열차」, 『半島の光』, 1945.2.

「봉수와 그 가족」, 『풍류잽히는 마을』 소재, 1946.8.

「점례」, 『문화』, 1947.7.

「풍류잽히는 마을」, 『백민』, 1947.8~9.

「청량리역 근처」, 『백민』, 1947.10~11.

「벼갯모」, 『대조』, 1947.11.

「꽃피는 계절」, 『새한민보』, 1947.11.

「우물치는 풍경」, 『신세대』, 1948.2~5.

「고추」, 『백민』, 1948.2.

「수탉」, 『평화신문』, 1948.8.14~25.

「바람처럼(=하늘이 좋던 날)」, 『부인』, 1948.10.

「청탑이 서 있는 동리」, 『부인』, 1949.1~4.

「비탈길」,『문예』, 1949.8~9.

「아기별」,『국도신문』, 1949.9.4~12.

「봄」,『문예』, 1950.1.

「봉황녀(=어느 산촌의 전설)」,『백민』, 1950.3.

「선을 보고(=맞선을 보던 날)」,『부인경향』, 1950.6.

「낙화」,『여학생』, 1950.6.

「바람속에서」,『신천지』, 1952.10.

「자장가」,『철경』, 1952.4.

「산울림(사진소설)」,『소년세계』, 1952.9.

「유가족」,『코메트』1호, 1952.11.

「꽃이 피는 마을」,『신태양』, 1952.11~1953.1.

「임하사와 어머니」,『협동』, 1952.12.

「산모롱이 저쪽으로」,『공군순보』, 1952.12.

「사고뭉치 서억만」,『훈장』소재, 1952.

「광활한 천지(장편. 후에 끝없는 낭만으로 개제)」,『희망』, 1952.

「낙엽지는 날」,『학원』, 1953.1.

「낙화」,『문예』, 1953.2.

「녹색의 문」,『서울신문』, 1953.2.25~7.9.

「라일락」,『학원』, 1953.4.

「해당화 피는 언덕」(=「탄금의 서」제1장),『신천지』, 1953.9.

「추락된 비행기」,『문예』, 1953.10.

「두 개의 나무-언니의 일기」,『학원』, 1953.11.

「어느 새가 먼저-언니의 일기」,『소년세계』, 1953.12~1954.1.

「신혼」,『한국문학전집』14 소재, 1953.

「산가초」,『신천지』, 1954.1.

「어느 산촌의 전설」(봉황녀와 제목만 다름),『협동』, 1954.2.

「돌팔매」,『학원』, 1954.4.

「별을 헤는 소녀들」,『학생계』, 1954.4.

「반주」(=「탄금의 서」제3장),『문학과예술』, 1954.6.

「불어라 봄바람」, 『지방행정』, 1954.3.

「출동전야」, 『전시한국문학선－소설편』, 1954.

「수난의 장」(=「탄금의 서」 제5장), 『현대문학』, 1955.1.

「속 수난의 장」(=「탄금의 서」 제6장), 『새벽』, 1955.1.

「그와 나와의 대화」, 『신태양』, 1955.1.

「피난행」, 『바람속에서』 소재, 1955.

「땅거미질 때」, 『바람속에서』 소재.

「까마귀」, 『탄금의 서』 소재.

「다시 서울에」, 『탄금의 서』 소재.

「그들의 가족」, 『가톨릭청년』, 1955.1.

「바다가 보이는 교정」, 『학원』, 1955.1~5.

「인정」(=「탄금의 서」 제7장), 『사상계』, 1955.2.

「요지경」, 『새벗』, 1955.4.

「전설」, 『코메트』, 1955.4.

「파리」, 『예술원보』, 1955.6.

「소용돌이」, 『조선일보』, 1955.8.30~9.13.

「정적일순」, 『현대문학』, 1955.9~10.

「혹의의 여인」, 『여원』, 1955.10~1956.10.

「하얀 꽃」, 『여성계』, 1955.11.

「남으로 향하는 길」, 『희망』, 1955.12

「광활한 천지」, 『희망』, 1956.1~1957.3.

「푸른 계절」, 『명랑』, 1956.1.

「떼드마스크의 비극」, 『평화신문』, 1956.1.4~3.29.

「찬란한 한낮」, 『문학예술』, 1956.6~8.

「핏줄」, 『지방행정』, 1956.5.

「그와 그들의 연인」, 『국제신보』, 1956.9.1~1957.2.8.

「인생찬가」, 『여성계』, 1957.4~1958.11.

「다리 긴 아저씨」(번역), 『학원』, 1956.7~1957.4.

「너와 나의 청춘」, 『주부생활』, 1957.7~1959.3.

「장다리 꽃 필 때」,『최정희 문집』소재.

「진태 외할머니」,『최정희 문집』소재.

「인간사」,『사상계』, 1960.8~12,『신사조』, 1963.11~1964.3

「숲속에 바람이 일던 날」,『새길』, 1962.1.

「이별」,『새길』, 1963.11.

「귀뚜라미」,『현대문학』, 1963.12.

「강물은 또 몇 천리」,『현대문학』, 1964.5~1966.4.

「여자의 풍경」,『월간문학』, 1966.5.

「제2 여자의 풍경」,『현대문학』, 1966.12.

「가을」,『현대문학』, 1968.11.

「바다」,『월간문학』, 1970.4.

「205호 병실」,『현대문학』, 1970.5.

「탑돌이」,『현대문학』, 1975.12.

「산」,『문학사상』, 1976.1.

「화투기(花鬪記)」,『현대문학』, 1980.8.

『천맥』(소설집), 수선사, 1945.

『풍류 잽히는 마을』, 아문각, 1947.

『장다리꽃 필 때』, 학원사, 1954.

『바람속에서』, 채문사, 1955.

『녹색의 문』, 정음사, 1954.

『인생찬가』, 민중서관, 1958.

『속 녹색의 문』, 민중서관, 1959.

『끝없는 낭만』, 동학출판사, 1958.

『별을 헤는 소녀들』, 학원사, 1962.

『인간사』, 신사조사, 1964.

『여류한국』, 아문각, 1964(박화성과 공저).

『찬란한 대낮』, 문학과지성사, 1976.

『탑돌이』, 범우사, 1976.

『최정희선집』, 어문각, 1977.
『최정희문집』, 명시원, 1977.

『사랑의 이력』(수필집), 계몽사, 1953.
『젊은 날의 증언』(수필집), 육민사, 1963.

산문 및 평론

「가을 細線의 스켓취」, 『신여성』, 1931.10.
「밤도시의 프로필」, 『조선일보』, 1931.7.
「항구」, 『조선일보』, 1931.8.14.
「연애경제학」, 『시대공론』, 1931.9.
「조선여성운동의 발전과정」, 『만국부인』, 1931.11.
「폭풍의 쓸리는 나의 고향」, 『삼천리』, 1931.12.
「이동좌담-'내가 理想하는 남편'」, 『신여성』, 1931.
「신흥여성의 기관지 발행」, 『동광』, 1932.1.
「서울에 발현한 여성의 집단적 룸펜군」, 『삼천리』, 1932.1.
「문인인상기」, 『문예월간』, 1932.1.
「문인초(文人初)인상기」, 『삼천리』, 1932.2.
「어느 미스의 미스 잡감」, 『혜성』, 1932.3.
「봄 도시의 가두 해부」, 『신동아』, 1932.3.
「오동나무 아래서」, 『삼천리』, 1932.4.
「여기자 좌담회」, 『신동아』, 1932.5.
「비오는 날 밤」, 『동광』, 1932.7.
「깨어진 전원의 꿈」, 『동방평론』, 1932.7.8.
「아름다운 비극」, 『신여성』, 1932.8.
「달 아래 草笛소리」, 『신동아』, 1932.10.
「회상의 일절」, 『삼천리』, 1932.12.

「방문 집필 원고」, 『신가정.33.1』.

「직선(直線) 전선(戰線)의 기록—나의 10년간 생활」, 『신동아』, 1933.1.

「오동나무미테서」, 『삼천리』, 1933.4.

「R 작가 부부」, 『삼천리』, 1933.4.

「심금을 울린 여인의 봄」, 『동아일보』, 1933.4.21.

「어머님 전 상서」, 『신가정』, 1933.7.

「桂月아」, 『신가정』, 1933.7.

「송계월 애도사」, 『신가정』, 1933.7.

「짧은 서곡」, 『조선일보』, 1933.9.13.

「토마토에서 포도로」, 『조선일보』, 1933.9.14.

「해변」, 『조선일보』, 1933.9.15.

「다방—거리의 피난처」, 『조선일보』, 1933.10.6.

「수선(水仙)과 신(信)이」, 『신동아』, 1933.12.

「부부의 정조문제」, 『조선일보』, 1933.12.7.

「1933년도 여류문단 총평」, 『신가정』, 1933.12.

「水仙과 信아」, 『신동아』, 1933.12.

「여류작가 5인집 2」, 『중앙』, 1934.12.

「현실에 가까운 것을」, 『예술』, 1935.1.

「조선문학의 발전을 위하여 비평의 임무를 자각하라—조선문학의 재건설」, 『조
　　　선일보』, 1935.1.2.

「신여성의 애정과 정조관」, 『삼천리』, 1935.3.

「최정순에게 보냄」, 『예술』, 1935.6.

「여류작가 좌담회」, 『삼천리』, 1936.2.

「봄, 우울」, 『조선일보』, 1936.2.23.

「애달픈 가을 화초」, 『삼천리』, 1936.6.

「나의 묘비명 설문」, 『삼천리』, 1936.11.

「빈터에 눈이 옵니다」, 『조광』, 1937.2.

「崔承喜 渡歐 기념 죄담회」, 『조광』, 1937.4.

「심추윤원」, 『조선일보』, 1937.10.6.

「군밤」, 『조광』, 1938.2.

「답실기」, 『조선일보』, 1938.2.24.

「설날과 그 옛날 꿈」, 『삼천리 문학』, 1938.4.

「어머니 전상서」, 『여성』, 1938.7.

「나의 요람지 성진항의 추억」, 『조광』, 1938.7.

「반딧불」, 『여성』, 1938.8.

「거울」, 『조선일보』, 1938.9.17.

「포도원」, 『조선일보』, 1938.9.18.

「창」, 『조선일보』, 1938.9.20.

「소리」, 『문장』, 1939.2.

「여자된 슬픔」, 『여성』, 1939.2.

「달밤」, 『문장』, 1939.3.

「鋪道」, 『동아일보』, 1939.4.7.

「어머니의 마음」, 『국민신보』, 1939.5.14.

「다방의 여인」, 『작품』, 1939.6.

「못잊는 사람」, 『학우구락부』, 1939.7.

「동인의 작품」, 『박문』, 1939.7.

「김동인 단편선」, 『문장』, 1939.7.

「동인의 성품」, 『박문』, 1939.7.

「지정다는 날」, 『조선일보』, 1939.9.2.

「화초밭」, 『조선일보』, 1939.9.3.

「가정과 문학」, 『사건』, 1939.9.

「독서수첩」, 『조선일보』, 1939.11.3.

「병실기」, 『문장』, 1940.1.

「現代美의 書－현대남성미」, 『인문평론』, 1940.1.

「원단일기」, 『가정지우』, 1940.2.

「전쟁 장기화 가정생활 주부 좌담회」, 『삼천리』, 1940.3.

「사랑은 주는 것이다」－『순애보』평, 『삼천리』, 1940.4.

「여류작가 방담회」, 『여성』, 1940.4.

「할미꽃」, 『여성』, 1940.5.

「文人 詩客 書翰」, 『삼천리』, 1940.6.

「슬픈 전설을 넘어」, 『여성』, 1940.7.

「병상기」, 『인문평론』, 1940.8.

「친애하는 내지의 작가」, 『모던 일본』, 1940.

「진실로 이기라」, 『삼천리문학』, 1940.4.

「고전명작감상 – 춘향전」, 『삼천리』, 1940.10.

「승려가 못 되든 날」, 『삼천리』, 1940.12.

「빨강 치마를 입든 날」, 『가정지우』, 1940.12.

「향린원을 찾어」, 『삼천리』, 1940.12.

「청춘무성」(이태준 작), 『인문평론』, 1941.1.

「自敍 한 토막」, 『삼천리』, 1941.3.

「두견」, 『신세기』, 1941.6.

「시국과 소하법」, 『매일신보』, 1941.7.15.

「초가을의 편지」, 『경성일보』, 1941.9.23~26.

「林芙美子 と 私」, 『대동아』, 1941.12.

「사욕을 청산하고 참된 전시 사정생활」, 『매일신보』, 1941.12.12.

「동아의 새 아침」, 『매일신보』, 1942.2.21.

「作家 島木健作」, 『대동아』, 1942.5.

「호사스런 南洋」, 『半島の光』, 1942.4.

「군국의 어머니」, 『대동아』, 1942.5.

「국가의 아들의 어머니에게」, 『경성일보』, 1942.5.19.

「바다」, 『춘추』, 1942.7.

「5월 9일」, 『半島の光』, 1942.7.

「군국모 성찬」, 『半島の光』, 1942.7.

「꿈은 南域으로」, 『대동아』, 1942.7.

「쇼팡 치든 인상」, 『대동아』, 1942.7.

「군국의 어머니의 긍지」, 『半島の光』, 1942.7.

「농촌의 벗에게」, 『半島の光』, 1942.12.

「이치지안는 여성들」,『半島の光』, 1943.7~9.

「군국의 어머니들」,『半島の光』, 1944.2~3.

「수첩중에서」,『경향신문』, 1946.10.24.

「가을 하늘」,『경향신문』, 1947.10.14.

「나의 하루」,『부인신보』, 1947.11.2.

「꽃피는 계절」,『새한민보』, 1947.11.

「「꽃피는 계절」이야기」,『민성』, 1948.1.

「여류작가 군상」,『예술조선』, 1948.2.

「나의 문학생활 자서」,『백민』, 1948.3.

「창공에 부치는 호소」,『예술조선』, 1948.4.

「생활의 변」,『민성』, 1948.4.

「조선 문단의 삼 혜성이 말하는 신문학 건설과 여성해방」,『삼천리』(속간),
    1948.7.

「영녀계적(令女界的) 사랑」,『백민』, 1948.7~8.

「오월송」,『보도연맹』, 1948.7.

「푸르른 매력」,『예술조선』, 1948.9.

「문학자의 옥중기」,『삼천리』, 1948.9.

「여성과 예술」,『국민신문』, 1948.10.18.

「잠자리같은 여자」,『대조』, 1948.12.

「나의 남녀교제론」,『신태양』, 1949.1.

「『리라기』를 읽고」,『동아일보』, 1949.1.30.

「문단교우록」,『민성』, 1949.9.

「廳秋聲」,『서울신문』, 1949.10.26.

「노천명론」,『주간서울』, 1949.12.

「여성과 문학」,『부인경향』, 1950.1.

「가정, 전진하는 시대와 함께」,『조선일보』, 1950.1.1.

「내가 가장이라면」,『부인신문』, 1950.1.6.

「내가 묘사한 남성」, 『조선일보』, 1950.2.23.

「3.1운동과 나의 소년시절」, 『민성』, 1950.3.

「여자된 자랑」, 『부인』, 1950.4.

「속이다가 망신」, 『혜성』, 1950.5.

「두 모습의 永訣」, 『민성』, 1950.6.

「오월송」, 『보도연맹』, 1950.

「애증교착기」, 『시문학』, 1951.6.

「난중일기에서」, 『적화3삭9인집』, 1951.

「아들 딸 길르는 맛」, 『신태양』, 1952.9.

「빛나는 아기 눈 — 윤석중 선생과 동요」, 『조선일보』, 1953.2.4, 9.

「중학생에게 주는 말」, 『학원』, 1953.2.

「공개서한, 서울에서」, 『신태양』, 1953.6.

「서울에 돌아와서 — 나느 '도로꼬의 아이'」, 『경향신문』, 1953.9.1, 3.

「서울 살림 이모저모」, 『신태양』, 1953.10.

「하나의 기록」, 『문화세계』, 1953.11.

「춤」, 『현대공론』, 1954.1.

「박꽃피는 내고향 전설도 많다」, 『신태양』, 1954.2.

「현상소설 선자의 평」, 『조선일보』, 1954.2.15.

「잊을 수 없는 사람들」, 『교통』, 1954.2~3.

「봄」, 『소년세계』, 1954.3.

「「별을 헤는 소녀들」 작가의 말」, 『학생계』, 1954.4.

「봄은 窓을 열고」, 『연합신문』, 1954.4.12.

「선자의 말 — 세 가지 부탁」, 『학생계』, 1954.4.

「두 어머니 이야기」, 『조선일보』, 1954.5.3.

「논색의 문 앞에서」, 『연합신문』, 1954.6.3.

「첫 사랑 공개장 — 첫 애인 이야기」, 『여성계』, 1954.7~8.

「가지 못해 그립다 — 생각나는 바다와 산과」, 『경향신문』, 1954.8.15.

「葛梅村의 추억」, 『현대공론』, 1954.9.

「내가 갖고 있는 남자 친구들」, 『신태양』, 1954.9.

「수복지구의 표정 1~3」, 『조선일보』, 1954.9.23~25.

「작가로 출세하기까지」, 『신태양』, 1954.9.

「동해의 향수－제1군단 수복지구」, 『신태양』, 1954.11.

「집터를 닦기까지」, 『조선일보』, 1954.11.11.

「찡그린 표정 속에 숨은 정열－김광섭씨」, 『서울신문』, 1954.11.28.

「왼손」, 『동아일보』, 1954.12.19.

「크리스마스의 추억」, 『여성계』, 1954.12.

「여자된 자랑」, 『새가정』, 1955.1.

「그들의 가족」, 『가톨릭청년』, 1955.1.

「청청푸른 나무와 같이」, 『서울신문』, 1955.1.1.

「행복된 순간」, 『연합신문』, 1955.1.1.

「금년에 벼르는 것」, 『동아일보』, 1955.1.6.

「서평－동요백곡집」, 『조선일보』, 1955.1.11.

「수첩」, 『여성계』, 1955.2.

「나는 이런 것을 보았다」, 『조선일보』, 1955.3.1.

「낮잠 자는 이야기」, 『경향신문』, 1955.5.11.

「행복한 계절」, 『경향신문』, 1955.5.24.

「연초록색 언덕을 향하야－꽃보다 아이들이 더 좋아」, 『경향신문』, 1955.5.

「꽃도둑」, 『경향신문』, 1955.6.12.

「독서 : 우화의 세계－조경희의 인간과 문학」, 『조선일보』, 1955.12.11.

「세월이란 슬픈 것」, 『경향신문』, 1955.12.18.

「직장여성들이 비판하는 남성사회(좌담회)」, 『여원』, 1955.12.

「『젊은 날의 증언』」, 『육민사』, 1919.5.5.

「신춘문예 선후평 소설－좀 더 노력을」, 『조선일보』, 1956.1.3.

「이 해에 하고픈 것」, 『동아일보』, 1956.1.8.

「속아사는 최정희」, 『신태양』, 1956.1.

「여류작가가 되려는 분에게」, 『여원』, 1956.1.

「태동하는 신인들의 놀라운 모습」, 『여원』, 1956.1.

「여류 예술인의 하루 생활」, 『여성계』, 1956.2~3.

「죄수로 쓴 엽편소설」, 『경향신문』, 1956.3.24.

「모든 것은 흘러간다」, 『동아일보』, 1956.4.28.

「꽃이라도 피어라」, 『주부생활』, 1956.5.

「시원찮은 취미」, 『동아일보』, 1956.6.15.

「나는 이렇게 해서 작가가 되었다ー누에가 실을 뽑듯이」, 『여원』, 1956.7.

「지난날의 여기자 생활ー싸움의 기록」, 『동아일보』, 1956.7.14.

「내가 본 김동리」, 『문학예술』, 1956.9.

「보이지 않는 힘」, 『여성계』, 1956.9.

「나는 이러한 동기에서」, 『소년세계』, 1956.10.

「신간서평ー호승환 저 『불행한 행복자』」, 『조선일보』, 1956.10.8.

「크리스마스와 나」, 『여성계』, 1957.1.

「작가의 발언ー유임운동」, 『조선일보』, 1957.2.4.

「닥아오는 중학입시」, 『경향신문』, 1957.2.6.

「식모 여담」, 『연합신문』, 1957.2.21.

「신춘유감」, 『동아일보』, 1957.3.8.

「나의 기자 시절ー대필과 편지로서」, 『조선일보』, 1957.4.9.

「내가 쓴 소설에서 가장 불쌍한 여주인공」, 『여성계』, 1957.4.

「생활의 지혜 1 어느 여대생 이야기ー지성을 갖추자」, 『여원』, 1957.4.

「유쾌한 보고」, 『사상계』, 1957.5.

「생활의 지혜 2 성실과 미ー아름다운 한 때를 위하여」, 『여원』, 1957.5.

「생활의 지혜 3 자기를 알자」, 『여원』, 1957.6.

「신인 특집ー심사 경위 및 천기」, 『문학예술』, 1957.7.

「생활의 지혜 4 행복」, 『여원』, 1957.7.

「생활의 지혜 5 질서와 미」, 『여원』, 1957.8.

「생활의 지혜 6 독서와 미」, 『여원』, 1957.9.

「새해를 맞는 마음」, 『조선일보』, 1958.1.3.

「찰떡같은 것이 여자의 마음」, 『여원』, 1958.2.

「사랑 三題」, 『동아일보』, 1958.4.4.

「집을 판 이야기」, 『한국평론』, 1958.6.

「통곡」,『경향신문』, 1958.6.3.

「나의 문학소녀 시절」,『동아일보』, 1958.7.2.

「작가의 발언-아시는가 선량들」,『조선일보』, 1958.7.28.

「우리 집의 건국 10년」,『동아일보』, 1958.8.29.

「문학적 자서전」,『신문예』, 1958.9.10.

「노래와 함께 오는 것」,『동아일보』, 1958.9.13.

「나와 예술」,『조선일보』, 1958.12.7.

「나의 제작과정 베일을 벗다-새벽에 엎드려서」,『동아일보』, 1958.12.22.

「유감스런 소감」,『조선일보』, 1959.1.2.

「서평-정충량 평론집『마음의 꽃밭』」,『조선일보』, 1959.4.10.

「어머니의 변-어머니는 적막한 것」,『조선일보』, 1959.5.15.

「7월의 아침, 시인 노천명을 생각하다」,『동아일보』, 1959.7.5.

「잘 익으면 맛이 날만한 소재들」,『자유공론』, 1959.9.1.

「딸들아 듣거라」,『동아일보』, 1960.1.5.

「신인들의 역량이 문제」,『조선일보』, 1960.1.26.

「문학작품 어떻게 읽을 것인가」,『조선일보』, 1960.2.7.

「『삼천리문학』」,『사상계』, 1960.2.

「문단의 혁신정화를 위하여」,『조선일보』, 1960.5.7.

「모두 마음에 들지 않았다」,『동아일보』, 1960.8.24.

「『젊은 느티나무』의 향기」,『사상계』, 1960.10.

「인감 내려 갔던 이야기」,『조선일보』, 1960.11.19.

「아쉬운 작가정신」,『조선일보』, 1961.1.1.

「침해받은 작가의 창작의지-졸작『인간사』가 중단되기까지」,『조선일보』,
　　　1961.1.12.

「소설 천기」,『현대문학』, 1961.1.

「소하산제-포푸라 치열」,『조선일보』, 1961.8.1.

「제6회 동인상 선후평」,『사상계』, 1961.10.

「내가 그리고 싶은 주부형」,『조선일보』, 1961.10.18.

「신간서평-천경자 저『유성이 가는 곳』」,『조선일보』, 1961.12.9.

「나의 일년」, 『자유문학』, 1961.12.

「내 소신 끝까지 굽힘 없을 터 - 박의장을 만나다」, 『조선일보』, 1962.1.1.

「노 은사를 찾고 나서」, 『최고회의보』, 1962.1.

「소설 당선 없어 유감」, 『조선일보』, 1962.1.2.

「내가 본 일선 고지」, 『동아일보』, 1962.1.7.

「웅모소설 독후감」, 『현대문학』, 1962.1.

「봉이 오는 소리」, 『조선일보』, 1962.2.19.

「오는 것은 잘못」, 『조선일보』, 1962.3.18.

「몇 마디 이야기」, 『조선일보』, 1962.4.13.

「내가 본 일선고지 - 백두산 부대를 다녀와서」, 『동아일보』, 1962.6.15.

「신생활 운동」, 『조선일보』, 1962.7.5.

「탐라일기」, 『여원』, 1962.11.

「『젊은 날의 증언』」, 『육민사』, 1962.

「흠 없는 문장」, 『조선일보』, 1963.1.4.

「두려운 삶 되지 않기를」, 『동아일보』, 1963.1.24.

「계순이」, 『신세계』, 1963.2.

「특집 신인 추천 관련자들의 변 - 추천작품 심사위원의 변」, 『현대문학』, 1963.4.

「방만한 것들」, 『자유문학』, 1963.4.

「명가의 일문」, 『자유문학』, 1963.4.

「지금의 처지를 행복의 기회되게 하기를」, 『세길』, 1963.4.

「즐겨듣는 방송」, 『동아일보』, 1963.5.28.

「결선에 올랐던 세 편」, 『여상』, 1963.6.

「나의 처녀작을 말한다 - 흥가를 쓸 무렵」, 『현대문학』, 1963.6.

「내가 생각하는 남녀학생 교제 - 찬성한다」, 『학원』, 1963.9.

「지방강연회 보고 - 충남지역」, 『여원』, 1963.11.

「묘산 도서관」, 『여상』, 1963.11.

「말 못하는 변」, 『여원』, 1963.12.

「소설 심사소감」, 『여상』, 1963.12.

「새해의 꿈을 노크한다」, 『조선일보』, 1964.1.8.

「경남기행」,『새길』, 1964.7~8.

「관동스케치」,『학원』, 1964.9.

「독서에의 제언」,『조선일보』, 1964.9.25.

「수상자의 말(제1회 한국여류문학상 수상소감)」,『여원』, 1964.10.

「신급단 부녀 상봉기사를 읽고」,『조선일보』, 1964.10.11.

「설악기행」,『조선일보』, 1964.11.12.

「애국가」,『동아일보』, 1964.11.26.

「추천후기」,『문학춘추』, 1964.11.

「새해 설맞이 여류 수상」,『조선일보』, 1964.12.31.

「「목백일홍」,『지방행정』」,『132』, 1919.6.4.

「응모소설 독후기」,『현대문학』, 1965.2.

「조선일보는 친정, 그리운 조광지」,『조선일보』, 1965.3.5.

「체험」,『신동아』, 1965.3.

「꽃과 추억」,『여상』, 1965.4.

「피난 대구문단,『해방문학 20년』」,『정음사』, 1966.

「매력-신영균, 안아주고 싶은 개구쟁이」,『조선일보』, 1966.1.1.

「독자의 광장-산문선」,『주부생활』, 1966.2.

「독자의 광장-산문선」,『주부생활』, 1966.4.

「대화의 이모저모」,『세길』, 1966.5.

「독자의 광장-산문선」,『주부생활』, 1966.6.

「독자의 광장-산문선」,『주부생활』, 1966.7.

「독자의 광장-산문선」,『주부생활』, 1966.8.

「독자의 광장-산문선」,『주부생활』, 1966.9.

「독자의 광장-산문선」,『주부생활』, 1966.10.

「독자의 광장-산문선」,『주부생활』, 1966.11.

「독자의 광장-산문선」,『주부생활』, 1966.12.

「어떤 여류작가의 이야기」,『자유공론』, 1966.12.

「동심에 바친 신사 마해송」,『세대』, 1966.12.

「응모작품 심사후기」,『현대문학』, 1967.3.

「공화당 부산유세」, 『조선일보』, 1967.4.25.

「헬리콥터 전선을 위문하고—여류작가의 월남기행」, 『신동아』, 1967.4.

「월남에 다녀와서」, 『세길』, 1967.4.

「다시 없이 소중한 것들—편지에 얽힌 인정」, 『세대』, 1967.10.

「김수영 추모 특집」, 『현대문학』, 1968.8.

「내 아이 사랑하듯」, 『조선일보』, 1969.5.9.

「너희들에게 대왕교 미감아들에게 주는 글」, 『조선일보』, 1969.5.13.

「5.25 총선을 깨끗하게」, 『조선일보』, 1971.5.5.

「예술원상 수상 소감—목숨 다하도록 소설 써야」, 『조선일보』, 1972.6.25.

「여감 속의 애수」, 김상현 편 『민족의 저항』, 한샘출판사, 1974.

「쓰는 일에 즐거움—연내 장편 마무리」, 『조선일보』, 1976.4.22.

「가버린 사람들—童心에 바친 紳士 馬海松」, 『한국현대문학전집 24』, 삼성출판
　　　사, 1978.

「다시 읽어보는 나의 대표작 『탑돌이』」, 『조선일보』, 1981.1.18.

「영역 작품 출판 기념」, 『조선일보』, 1984.1.24.

「가난과 눈물의 시대를 이겨내고」, 『이야기 여성사』 2, 여성신문사, 2000.